リーダーのための新釈迦論
深い智慧
―現代に蘇ったお釈迦さまからの「人類への提言」―

塚原 淳一

郁朋社

まえがき

「周りは『ダルマ（真理）』で満ちている」
この言葉を全身で受け止め、宇宙を直観した瞬間に、『悟り』への扉が開き始めます。

太古の時代より、人は大自然の中に何か『大いなる存在』を感じ、それを心の拠り所として生きてきました。やがて、その『存在』を共同体の大勢が信ずる所となり、人間は『宗教』と呼ぶ信仰と儀式の文化を生み出したのです。

一方で、現代科学が生命の基本である『遺伝子』や、『宇宙の起源・構造』『脳科学』などの先端研究を深めて、『真理』の核心に迫るほどに、『何故、そうした仕組みや活動が生まれたのか？』については、『偶然』で片付けられない不可思議さを感じて、そのおおもとに『大いなる存在』を意識する人々が増えています。

しかしながら、文明の恩恵を最高度に享受している今の日本では、『宗教』への関心が極めて薄いことを感じます。

会話の中で『宗教』を口にした途端に座が白ける他、多くの人は「私は無宗教です」と言い放ち、『宗教』の言葉の深奥にある『本質』を知ろうとする意識が見られません。これは、日頃、『宗教』を意識しないで済む安楽な環境に居るのか、或は『宗教』を誤解し無視しているからで、日本人の『心の豊かさ』の問題に行き着きます。

その反面、こうした人々のほとんどが「日本は『仏教』の国です」と言い、『お釈迦さま』の名前はもちろん、一応の仏教知識を持っています。ですが、そのレベルは、いろいろある仏教宗派の教えはすべて『お釈迦さまの教え』であり、葬式や法事の時にお坊さんが執り行う儀式と、お彼岸やお盆の行事が『仏教の姿』であって、「生きている自分とは関係がない」の程度です。

実は、この認識は正しくないのです。

特に、社会や人々に大きな影響を及ぼす政治家や企業経営者、知識人などのリーダー層がこの状態にあることは問題で、自分が人間として深い『価値判断基準』を持っておらず、『リーダーの資質』に欠けることを露呈しているのです。

『宗教』は人の心の現れとも言えて、その理解は複雑で多様ですが、大きく整理すると、救いを求めて願う『信仰』の受動的な面と、人がより良く生きるための『哲学』や、大勢の人々を導くリーダー層が持つべき『思想基盤』の能動的な面の二つに区分が出来ます。ところが、日本では後者の『哲学』や『思想基盤』の視点が見落とされてきました。個人における『信仰』はもちろん大切ですが、人の集団である人間社会において、後者の及ぼす影響は極めて大きく、『宗教』はリーダー層の大事にするべき事柄と考えます。

さて、言うまでもなく、『仏教』は『仏陀の教え』の漢字二文字で表されるように、二千五百年前のインドで、『悟り』を開いた釈迦国出身の『ブッダ』が説いた教えを原点として、そこから幅広く展開した思想体系を指します。

この中で日本にもたらされた『仏教』は、お釈迦さまが入滅してから四百年ほど経った頃にインドで生まれた『大乗仏教』で、それが中国に伝わり、漢語に翻訳され展開された『中国仏教』の中の『大乗諸宗派の教え』なのです。そして、六世紀に中国で生まれた『禅宗』がその後に加わったのでした。

従って、巨大な体系を持つ『仏教』の根源となる『お釈迦さまの思想』とその『本質』が、日本へ伝わる機会はほとんどありませんでした。

また、『大乗仏教』自体も幅広く分かれた多様な思想から成っており、大乗の一宗派の思想だけを学んで『仏教』を知ったとするのは適切でなく、原点にある『お釈迦さまの教え』を併せて学ぶことが不可欠です。

しかし、日本ではこの原点が見失われたまま現在に至っており、これが日本人の間に正しい『仏教』理解が生まれない最大の理由と考えます。

もう一つ誤解を生んでいるのは、お釈迦さまが出家修行の道に入られた動機です。釈迦入滅後、三百年ほど経った頃に編集された初期仏典に、「『生老病死の苦』から脱却する道を求めて出城した」の言葉があり、これが出家の一般的理解となっていますが、実は、お釈迦さま自身がこの言葉を語ったのではなくて、後の仏教教団が創り出した説明と考える方が適切なのです。

若い時から『宗教』に意識を持ち、様々な人生体験を積んだ後に企業のトップリーダーを担った、本物語の主人公阿南大介は、お釈迦さまについて学ぶ中でこの点に強い疑念を持ちました。

次期国王となるべき王子のお釈迦さまが、こうした抽象的な理由だけで、国と国民を守る責任を放棄して、修行に入られたとはとても信じられず、もっと現実の切実な事情があったはずだと考えました。

そこで、インドのクシナガラへ行き、涅槃中のお釈迦さまにいっときの目覚めをお願いして、二千五百年振りにこの世に現れたお釈迦さまに直接このことを尋ねたのです。

真の出家動機は、沢山の人々が苦しみながら生きる現実の世を、『人々が安らかに生きる、より良い社会』にしようとの強い意識からで、死者や来世のためではなく、現実の世を生きる人々のための行動でした。

大国が小国を飲み込む戦乱の世に代わって、『戦争のない平和な世界』を作ることと、バラモンが定めて以来人々を永年に亘って縛ってきたカースト制度からの脱却、即ち『身分差別のない平等で公平な社会』を作ることでした。

そして、この実現を左右するのは、自分と同じ地位にある国王や王族、長者などの社会的リーダー層が持つ『価値観』にあると気がついたのです。

重大な決意を持って出家し、厳しい修行の末に、全ての人々に尊敬され信頼される『ブッダ』になったお釈迦さまは、大国の国王はじめ社会的リーダー層の身近で『悟り』の思想を積極的に説き、彼らの精神に大きな影響を及ぼしました。そして、八十歳で亡くなるまでその教えを説き続けて、戦乱の続いたインド世界に平和な一時代を実現させたのです。また、現在の大学に相当するサンガ（僧院）を充実させて、自分に代わって広く人々を啓蒙し指導する出家僧、即ち、優れた『精神的指導者』を数多く育てたのでした。

真の『ブッダの思想』とは、釈迦入滅後に作られた教団の活動や、後に生まれた『大乗仏教』に影響されていない、純粋な『人間お釈迦さまの思想』です。それは『人』を基本に置いて『人間とは何か』『人間はどう生きるべきか』を突き詰めたもので、本質はキリスト教会成立以前の『人間イエスの思想』と、イスラム教団結成以前の『人間ムハンマドの思想』に根底で通じ、どの時代のどの地域の、どの民族にも通用する『人類普遍の思想』と言えるものです。

従って、既存の世界宗教それぞれが説く『価値観』をさらに掘り下げた『深い智慧』であり、混迷を増した世界の諸問題解決に向けて、人類を正しく導く基本思想として相応しく、世界の全ての人々が身につけるべき大切な思想です。

本物語では、お釈迦さまの従者として長年お傍で尽くしたアーナンダが、さらに修行を深めるために阿南大介として日本に再生し、現実社会で様々な経験と修業を積む中で『お釈迦さまの思想』の理解を深め、ついに『リーダーが持つ価値観』の重要性に行き着きます。そして、この考えを確かなものとするためにインドへ行って、お釈迦さまから『深い智慧』を授けられ、「『人間ブッダの思想』を『最新の科学的知見』で裏付けた『人類共通の思想』を創るべし」との、大きな使命を与えられるのです。

そして、世界中の人々、特にリーダー層にこの思想を行き渡らせて、『確固たる価値観』がないままに漂流する人類の生き方を正し、より良い世界に作り変える大きな『利他』の願いを持って行動しようとしています。

『仏教』思想や『釈迦ブッダ』の姿について、今までに多くの書物が遺されていますが、そのほとんどは宗教学者や仏教僧など宗教専門家の方々が書かれたもので、各種経典の言葉に沿ったオーソドックスな研究や解説の内容です。

本書は、物理学を専攻した科学者の視点と、実社会で大勢の人々の生活と人生に現実的責任を持った企業経営者の視点から考察した、新しい『釈迦ブッダ論』であり、『積極的な人生』を歩むための基本思想を求めておられる方々、そして、国や自治体、企業の他、すべての組織リーダー層と、そのリーダーの卵として研鑽に励んでおられる若い方々を念頭に置いて書かれた物語です。

著者

リーダーのための新釈迦論　深い智慧／目次

第三章　人類への提言

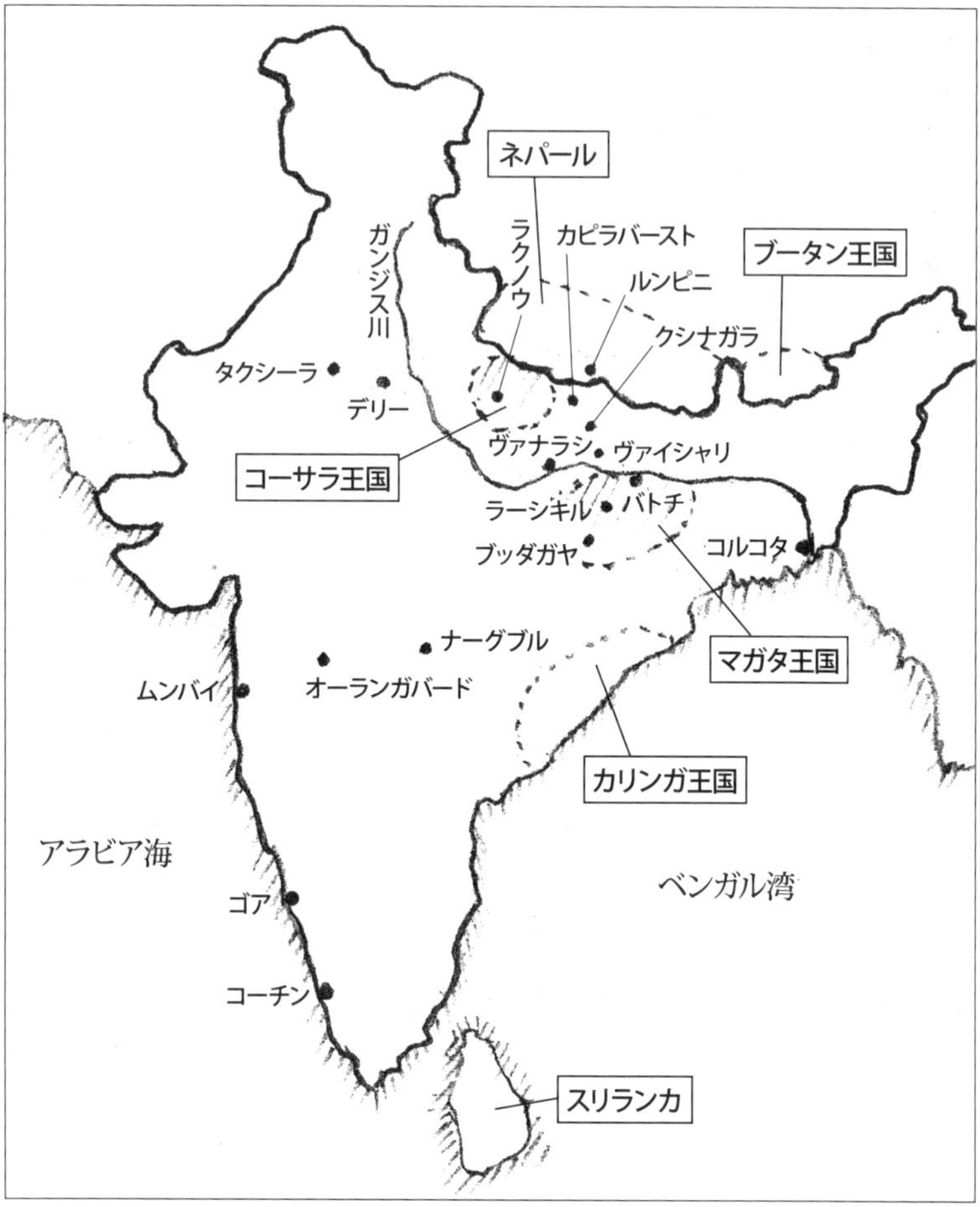
ネパール
ブータン王国
ラクノウ
カピラバースト
ルンピニ
クシナガラ
ガンジス川
タクシーラ
デリー
ヴァナラシ
ヴァイシャリ
コーサラ王国
ラーシキル
バトチ
ブッダガヤ
コルコタ
マガタ王国
ナーグプル
ムンバイ
オーランガバード
カリンガ王国
アラビア海
ベンガル湾
ゴア
コーチン
スリランカ

インド概図

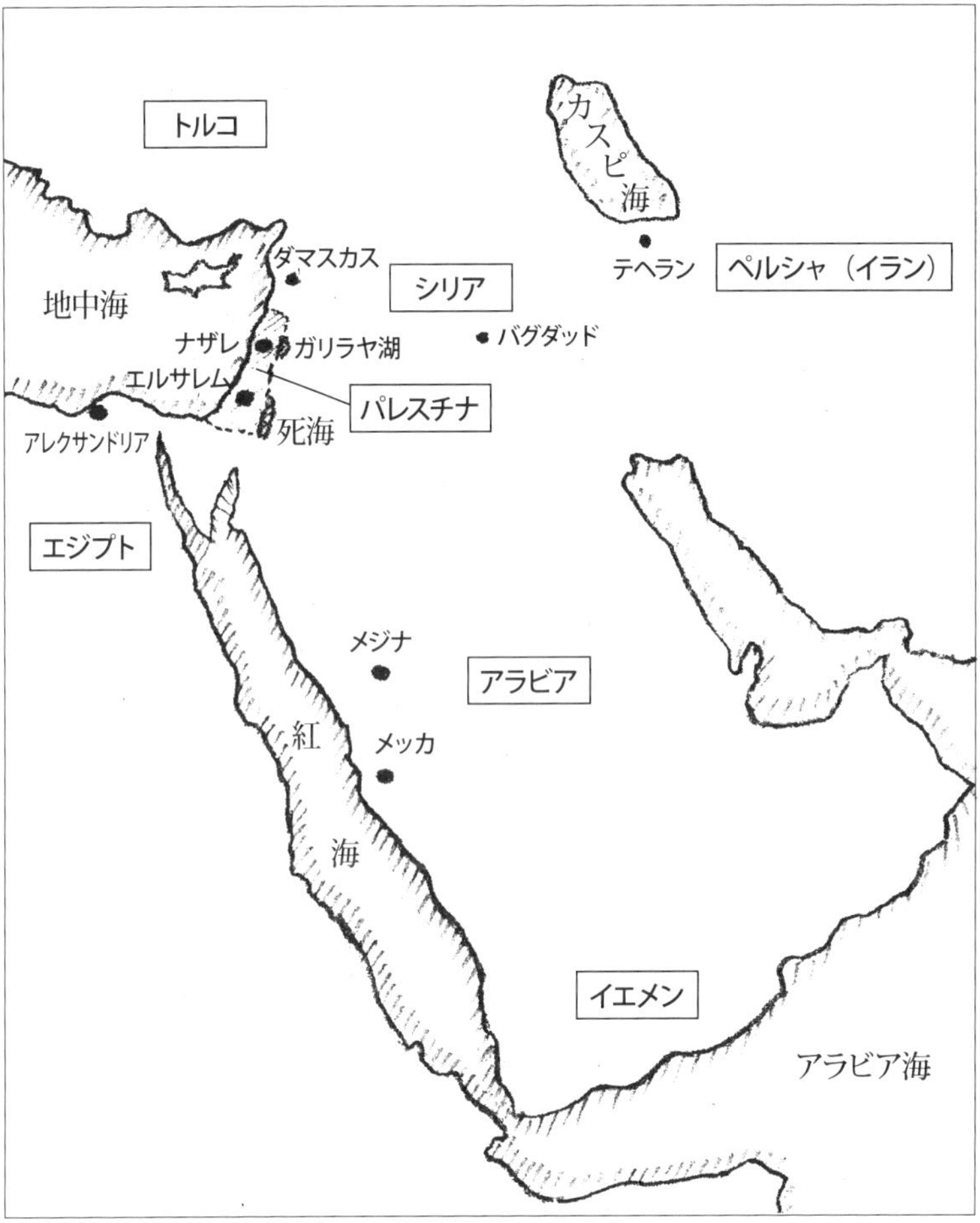

パレスチナ・アラビア概図

装丁／根本比奈子

第一章

お釈迦さまと邂逅

太陽は昼に輝き　月は夜に照る
武人は鎧を　いかめしく輝かせ
修行に励む者は　心静かに光る
されど、悟れる人　釈迦ブッダの教えは
ひねもす　よもすがら　あまねく輝きわたる
（ダンマパダ〈法句経〉三八七）

クシナガラの涅槃堂

一、涅槃からの目覚め

深夜の電話

二月半ばの東京はまだ寒い。

夕方から降り始めた雨は、夜になって本格的な雪に変わっていた。阿南大介にインドから電話が入ったのは、この雪の二月十五日深夜だった。

「この降りだと、今夜中にかなり積もるだろうな」

明日の大雪を気にしながら、リビングルームの灯りを消して寝室へ向かった。うしろで電話が鳴った。

「今頃、何だろう？」

離れて住む高齢の母が居るので、やや心配な気持ちで引き返し、灯りをつけて時計を見ると午前零時少し前だった。依然、電話が鳴っている。

受話器を取り、「もしもし、阿南です」と呼び掛けた。遠距離らしく少し間があって、小さな雑音と一緒に女性の声が返ってきた。その口調に聞き覚えがあった。

「阿南さんですね。こんばんわ。私、インドのクシナガラにいる安井幸子です」

彼女は日本の援助で開設されたインド北部クシナガラの病院で、半年ほど前からボランティア看護師として働いている。

思いがけない電話に大介はあわてた。そして、とっさに平凡な挨拶を返したが、幸子は明るく応じてきた。

挨拶を交わし終えると、幸子の口調が変わった。

「阿南さん、今日、びっくりすることが起こりましたの。お釈迦さまが目を覚まされて、いまはクシナガラのどこかに居られるようです」

「えっ、お釈迦さまが目を覚まされたって……それ、どういうことですか？」

「信じられないでしょう。でも本当のようです。

今日、二月十五日はお釈迦さまが入滅された日で、涅槃会が各地であることをご存知ですよね。こちらでも、クシナガラの涅槃堂で数日前から準備を進めていて、昨日の夕方には全部終わったそうです。ところが今朝お堂へ行ってみると、眠っておられたお釈迦さまのお像がなくて、掛けてあった黄色の布だけが残っていたのです。

みんな驚いて、『お釈迦さまが居られなくなった。眠りから目を覚まされて、外へ出ていかれたに違いない』と言いながら、クシナガラ近辺を探し回っています」

大介が勢い込んで尋ねた。

「まだ見つかっていないのですか？」

落ち着いた声が返ってきた。

「ええ、まだです。みなさん一生懸命に探していますが、どこに居られるのかも分からない様子です」

　幸子が続けた。

「ところで阿南さん、一年前にクシナガラの涅槃堂へ行った時のことを覚えておられますか？『今の混迷した世界を正すにはお釈迦さま直接のご指導が必要なので、もう一度この世にお出ましいただいて、人々に正しい道を説き示してください』と、阿南さんがお釈迦さまにお願いをされましたよね。私の中に今もその言葉が強く残っています」

　もちろん大介は、去年の一月にクシナガラの涅槃堂を訪ねて、お釈迦さまにお願いをしたことを忘れていない。

「ええ、あの時のことはしっかり覚えていますよ。今もその気持ちに変わりはありません」

　大介の言葉を途中から引き取るように幸子が話してきた。

「実は私、あのインド旅行の後でいろいろ考えましたの。それで思い切って日本を離れて、お釈迦さまがいらっしゃるクシナガラに来て新しい生活を始めました。

　そんな中で今日の事が起こったでしょう。もしかしたら、『本当にお釈迦さまがこの世にお出ましになられたのではないかしら？』と、私も興奮してクシナガラの町中で情報を集めていました。そのうちに夜になったので、早く阿南さんにお知らせしようと思って電話したのですが、そちらは深夜みたいでごめんなさい」

「お釈迦さまが目を覚まされた」の知らせに大介は驚いた。だが直ぐに、「自分のお願いを聞いてくださったのかもしれない。お目に掛かれる機会が来たのだ」の期待に変わった。

クシナガラにお釈迦さまを訪ねてから一年が経つ。世界の混迷は益々進み、大介の中で「何かをしたい」の気持ちが一層強くなっていた。また、今の電話で、お釈迦さまに抱く幸子の素直な気持ちを知り、気持ちが固まった。

「よし、クシナガラへ行こう！」

受話器を握る手に力が入り、口からは興奮気味の声が出た。

「直ぐにそちらへ行きます。スケジュールが決まり次第連絡をしますから、お釈迦さまの行方を調べてくださいね」

「分かりました。ぜひ早くお出でくださいね。待っています」

大介は幸子の電話番号を聞いて受話器を置いた。ベッドに入り目を閉じたがまったく寝つけない。冴え切った頭は昨年のインド旅行に飛んでいた。

安井幸子との出会い

一年前、大介はお釈迦さまの人生をたどる旅に出ていた。

東京の旅行社が企画した少人数の旅で、インド北部にあるお釈迦さまの主要な史跡を、十日間かけてバスで巡る旅である。参加者は計七人。全員が中高年の単独行だが、それぞれ何かの目的を持って参加した様子が伺えた。

この中に、年齢が五十代半ばと思える細身で色白の女性がおり、この種の地味な旅とは雰囲気が違う印象の人が安井幸子だった。旅の常として互いの素性には不干渉で、一時の旅仲間として旅程を共にするだけだ。日本から同行した女性添乗員も心得ており、名前以外の個人情報には一切触れない。

それでも一緒に旅をしていれば凡そどんな人かは想像がつく。夕食時にお酒が入り会話を重ねる中で、それぞれの旅の目的や個人的背景が大体は出てくる。彼女は食後の酒席に最後まで残る唯一の女性だったが、いつも聞き役に徹して自分から話を切り出すことはなかった。しかし、お酒はめっぽう強く、酒どころ新潟の出身らしいことが第一の発見である。大介はこの不思議な女性が気になった。


一月半ばのインド北部は乾季の最中で、暑い上にカラカラである。

一行の長いバス旅は、ガンジス河中流域にあるヒンズー教の聖地、古都ヴァナラシ（ベナレス）から始まり、早朝に大河での沐浴や死者の火葬を見た後、お釈迦さまが悟りを開いた後に初めて説法をした『初転法輪』の地サルナート（鹿野苑）を訪ねた。

その後、ガンジス河を渡って、お釈迦さまが『悟り』を目指して苦行を重ねたガヤの岩山、前正覚山に登り、真っ暗な洞窟の中に座してしばしの修行を体験。そして、苦行で『悟り』は得られないと考え直したお釈迦さまが、山を下りて身体を浄めたナイレンジャー河（尼連禅河）に行き、川沿いのセナー村へと廻った。

そこは、お釈迦さまが村娘のスジャータから乳粥をもらって元気を取り戻した歴史的な場所だが、小さな貧しい村のままで、小山のように積まれた稲わらの周りを、埃まみれの子供たちが裸足で走り回っていた。

一行のバスは乾季で水量が少なくなった尼連禅河を渡り、やがてブッダガヤに到着。お釈迦さまが菩提樹の下に座して瞑想に入り、ついに『悟り』を得た聖地である。そこには仏教発祥の地として、後に建てられたマハーボーディ寺院の大塔が威容を示していた。

翌日、朝もやの中を出発した一行のバスは北へ向けて長い道のりを走り、夕方に旧マガタ王国の都があったラージギル（王舎城）に到着。ここは二日間の滞在である。

翌朝にまだ暗い中を、お釈迦さまが説法をされた『霊鷲山』の頂上に登り、昇り来る太陽を拝みながら二千五百年前の往時を偲んだが、かつて栄華を誇ったマガタ王国は眼下の森の中に深く沈んでいた。

さらに、国王から寄贈されたサンガ（僧院）の『竹林精舎』を訪ね、また、お釈迦さま入滅後にその教えを再確認する目的で、アラハット（阿羅漢）の僧侶たちが集まって『第一結集』を開いた岩山の『七葉窟』へと登った。

いずれもお釈迦さまの偉業と初期仏教の足跡を残す大事な場所である。

ラージギルを後にした一行は、かつて玄奘三蔵も学んだ『ナーランダ仏教大学』の巨大な遺跡を訪ねた。当時は二万人もの学僧が居たとのことである。

その後にマガタ王国の新しい首都になったパトナへと進み、川幅が大きく広がったガンジス河を渡ってヴァルジ国へと入った。ここは四部族が共和制で運営した平和な国で、お釈迦さまはこの国をいつも褒め、美しい都ヴァイシャリの町をこよなく愛していた。

バスはさらに北のクシナガラを目指して進み、途中でパーヴァー村へ立ち寄った。お釈迦さまはここで鍛冶屋チュンダの饗応を受け、食中毒のために激しい腹痛と下痢に見舞われたが、憔悴した身体を従者アーナンダの肩に預け、気力を振り絞ってさらに北へと歩まれたとのことである。

村を離れていくバスの中で、大介は八十歳のお釈迦さまが体力を失っても、なお歩き続けられた苦しみの姿を想像し、「この最期の旅で、どこを目指しておられたのだろうか」と考えていた。

日本を発って七日目の午後、ついにお釈迦さま入滅の地クシナガラに着いた。

ここはお釈迦さまにとって旅半ばの地であろうが、大介にはこの旅で最大の目的地だった。

バスは町外れの涅槃堂公園へ直行した。一行がバスを降りるや否や、裸足の子供たちが走り寄ってきて花や品物を押し付け、また手を差し出してバクシー(喜捨)をせがむ。いつもならその圧力を避けるようにして歩くが、ここでは一行の方から近づいて、お釈迦さまに捧げる蓮の花を買った。

それぞれが右手にお花を持ち、二本の紗羅の樹の奥に建つ白亜の涅槃堂へと急いだ。大介も遅れまいと素早く靴を脱いで白い大理石の階段を上った。そして、お堂の入り口で深く礼をして中へ足を踏み入れた。

そこには頭を北に、お顔を西へ向けて横臥したお釈迦さまが居られた。金色のお像の上に黄色い布が掛けられている。おそばに近寄り、ひざまずいてお顔を見つめた。

目の前にお釈迦さまが居られる感激の瞬間に、大介は両手を合わせて「やっとお目に掛かれました」と心の言葉で話し掛けた。二十年来の念願がかない、深い感慨に包まれていた。

回想

この時を遡る二十数年前、大介はタイ日合弁会社に経営トップとして迎えられて、約五年間をタイ国で過ごしたことがある。上座（小乗）仏教国のタイは、日常生活の中にお釈迦さまの教えが根付いていて、様々な場面で仏教的習慣に触れることが出来た。

早朝に、黄色い衣をまとった素足の僧侶たちが一列で歩む托鉢姿の印象は強い。大介の家でもタイ人メイドを通してご飯や果物、お菓子などのお布施をしたが、それは信仰深い彼女にとって毎朝の大事な修行だった。

また会社では、若い男性社員の姿が一週間ほど見えなくなった後、青々と剃った坊主頭で出勤してくることがよくあった。男性には、寺院の修行生活を通して精神的成長を図るため、若い時に一度は仏門に入る習慣がある。また、女性はどんなに善行を積み修行をしても仏さまになれないとされており、母や姉妹のために良き来世を願うのだった。

やがて大介の中で、タイの文化や儀式、生活習慣に大きく影響を与えているインドへの関心が強くなった。仏教を生んだ国への関心であり、また、仏教文化と並んでタイ社会に奥深く二重構造的に存在しているバラモン・ヒンズー文化をもたらした国への関心だった。

こうした理由から、タイ滞在中に二度インドへ旅行をしている。

一度目はムンバイを中心とした西インド地域で、ヒンズー教やジャイナ教、ゾロアスター教社会を訪ねて、その文化を体験した。二度目は中央インドのデカン高原で、旧イスラム教ムガール帝国の都オーランガバードを足場にして、アジャンタとエローラの仏教とヒンズー教文化に触れ、またイスラム教の遺跡を訪ねた。

だが、二度のインド旅行で過去の仏教文化の一端に触れ得たが、現在のインド社会に生きる仏教の姿をまったく見ることが出来ず、大介にとっては不満足な旅だった。

そこで三度目のインド旅行を計画した。二千五百年前にお釈迦さまが生きて、出家し修行を重ねた末に『悟り』を開き、八十歳で亡くなるまで『人が生きる』教えを説いて歩いた、インド北部を訪ねる旅である。

ところが、この旅行実現の前に大介は日本へ呼び戻されてしまった。

その後は、国内の二つの会社の社長として経営に専念する日々を送り、インド旅行から全く遠のいた。

しかしながら、『人間』と『人間の生き方』について深い関心を持つ大介は、経営トップとして多忙な日常の中でも原始仏典を読み、お釈迦さまの生涯とその思想を考え続けた。

そして、『経営は宗教活動の実践である』との独自の考えを持って社長の任に当たった。「人間集団の中核に立つ経営トップは、自らの『人間哲学』に基づく深い経営思想を必ず持たねばならない」。そして、「その思想を組織内に定着させ、企業風土にまで高めることが必要である」との考えで、これはお釈迦さまが深い『人間哲学』を持っておこなった『人間社会の啓蒙活動』そのものであり、「企業の良し悪しは、企業風土の根幹を成す『人間哲学』の深さで決まる」との思いを固めていた。

お釈迦さまの思想の中で、大介は特に『中道』の思想を大切にした。そして、『中道』の心を持てたことで、難しい経営判断を要す問題を前にしても、進むべき『正しい道』がスーッと見える体験を持ち、経営トップとして判断を間違えることはなかった。そして、企業活動の先頭に立ち、社員およびお客様と強い信頼の絆を作って経営に邁進し、託された二つの企業を正しく導いて、それぞれを着実に発展する軌道へと乗せることが出来たのだった。


こうした、企業経営トップの職責を担う中で、大介の心はいつしか、『現代におけるお釈迦さまの直弟子でありたい』の願いに向いていた。その修行は、世間から距離をとるべく出家して寺院に入るのではなく、俗世間の真ん中で生きて、現実のさまざまな体験をしながら、問題解決にお釈迦さまの思想を実践することである。

従って、大介にとってこの二十年間は無為でなく、お釈迦さまの『普遍的思想』を企業経営の中で実践し、その正しさを確信した期間だった。一つ一つの成功体験は大介の志と信念を高め、人間として大きく成長させていたのだった。

やがて、企業経営の第一線を退き、自由な時間が持てるようになった大介は、早速このインド旅行に参加していた。

涅槃堂のお釈迦さまの前で、過去二十年間を回想しているうちに時間が経っていた。周りで人々が立ち上がるのを感じ、お釈迦さまに「また来ます」と心の言葉で別れを告げて、大介はお堂の外へ出た。

一行の後を追って涅槃堂の裏手に回ると、お釈迦さまにいつも寄り添い、お世話をしていたアーナンダのストゥーパがあった。丈の低い円形の質素なレンガ積みだが、アーナンダは直ぐにお釈迦さまのお世話が出来るようにと、今もお傍に控えているようだった。

インド平原に沈みゆく太陽の赤い光の中に、丈が高く白色のお釈迦さまの涅槃堂と、低く赤茶色のアーナンダのストゥーパが一対で溶け込んでいる。二人の強い繋がりを示すこの夕暮れの光景が、二千五百年の間も毎日繰り返されてきたことを思うと、大介は心を惹きつけられていつまでも居たかった。

しかし一月のインドの日暮れは早く、日没後の薄明かりの中を、一行はバスに乗り込んでホテルへと向かった。

再び涅槃堂へ

クシナガラは二連泊である。

強行軍の旅程の中で、ところどころにゆっくり出来る時間が設けられており、ここでは二日目の午後が自由行動になっていた。

ホテルのロビーに、日本の援助で設立されたクシナガラ病院の紹介と、「来訪者歓迎」と書かれた手作りの案内書が置かれていた。大介は明日ここを訪問しようと決めて夕食時に同行者を募ると、希望者が二人居た。その一人が安井幸子で、もう一人は年長の女性だった。

翌日の午後、昼食を終えた三人は、病院が差し向けてくれたマイクロバスに同乗してクシナガラ病院へ向かった。大規模ではないが、清潔な感じの総合病院である。

見学をする中で、病院と日本人医師の活動がクシナガラの人々に大層喜ばれている様子が伺えたが、この小さな町がお釈迦さま『涅槃の地』でなければ、果たして日本との縁があったのかどうかの疑問が湧いた。そして、二千五百年の時を超えて現在につながるお釈迦さまとのご縁を改めて思っていた。

幸子は予想外の熱心さで病院内を見回している。薄いピンク色の衣服を着たインド人看護師たちが、随所でキビキビと働いているのを見ると、小声で「私も以前、看護師をしていたことがあるのよ」と話し掛けてきた。この不意の言葉は、不思議な人の第二の発見だった。

見学は約一時間で終わり、医師と看護師たちに見送られて病院を後にした。異国の地で日本と繋がりのある病院を見学し、気持ちが高揚した三人は車中で話が弾んだが、幸子が看護師だった話までは深まらない。三人はホテルのロビーで別れた。

まだ日も高く、自由時間がたっぷり残っている。

部屋で一休みした後、大介はお釈迦さまが眠る涅槃堂公園へと向かった。

ホテルから遠くないので歩いたが、インドの昼間の日差しは強く、道の照り返しが加わってとにかく暑い。ペットボトルの水を口にしながら、十五分ほど歩いて目指す公園に到着。緑の草むらと随所にある木陰を目にしてほっとした。また、この時間は観光客が少ないのか子供たちの群も居なくて静かである。

涅槃堂の中は留守役の僧侶一人で参拝者は誰も居らず、お釈迦さまが台座の上に静かに横たわっておられた。僧侶も昼寝中のようで目を閉じて座ったまま動きがない。そっと僧侶の前に進んでお布施をした。

大介はお像のお顔の前にひざまずき、心の言葉で話し掛けた。

「お釈迦さま、今日はお願いにやって来ました。

どうか今の世にお出ましをいただきたいのです。混乱と混迷を続ける世界の人々に向けて、特に世界のリーダーたちに対して、『人間の真に正しい生き方』と『人間社会のあるべき姿』を説いてください。

残念ながら今の世界には、人類をこの誤った状況から引き戻し、正しい方向へと導き直せる『真のリーダー』も、その実現を強くサポートする人々も居ません。

世界には、大勢の信者を持つキリスト教やイスラム教、ヒンズー教などがありますが、その宗教間で互いの理解が進まないばかりか、逆に国家や一部の突出した過激組織がそれぞれの宗教を利用して対立と抗争を激化させ、世界に広がった貧困と対立、混乱と殺戮などの問題を、根源から解決することは不可能とさえ感じます。

ここまで混迷を深めた人間世界を正すには、まったく新しいアプローチが必要だと思います。

お釈迦さまは私たちのために『人類至宝の思想』を残されましたが、入滅されてから二千五百年の間に、大勢の仏教思想家が現れて新しい思想と宗派を次々と生み出し、仏教は多様化して巨大化をしました。その結果、現在の私たちには、『お釈迦さまの真の教えとは何だったのか？』

の『仏教の本質』が見えない状況にあります。

こうした状況下では、現在の優れた人物がお釈迦さまの思想を説き広める努力をしても、残念ながら『本質的な教え』にならず、また、それは代弁者の言葉に留まって人々の心に届きません。世界の人々に深い感銘を与え、正しく導くことが出来る人はお釈迦さま以外に居られないと考えます。

平和で安らかな世界を実現するために、どうしてもお釈迦さまに再びこの世に登場してもらい、ご自身の口で人々に説き示していただきたいのです。

この事をお願いしたくて日本からやって来ました。ぜひ、お聞き遂げください」

大介はお顔に向けて懸命に心の言葉で話し掛け、目を閉じて深くお祈りをした。

そっとお顔を見ると、お釈迦さまは無言の肯定をされているように思えた。


涅槃堂の中は、午後のけだるい暑さと静けさが続いている。

後ろに人の気配を感じて振り向くと、安井幸子が両手を合わせてお祈りをしていた。彼女も来ていたのだ。大介はお釈迦さまにお別れの挨拶をして、場所を譲り外へ出て待った。

彼女はしばらくお祈りを続けた後にお堂から姿を見せたが、気持ちの整理がついたような清々しさが感じられた。

涅槃堂でかなりの時間を過ごしたことになる。大介が着いた時はまだ日が高く、お堂に当たる光は入り口で留まっていたが、今は西日がお堂に奥深く射し込み、横たわるお釈迦さまの全身が黄金色に輝いていていた。

白い石の階段を下りた二人は、どちらからともなくお堂の後ろへと回り、アーナンダが眠るストゥーパの前へ出た。西日を受けて赤味を増したレンガの上に、白亜の涅槃堂の影が長く伸びている。

二人は崩れた遺跡のレンガの上に並んで腰を下ろし、この光景に心を沈めた。

大介の尊敬するお釈迦さまと従者アーナンダのお二人が目の前に眠って居られる。二千五百年の時を超えてその場に居る、大介は深いご縁を感じていた。

静かな時間が続いた後に、幸子が口を開いた。

「阿南さん、先程お釈迦さまの前にずいぶん長くいらっしゃいましたね。何かお話をされていたように見えましたけど？」

「ええ、そうです。お釈迦さまにお願いをしていました。今の世にもう一度お出ましくださいと

……」

大介はお願いの内容を話した。

「そんな大事なお願いしておられたのですか？　私は自分のことを話すのに一生懸命でしたのに

……」

思いがけない大介の話に幸子は驚いていた。

大介が話を続けた。

「今から二千五百年前、お釈迦さまはこのインドの大地に生まれて、我々と同じ生身の人間として生きたお方です。人生の喜びも悲しみも、楽しみも苦しみも全てを味わい、悩み、考えた末に、ついに偉大な思想を掴み、深い心の境地に到達されました。そして世の中の人々にも安らかに生

きて欲しいと願って、八十歳で亡くなられるまでその教えを説き続けられたのです。

お釈迦さまは『人間はどう生きればよいか』を教えてくれた我々の大先輩です。人生を懸けて『人間が生きる上でのあるべき姿』を追い求められ、人類の後輩である私たちにもその教えを遺してくれたと思っています。

お釈迦さまの生涯とその思想を知れば知るほど、僕にとって大切な人になり、心から尊敬しています。そして、この混迷の世界を考えると、地球上のすべての人の傍にいつもお釈迦さまに居て欲しいと思います。それほど人類にとって大事なお方だと考えています」

幸子が感心したように言った。

「阿南さんはよほどお釈迦さまが好きなのですね」

「ええ、僕はお釈迦さまが大好きです」

大介は率直に自分の気持ちを話した。そして幸子にも尋ねた。

「安井さんもお釈迦さまが好きですか？　好きですよね。そうでないと、こんな不便なインド旅行には参加しませんよね。差し支えなければ、この旅に参加した訳を聞かせてください」

幸子はやや間を置き、遠慮がちに話し始めた。

「私にはまだ、お釈迦さまが好きなのかどうかは分かりません。でも、この旅に参加してお釈迦さまの足跡を辿ってくると、だんだん身近な人になってきました。

昨日の午後、短い時間でしたが涅槃堂でお釈迦さまの穏やかなお姿に接して、それまで閉じていた私の心が少し開かれたような気持ちになりました。

それで今日もう一度お目に掛かりに来て、今まで誰にも話せなかった私の悩みを全て話したのです。今までいろんなことがあって、周りには誰も相談する人が居ませんでしたが、今日はお釈迦さまに全部を話せました。お釈迦さまはそれを静かに聞いてくださり、励ましてくださいました。

本当はこのまま、もっと長くお側に居たい気持ちです……。

そう、私もお釈迦さまが好きになっているのですね。これからもっともっと好きになれそうな気がします。いま、阿南さんがお釈迦さまにお願いをしたお話を聞いて、もしこの世に再びお出ましになられるのなら、ぜひ私も直接お目に掛かって、もっと深く教えを乞いたいと思います。

これが今の気持ちです。でも私自身のことについて、これ以上は、ちょっと……」

幸子はここまで話し終えると、夕日を背にシルエットで浮かぶ涅槃堂へと目を向けた。深い陰影の横顔は美しく、また寂しく見えた。

大介が優しく声を掛けた。

「そろそろ日が暮れそうですね。ホテルに帰りましょう」

夕暮れの道を並んで歩いた。日中の厳しい暑さは既に去り、少し生温い風を感じながらインドの大地をゆっくり歩いた。二人が向かう先は既に夕闇に覆われ、空は黒ずんでいた。

突然、幸子が空を指差して小さく声を上げた。

「あれ、なんでしょうね？」

大介も気が付いた。

地平線近く、青黒い空の中に「笑顔」が浮かんでいる。細い上弦の三日月のすぐ上に明るい星が二つ並んで輝き、夜空のキャンバスに口と両目を描いて微笑んでいた。

「不思議な光景ですね！」と大介も言葉を返し、空の特異な光景に二人は顔を見合わせた。

後で添乗員から、この夜空は「スマイルムーン（微笑みの月）」という珍しい現象だと聞いたが、不思議な天体の様を幸子と一緒に、しかも異国の地で眺めたことは、彼女を偶然の旅仲間から因縁の人へと変えていった。

ラクノウの夜

翌日からまた強行軍の旅が続いた。

早朝にクシナガラを発った一行は、ネパール領になっているお釈迦さま生誕の地ルンピニを訪れ、その後に、かつての釈迦国の都カピラバーストを目指した。ここは、お釈迦さまが王子として二十九年間を過ごした都で、カピラ城がその中心にあったが、お釈迦さまがブッダとして活動していた時に、大国コーサラによって徹底的に破壊され滅亡したのだった。今は一面の草むらで、街を囲んでいた城壁やお城の面影はまったく無く、崩れた赤いレンガの塊が点々と見えるだけの廃墟だった。目の前に広がる草むらの下には、殺戮された釈迦族の人々が眠っているに違いない。

大介は両手を合わせて祈りを捧げた。

その後の一行は、旧コーサラ国の首都マヘート（舎衛城）を訪ねた後、さらに郊外の『祇園精舎』へと廻った。そこは、お釈迦さまが長く滞在して人々に法を説き、大勢の弟子たちが修行を積んだサンガ（僧院）跡で、また、日本人には馴染みある名前の場所であり、お釈迦さまの息吹を処々に感じながら遺跡を感慨深く歩いて廻った。

お釈迦さまの足跡を巡る旅は、ここ『祇園精舎』を最後の目的地として終わった。

十日前にヴァナラシを発って以来、それぞれの地で宿泊を重ねながら北へ、西へと強行軍で移動してきた一行は、バス旅の最終地ウッタル・ブラデッシュ州の都ラクノウ市に到着。旅行最後の夜として用意されたタージマハール系の高級ホテルに入り、すぐレストランでの夕食になった。誰の顔にも長旅の疲れが出ていたが、既に良く知り合った旅仲間であり、お酒を入れて最後の食事を楽しんだ。

夕食の後、メンバーのほとんどが現地ガイドの案内で土産を買いに市中へ出かけたが、大介はホテルの中で買い物を済ませ、最後の夜をゆっくりホテルで過ごそうと考えていた。

まず、ホテル内のショップをいくつか覗いて、やや小さめの白檀手彫りの釈迦仏像を買った。インドで「聖なる樹」とされる白檀は上品な香りを放ち、手彫りであればそれだけの価値がある。

大介がレジで支払いをしている時に幸子が店へ入ってきた。

「あら、阿南さん。外へ買い物に出たのじゃあないですか？」

「いや、僕が頼まれた土産は紅茶だけなので、明日ニューデリー空港の免税店で買えば十分ですよ」

「私もそうなのです。買うものはあまりないし、お土産を上げる人も居ませんしね」と言いながら、大介がレジの横に置いた釈迦像に目を止めた。

「それ、お釈迦さまのお像でしょう？　私も白檀の木彫りを捜しているのですが何処にありました？　一緒に見てくださる」

「そこのコーナーですよ」と大介は指差し、支払いを終えると、店員に包装を任せて幸子の後を追った。

「僕はこの大きさにしましたよ。あまり大きいと持ち帰るのに困るのでね」

「そうね、ちょうど良い大きさですね。だけど、お顔はどれが良いかしら？」

手彫りなので顔は一つ一つ違っている。少し迷いながらもその中の一つに決めた。やさしいお顔である。良いお像を見つけてすっかり満足した様子だ。

二人は同じ木彫りのお像が入った包みを持って店を出た。そして、歩きながら大介が尋ねた。

「もう他に買い物はないのですか？」

「ええ、これで今日は終わりです。明日は空港で充分時間がありそうですから」

「じゃあ、このホテルの最上階にラウンジがあるので僕はこれから行きますが、安井さんも少し飲みませんか」

大介は独りで行くつもりだったが、彼女もお酒の雰囲気が好きだと知っていたので積極的に誘った。

「いいですね。このまま寝るには時間が早すぎますし、よろしければご一緒させてください」

「良かった。じゃあ、一緒に行きましょう」

大介は彼女の笑顔を見てほっとした。

二人はエレベーターで最上階へ上がり、落ち着いた雰囲気のラウンジに入った。見晴らしが良い窓際の席に案内してもらい、飲み物とつまみをオーダーする。

窓から見える夜景は意外に暗く、大型オフィスビルの窓明かりと、主要道路の街路灯が橙色に照らしているだけで、街全体が暗く沈んでいた。

ボーイが飲み物を持ってきた。二人ともスコッチウィスキーのダブルで、それにボトル入り飲料水を付けた。氷は危険なので絶対に入れない。

大介が口を開いた。

「長旅、お疲れ様でした。お互いに体調を崩さずに、無事ここまで来れて良かったですね。まずは我々の健康に感謝して乾杯しましょう」

「ええ、本当にお疲れ様でした。またお世話になり、ありがとうございました。では乾杯！」

幸子はお礼の言葉も添えた。

肉厚グラスの「チン」の音を耳に、目と目で笑みを交わした。

二人の間の壁が除かれたようで、幸子の口が緩み、道中の出来事について話が弾んだ。

それにしても、彼女のグラスを空けるスピードが速い。追加オーダーの回数は大介の二倍で、杯を重ねてもピンとしている。

「安井さんはお酒が強いですねえ！」

大介は改めて感心した。

「実は私の実家が新潟の村上で酒造りをしていましたの。それで子供の時から薬代わりに少しずつ飲んでいたので、すっかりアルコールの免疫が出来たみたいです。少々飲んでも効かないのです」

「うーん、そんなに飲める人は羨ましいですね。僕もお酒は好きなのですが、すぐに顔が赤くなるので、昼間に飲む時などは沢山飲めずに残念ですよ。それで、実家の酒屋さんは今も続いているのでしょう？」

「ええ、兄が継いでやっています。だけど私は若い時に家を出てから帰っていないのです」

「ご両親は元気で居られるのですか？」

「いえ、母は早く亡くなりました。父もその後に亡くなったのですが、私は勘当されていたので父のお葬式も知らなかったのです」

幸子の目が潤んだ。窓の外に視線を逸らして感情を抑えている。

「そうでしたか……」

大介は言葉が続かない。これ以上の深入りはいけないと感じて、半分残っていたグラスを一気に空けた。そして、追加オーダーをしてトイレへ立った。

席に戻ってくると、幸子は窓の外に顔を向けたままでいた。先ほどの高ぶった気持ちは落ち着いたように見え、大介も外の闇に目を向けた。ガラスに映る幸子の横顔以外に見るべきものはなかった。


少し沈黙の後、幸子が口を開いた。

「阿南さん、この間クシナガラの涅槃堂にご一緒した時、私にこの旅行へ参加した理由を聞きましたよね。あの時は言えなかったのですが、今日はお話しが出来そうです。

さっき、実家から勘当されたことを話しましたが、故郷の村上を離れた後もいろんな事があって寂しい日が続きました。そこから救ってくれたのが義理の父親になった安井です。知り合ったのは、東京に出てきて看護師として病院で働いていた時で、私が担当した入院患者の一人でした。義父は私を気に入ってくれて、退院した後に一人息子の嫁に迎えてくれたのです。

ところが、その夫が急に交通事故で亡くなりました。私はそのまま家に留まって義父と一緒に店を守り、義母の介護を続けました。そして、義母を看取り、また昨年の夏には義父も見送って、また独りぼっちになりました」

グラスに添えた指先に目を落とし、静かに話す尚子の言葉を大介は無言で聞いていた。

「義父は熱心な日蓮宗の信者で、朝夕に仏壇の前で法華経を唱えていましたが、亡くなる少し前に、『俺が死んだら、位牌を持ってインドの霊鷲山へ登ってくれないか。もう自分は行けないので、代わりその場所を見て欲しい』と私に頼んだのです。

義父の四十九日を終えて気持ちの整理が着いた時、ちょうどこの旅行があることを知って、義父の願いを果たそうと思って申し込みました。

だから、お釈迦さまや仏教のことをほとんど知らないままに参加したのですが、インドで毎日史跡を廻っている内に、お釈迦さまの姿が私の中で大きくなってきました。

ラージギルの霊鷲山に登った時、はるか昔にそこでお釈迦さまが法華経を説かれたことを知りました。持ってきた位牌と写真に周りの景色を見せて、義父との約束を果たせたことに安堵しました。私を可愛がってくれた穏やかな義父が、この霊鷲山で説かれた法華経を信じて一生を終えたのだと思うと、お釈迦さまを身近に感じて、もっともっと知りたくなったのです」

幸子が話を続けた。

「実家から勘当された上に、結婚後は頼りにしていた主人を早く亡くして、また義理の父母も往ってしまって、誰を頼りに生きていけば良いのか分からなくなっていました。そんな中で義父の遺言と位牌に導かれてインドへ来たのですが、今はこの旅のお蔭でお釈迦さまに出会えて本当に良かったと思っています。

この間クシナガラの涅槃堂に初めて行った時、お釈迦さまは私をやさしく受け止めてくださったように感じて、次の日にもう一度訪ねました。自分の過去からのことを全部話しましたが、お釈迦さまは私の悩みを静かに聞いてくださり、『過去にこだわらず』『自分を見つめて』『しっかり前を向いて生きなさい』と励ましていただいたように感じました。

心から信頼できるお方に出会った気持ちですし、お釈迦さまが私の傍に一緒に居てくださり、いつも見守ってくださると思うと、これからは強く生きていけそうです。

ですから、この旅は私にとっての『自分探しの旅』だったのかもしれません」

幸子は顔を上げて大介を見た。その目は何かを決心するように思えて、視線を眩しく感じた大介は自分の気持ちを鎮めるように言葉を捜した。

「お釈迦さまは安井さんに『中道』の真理を言われたのでしょうね。

『過去にこだわっていては前へ進めない。逆に先の夢ばかりに捉われると、目の前が見えずに転んでしまう。過去と未来両方への極端な捉われから離れて、今の現実から一歩一歩進んでいくこと。そして、自分はこれから何をしたいのかを見つけて、希望を持って毎日を生きなさい。それが人生なのだ』と言われたように思いますよ。

人生ではいつ何が起こるか分からないけれど、それを心配するよりも、自分をいつも見守ってくれる人が傍に居ると信じれば、毎日を安心して生きられるのでしょうね」

幸子は黙って聞いていた。

大介が続けた。

「先ほど安井さんは、このインド旅行が『自分探しの旅』みたいだと言われましたね。実は、僕もこの旅には或る目的があったのですよ」

「何ですか？　それは」

「そうですね、『自分の役割探しの旅』とでも言うのかもしれません」

「『役割探し』って、どういうことですか？」

「実は、それがどうにも説明が難しいので、先に日本仏教の話をして良いですか。そこから『役割探し』に多分つながると思います」

大介はウイスキーを一口飲み、ゆっくり話を始めた。

「一般に、日本人の根っこには仏教があると言われています。

確かに、お葬式や法事の時にはお坊さんの世話になりますが、それ以外は、新年にお寺にお参りするとか、仏像や仏閣を拝みに行って芸術的な鑑賞をする程度で、『本当にそうなのかな？』と言うのが正直なところです。

僕は以前からお釈迦さまに関心を持って、自分なりに勉強をしてきましたが、その教えの内容は日本で日頃接する仏教とはずいぶん違うのです。また、お寺をいろいろ巡っても、阿弥陀如来や薬師如来、それに観音さまやお地蔵さまなどの大乗仏教の仏像や、日本人仏教者の弘法大師や日蓮上人などの像を沢山見掛けますが、何故かお釈迦さまの像が少ないのです。

どうも普段から、お釈迦さまの像や絵に接し、教えについて聞く機会がほとんどないように思えて、日本人の生き方の中に仏教が根付いていると言われても、そこには仏教の元祖であるお釈迦さま本来の教えがあるようには思えないのです。日本の仏教はどうなっているのだろうと思うばかりです」

ここまで聞いた幸子が同感するように言った。

「そうかもしれません。でも、どうしてそうなったのでしょうか?」

大介が続けた。

「ご存知でしょうが、仏教には二種類あるとされます。一つはお釈迦さまの直接の教えを伝えているとされる『上座仏教』で、もう一つは、お釈迦さまが入滅されてから四百年ほど経った紀元前後の頃に生まれた『大乗仏教』です。

古い方の『上座仏教』は、お釈迦さまに直接教えを受けた弟子たちが、出来るだけ正確にそれらを記憶し、代々口で言い伝えてきた言葉を、紀元前一世紀頃に当時の日常語だったパーリー語で書いて遺した教えです。

この内容は、人間お釈迦さまが重ねた修行の中で、『自己を確立』し『人間の本質は何か』『人間としてどう生きるべきか』を追求して得られた思想で、どちらかと言えば、人々を導く役目の出家修行僧に向けて説かれたものです。

まず、『自分を厳しく律する』ことが求められ、その上で『慈悲の心』を持って他の人々の救いの行動を取ることを求めます。また、お釈迦さまはこの内容をさらに分かり易い言葉にして、一般の人々にも説き広め、正しい生活での人生を送るようにと指導されました。

このパーリー語で書かれたお釈迦さまの思想は、後にスリランカへ伝道され、そこからミヤンマーやタイ、カンボジア、インドネシアの国々に広まった『南伝仏教』と言われるものです。


もう一方の『大乗仏教』は、仏教教団を支援してくれる長者や一般在家の信者に向けて新しく創られた仏教です。教団の規模が大きくなり、その維持のために大衆化への方向転換は重要だったのでしょう。この大衆化をリードした僧侶たちは、自分たちの仏教は『大勢の人々を救う教え』だとして『大乗仏教』と名づけ、それを優越化させる一方で、今までの『上座仏教』を『特別に修行を積んだ僧侶のためだけの小さな教え』だとして『小乗仏教』と呼び、卑下して対抗姿勢を強めました。

この『大乗仏教』の中でお釈迦さまの姿は、人間を離れた永遠の存在の『仏さま（仏陀）』へと変わり、人々が崇拝し信仰する対象になりました。さらに、在家の人々の救済に専念する如来や菩薩など沢山の新しい仏さまが作られて、『釈迦ブッダ』もこれら抽象的な如来の一つに位置づけられたのです。ここに、仏教の元祖である『人間お釈迦さま』の姿は完全に不明瞭になりました。そして、同じ頃にインドで仏像製作が始まり、身近で目に見える信仰の対象となる仏像が沢山作られたことと相まって、『大乗仏教』はインド大衆の間に拡がっていったのです。

ところで、『大乗仏教』の新しい物語は、当時インドでバラモンなどの上流階級が使っていたサンスクリット語で書かれていますが、我々が読む時に注意しておくことがあるのですよ。

それは、各経典の書き出し部分の表現です。

『上座部経典』では、弟子たちがお釈迦さまから直接聞いた教えなので、文頭の言葉を『私はこのように聞いた』で始まる表現に統一しました。しかし、お釈迦さまの直接の言葉ではない『大乗経典』においても、まったく同じ書き出しの表現を使ったのです。だから、後世の人が『大乗経典』を読む時に、それらを『上座部経典』と同じお釈迦さま直接の言葉だと誤解して、仏教の理解を混乱させた原因の一つになっています。

紀元二～三世紀頃に、シルクロード経由で沢山のインド仏教経典が中国へもたらされましたが、中国ではその中の『大乗仏教』だけが取り上げられて『中国仏教』になり、それが日本に伝わったのです。この流れを『北伝仏教』と呼び、日本では、昔からあった山岳信仰や先祖崇拝の風習と交じり合って、さらに『日本仏教』になったのですよ」

幸子が聞いた。

「そうしますと、日本には『大乗仏教』だけが伝わったということですか？」

「そうです。お釈迦さまが二千五百年前に説かれた『上座部経典』と、その四、五百年後に作られた沢山の『大乗経典』が一緒に中国に持ち込まれたのですが、結果として、中国人には『大乗経典』の方が分かり易く人気があり、時の支配者層も『大乗思想』を大切にしたので、この流れが出来上がったとのことです。

他方の『上座仏教』思想は中国人学者の間で関心を持たれたものの、既に中国にあった老子や荘子の思想に近い内容と思われて、間もなく姿を消したそうです。

だから、奈良や平安時代に日本から渡った留学僧たちは、『上座仏教』に接する機会がないままに、既に中国で漢語に翻訳されて流行していた『大乗仏教』諸宗派の教えだけを学び、それらの経典の一部を日本に持ち帰ったことから、『日本仏教』は『大乗仏教』を基にして展開したのです。

それから約五百年程遅れて、インド僧のダルマが中国で開いた禅宗が、唯一『上座仏教』思想の一部を引き継いでいるとされ、この禅宗が鎌倉時代に中国から日本へ持ち帰えられて武士階級に広まりました。現代でも禅思想として人気がありますが、お釈迦さま本来の教えからはかなり姿が変わっているようです」


幸子が尋ねた。

「では、本来の『お釈迦さまの思想』が日本で知られたのはいつ頃ですか？」

「江戸時代後半に、慈雲尊者という僧侶が、インドのサンスクリット語で書かれたお釈迦さまの『上座部経典』を入手し、日本語に翻訳して説いたことがありましたが、本格的に知られ出したのは明治の初めだそうですよ。

文明開化の中で西欧の文化が積極的に取り入れられましたが、『上座仏教』思想は既に研究が進んでいたドイツから入ってきたのです。それを契機に日本でお釈迦さま直々の教えの研究が始まり、パーリー語の『上座部経典』から直接日本語への翻訳も行われ始めました。

だから日本の『上座仏教』の歴史は、ここ百数十年と言えます。

しかし、明治政府が天皇制の基盤になる皇室神道を重視する方針を取り、他の宗教を否定する命令を出したので、せっかく着目され始めた上座仏教思想は表に出ることなく、学者の研究だけに留まったのです。そして、第二次大戦の敗戦後は、占領軍の指導によって、神道はもちろん仏教を含むすべての宗教を学校教育から引き離す方針が取られ、それが現在まで続いているので、一般日本人が『上座仏教』思想へ実質的に接する機会はほとんどなかったと言えます。

最近になって、お釈迦さま本来の教えに関心を持つ人が増えてきましたが、仏教二千五百年の歴史の中では、本当に新しいことなのですよ」

幸子に疑問が湧いた。

「日本の仏教は『葬式仏教』だと聞きました。また、お彼岸にお墓参りをしたり、お盆にはご先祖を迎えて仏壇にお供えをして、その度にお坊さんの世話になりますよね。これは日本人の生活の中に仏教が定着していると思えますが、この風習もお釈迦さまの教えとは違うのですか？」

大介が続けた。

「そう、かなり違うと言っても良いようですよ。

実は、お釈迦さまは自分が亡くなる直前に弟子の僧侶たちに向かって、私の葬儀は在家信者の人々に任せて、出家の僧侶は一切関わらないようにしなさい。そなたたちは本来の務めである『自己の確立』を目指して、ひたすら修行に専念をしなさいとの遺言を残しているのです」

幸子が訊いた。

「では何故、日本でお坊さんたちがお葬式や法事に関わるようになったのですか？」

「古代の日本では、死者は自然の中に還っていくと考えられ、一般の人は特別な弔い儀式をしていなかったようですが、後に入ってきた『中国仏教』の影響を受けて、僧侶が関わる葬儀になったのです。

発端は中国で、禅宗の出家僧が亡くなった時にお寺で弔いの儀式をしたのが始まりとされています。日本の曹洞宗がその方式を取り入れて、僧侶だけの弔い儀式をしていましたが、そのうちに、有力な在家信者が亡くなった時にお寺へ多額の寄進をして、弔い儀式を頼んだことを契機に他の宗派へも広がり、庶民にまで一般化したそうです。そして江戸時代になって檀家制度がとられたことで、葬儀や法事で在家信者や庶民から受け取るお布施がお寺の安定収入になっていき、ついに『葬式仏教』とまで言われる社会習慣になったとのことですよ」

幸子が重ねて尋ねた。

「お彼岸やお盆の風習も同じですか？」

「そう、日本では亡くなった人はみんな天に昇って神さまや仏さまになりますね。そして、お彼岸やお盆にお墓や仏壇へ戻ってくるのでそのお祀りをするもので、今や日本的な仏教風習ですが、実は、お彼岸は日本古来の祖先を敬う風土の中へ、中国仏教の先祖崇拝の儀式が伝わって生まれた風習とされます。また、お盆は正式には『盂蘭盆会(ウラボンエ)』と呼ばれて、古代ペルシャの『ウルバン』儀式が日本に伝わって、現在の習慣になったと言われています。

そもそも、仏教が生まれたインドでは、輪廻転生の定めで人は生まれ変わるとされ、お墓や仏壇を作って死者や先祖をお祀りする習慣が全くないのですよ。

こうした歴史からも分かるように、現在の日本人に馴染んでいる様々な仏教行事や習慣は、二千五百年前にお釈迦さまが弟子たちに説かれた本来の教えや姿から相当離れているのです」

幸子が尋ねた。

「そうしますと、仏壇やお墓はなくても良いのですか？　何となく寂しい気がしますが……」

「いえ、永年の風習に慣れた日本人にとっては、仏壇やお墓があった方が良いと僕は思います。なぜなら、親しい人が亡くなると、確かにその姿や形はなくなりますが、『人の記憶から消えた時に、本当の死を迎える』の言葉がある通り、故人は私たちの心の中でいつまでも生き続けています。また、お釈迦さまが『縁起の真理』を説かれたように、私たちはご先祖との永い繋がりの中に今を生きており、この流れは私たちの子孫にも繋がっていきます。従って、自分のご先祖や親しい故人を想い起こし、大切な繋がりを確認する場として仏壇やお墓を大切にした方が、自分が生きている実感を持てるように思います」

「そうですよね。何かあった方が、亡くなった人とのつながりを強く感じますね」


大介がさらに話を続けた。

「もう少し問題をお話しすると、日本に広まった『大乗仏教』は、『中国仏教』をそのまま導入した上に、日本流の解釈が加わったものだから、インド本来の『大乗思想』から離れているようですよ」

「えっ、『大乗仏教』の思想も違うのですか？」

「全く違うとは言えませんが、中国には外来文化は全て中国化される歴史があり、正しくは中国風に解釈された『中国仏教』と『漢語経典』と言うのが正しいでしょう。

実際に中国では、漢語に翻訳された仏教は『格義仏教』と呼ばれる中国文化の一つとなっており、本来の『インド仏教』思想やその歴史は、中国文化の後ろに隠れてしまっています。

日本ではその上に、学僧たちが持ち帰った幾つかの『中国仏教』宗派の中から、宗祖と呼ばれる優れた仏教思想家たちが現れ、日本の風土や時代変化に合う解釈をした日本仏教思想を生み出して、日本社会の中に広まっていったのです」

「今言われた宗祖とはどういう方ですか？」

「日本人宗祖は最澄や空海の他に、法然、親鸞、一遍、日蓮、栄西、道元といった人々で、良く聞く天台宗や真言宗とか、浄土宗や日蓮宗、禅宗などを日本で始めた方々ですよ。ご存知でしょう？」

「名前は聞いたことがあります。でも、同じ仏教なのに、どうして『大乗仏教』や他の沢山の宗派が出来たりするのですか？　仏教は分かり難い宗教なのですね」

「そう、分かり難い宗教とされています。その理由ですが、実は、お釈迦さまが『自分の教えだけが正しい』と断定して固執したり、『他の思想は誤りだ』などの否定をされなかったのです。自分の教えを他人に強制することはなく、自分と違う思想があってもそれに構わず、また、ブッダの教えを求めてくる人は誰でも受け入れて自分の下で修行をさせ、逆に、弟子たちが他の思想を求めて向かうことを許したのです。

その後も、この『他の思想に対する寛大な伝統』が守られたので、お釈迦さまの教えを原点としながら、時代に対応する新しい思想が次々と現れ、また、それらがさらに枝分かれをして、今私たちが見るような沢山の仏教宗派と巨大な仏教思想体系が出来上がったのです」

「そうすると、仏教の思想全体が分かる人は居るのですか？」

「たぶん居ないでしょう。人間の一生では読破出来ないほどの量と内容の仏教経典があるそうです。だから、昔の日本人学僧たちが中国で『仏教』を学び始めた時に、自分が大切だと感じた経典を選んで、その内容だけをそれぞれの師から学ぶ以外になかったようです」

幸子が言った。

「日本の仏教も複雑なのですね。日本の中でも新しい宗派が次々生まれていますし……」

「そうなのです。でも日本でいろいろな仏教宗派が独立して在っても、江戸末期までは問題になりませんでした。ところが、日本の近代化が始まった明治時代、キリスト教を背景とする英語のReligionを翻訳する時に、適切な日本語がなくて苦労したそうです。結局は中国にあった『宗教』という言葉、つまり『宗の教え（おおもとの大切な教え）』の意味と、日本の沢山の仏教宗派の思想も、根源でお釈迦さまの教えに繋がっているとの緩い解釈をした『宗派の教え』の意味の両方から、『宗教』という日本語を作ったそうです。

ところが、日本仏教の実態は、世界の一般的な『宗教』の姿からかなり違っているのですよ」

幸子は、何となく『仏教』全体の姿が分かってきた気がした。

「そうしますと、『仏教』にはおおもとに『お釈迦さまの教え』があり、それを引き継いだ『上座仏教』と、その後に生まれた『大乗仏教』があって、これらの中に沢山の仏教宗派があるということですね。ところで、悩みを抱えて苦しんでいる人が『観音さま』の名前を呼ぶと救ってくれる宗派があると聞きました。これは人々の心の支えや救いになるので、『葬式仏教』のような『死者のための仏教』ではなくて、むしろ『生きている人のための仏教』のように思えます。この『観音さま』についての教えも『大乗仏教』なのですか？」

「そうです。心の救済や心の支えは『仏教』の大切な思想の一つで、その源はお釈迦さまの思想の中に『慈悲の心』や『利他の行い』として説かれています。それが後の『大乗仏教』にも一貫して引き継がれた『救済の思想』で、どんな仏教思想にも共通してあります。

でも、お釈迦さま自身は、『私を崇拝者として拝んだり、救いを求める対象にはしないように』と指示を出されており、苦しい時の神頼みではないですが、『困った時に仏さまに助けを求める』ことだけでは、本当に仏教を理解したことにならないのです。

大事なのは、お釈迦さまは私たちに向けて、『何かにすがり、頼って生きるのではなく、まず一人の人間としてしっかり自立し、自分の力で生きてゆく努力を続けなさい。そのためには自分の『心』の状態が大切で、いつも『心』を磨き鍛えなさい』と厳しく説かれているのです」

幸子がうなずいた。

「そうですね、仏さまにすべてを頼り、救いをお願いするだけの姿勢と、自力でしっかり生きる努力をするのとでは、ずいぶん生き方が違いますね」

大介は、話が重要なところへ来たと感じ、言葉を少し強めながら話を続けた。

「お釈迦さまは『人間とは何か？』を深く考えた末に、『人がこの世に生を受けてから死を迎えるまでの一生を、どのように生きれば、より良く安らかな人生になるのか』を考えられたのです。そして、日々の正しい生き方を始めとする、自らを高める方法を明らかにして、『人間共通の真理』として示されました。

だからお釈迦さまは、まず『この真理を信頼し、その実現に向けて自身の心を高めるべく日々に精神修養に努めよ』との『自利』を大事にして、その上で『困っている人が居れば手を差し伸べて、みんなが平等で平和に助け合って生きなさい』と『利他』の行動を勧めたのだと思います。従って、この『自利』と『利他』の順序をしっかり自覚していることが大切で、もし、修行が不十分な段階で『利他』の行動にこだわるならば、世間の評判を気にする自己満足に過ぎない中途半端な行動となるからです。

また、お釈迦さまは他人にすがる前に、まず、『あなたはどう生きることが良いと考えているのか？』『日々に、自分はどんな生きる努力をしているか？』、そして、『修行に励み、自己を確立する努力をしているか？』などの『自利』の行為を先に問われるだろうと思いますよ」

幸子は納得出来たようだった。

「そうなのですね。お釈迦さまは『仏さまにすがってお願いをする前に、まず自分自身をしっかりさせて、その上で強く生きていくように』と言われていたのですね。そう言えばこのお話は、クシナガラの涅槃堂でお釈迦さまが私に言われた言葉に通じています。今、その意味が分かりました」

「そうですね。お釈迦さまは安井さんにもそう言われたと思いますよ。

幸子が微笑みを見せた。

大介はここで本来の話に戻した。

「今お話したように、日本の仏教はお釈迦さまが考えておられたことの半分しかやっていないと言えます。僕はこの点に強く疑問を感じてきました。ここから、先ほどの『自分の役割さがし』

の話に戻ります。

実は、僕には今回のインド旅行に二つの目的がありました。

一つは、お釈迦さまをもっと深く知りたかったのです。お釈迦さまが生き、そして活動をされたインド北部の大地を僕自身が実際に歩き体感して、お釈迦さまが『後世の人にも続けて欲しい』と真に願っておられたことを考えるためです。その上で初めて、お釈迦さまの教えの理解が深まり、自分のものになると思ったのです。

もう一つは、お釈迦さまへの直接のお願いです。

世のリーダーたちが『お釈迦さまの思想』を学んで、『真のリーダー』としての意識に目覚めて欲しいのです。このためには『お釈迦さまの思想』をしっかり学ぶ機会が必要であり、僕自身はその準備をする役割は果たせますが、世界のリーダーたちに刺激を与えて彼らの『心』を動かすには、やはりお釈迦さまの大きな力が必要で、再びこの世に登場をしていただく以外にないと考えました。

この二つが今回の旅の大事な目的であり、『自分の役割探しの旅』の意味です」

大介はここまでしゃべると、幸子を見ながらウイスキーグラスを空けた。

彼女は真剣な眼差しで、大介の言葉についていこうとしていた。

大介が言った。

「ごめんなさい。お釈迦さまの話になるとつい熱が入ってしまって、自分の勝手な持論をしゃべり過ぎました。あまり面白くないでしょうから、何か他の話にしましょう」

「いえ、大丈夫です。だけど阿南さんは本当にお釈迦さまが好きなのですね。まるでお釈迦さま自身になりたいと思っていらっしゃるみたいで……」

幸子は微笑みながらグラスを口にした。大介は右手を挙げてボーイを呼び、二人分の注文をした。


幸子が話題を変えた。

「阿南さんはどちらにお住まいですか？」

「僕は東京の目黒です。そうそう、今後何か僕がお役に立てそうなことがあれば遠慮なく声をかけてください。また一緒にお釈迦さまの勉強が出来ればいいですね」

大介は手早く住所と電話番号をメモに書いて渡した。

幸子はそれに目をやりながら、

「目黒にお住まいですか。私は横浜の日吉です。そんなに遠くないですね。

ところで、今日はありがとうございました。阿南さんのお話を聞いて、お釈迦さまの事が少しは分かってきたように思いますので、この後も自分で考えてみます。今夜のことはずっと記憶に残りそうです」

幸子は、アルコールの酔いがわずか出た美しい顔に微笑みを浮かべてお礼を言った。

「今夜はインド旅行最後の夜ですが、僕にも想い出に残る楽しい時間になりました。ありがとうございました」

大介も笑顔でお礼の言葉を返した。

二人は目と目を合わせ、グラスに残ったウイスキーで「乾杯」の声を交わした。

二つのグラスが想い出の余韻を残すかのように、「チーン」と長く音を響かせた。

二人は立ち上がった。

外の闇が、席を離れて歩む二人の姿を窓ガラスに映している。

ラウンジ出口付近の照明は暗く、階段があることに気づいた大介は幸子の手を取った。そして、エレベーターへ向けてゆっくり歩いた。エレベーターの前で、開いた扉に手を掛けて待っていたボーイが「良い夜をお過ごしを！」の言葉を掛けてウインクをした。

エレベーターがゆっくり下がり始めた。


翌朝、一行はラクノウから空路でニューデリーへ移動し、夜に出発のインド航空機で日本へ帰国の途についた。

かくして、一行七人の十二日間インド旅行は成田空港到着ロビーでの解散で終わった。無事に日本の土を踏んだ安堵感と長旅の疲れもあって、「お世話になりました」「さようなら」の言葉を交わしただけで、それぞれに帰宅を急いだ。

この間に幸子から連絡先が知らされることはなく、また大介もそれを求めなかった。


インド旅行から半年が過ぎ、旅の印象も薄れかけた八月の中旬に一枚の絵葉書が届いた。紙質は悪いがクシナガラ涅槃堂の写真である。

「インドは雨季の最中で、毎日一回は激しい雨」の季節の挨拶に続いて、「七月からクシナガラ病院で看護師として働いています」と簡単に書いてあった。

それだけの内容だが、幸子がインド旅行から帰国後に重大な決心をして、すぐ行動に移したことに驚いた。「何がここまで彼女を突き動かしたのだろうか」と考え、インド旅行中の会話を振り返ったが決断の理由は推測出来なかった。

大介は日本の絵葉書に、「知らせに驚いた。元気で働いて欲しい。また機会があればクシナガラの涅槃堂へ行きたい」と率直な気持ちを書いて送った。

その後、二人の間に何の交流もない日々が続いた中で、突然、二月十五日の夜に電話が入ったのだった。

二、クシナガラへ向かう

電話で「直ぐに行きます」と言ったが、大介には多少の準備時間が要った。

幾つか抱えている公務はインド行き最優先で解決が出来、ビザ取得と航空券の手配もすぐに済ませた。だが、目的地がインド北部の小さな町なので交通手段が限られ、ニューデリーからクシナガラへ行く方法に迷っていた。また、ここから先の行動を考えると、効率よく動ける車が欠かせない。

一年前のインド旅行時に短時間だが会っている正岡竜三が、まだ留学を続けていると分かったので、まずはインドの竜三に頼んでみることにした。

彼は大介の友人の息子でサラリーマン家庭の三男だが、高校を中途退学して自ら高野山の学僧生活に入るという経歴を持つ。そして、高野山大学卒業後に一旦は地元のお寺に籍を置いたが、仏教を原典から学びたいと考え直してインドへ渡り、ヴァナラシに近いサルナート大学でサンスクリット語の勉強をしていて、インド生活は三年目になる。

大介は電話で、「涅槃会の日からクシナガラの釈迦像が行方不明」の話をした。まだその情報はサルナートに届いていなかったが、竜三は旅の目的に興味を示し、自分の車でヴァナラシ空港への出迎えと、お釈迦さま探しの旅を通して同行してくれることになった。これで、インドでの脚という大きな問題が解決をした。

幸子の電話を受けてから五日後、大介は成田発デリー行きのインド航空機内に居た。

同じアジアの国でもインドは予想外に遠く、飛行機はその日の夜にニューデリー国際空港へ到着。空港に近いホテルへ泊まり、翌朝の早い便で空路ヴァナラシへ向かった。ここは一時間のフライトだが、機内は背広姿のインド人ビジネスマンで満席であり、経済発展中のインドを実感した。

ヴァナラシ空港で正岡竜三が待っていた。一年振りに再会した彼は坊主頭の学僧風貌ながら、普段着のシャツとズボン姿で長距離運転用の楽な服装である。挨拶を終えると直ぐに駐車場へ向かい、竜三が日頃から乗っているインド製スズキの乗用車に乗り込んで、一路クシナガラを目指して出発した。

第一関門を無事にクリア出来てホッとした。だが、不慣れな道の長距離ドライブなので、「日没前にホテルへ入れるかな？」との新しい心配が生まれていた。運転する竜三も同じ気持ちのようで口数が少ない。

空港を出てしばらくは北にまっすぐ延びた新しい自動車専用道路を快調に走った。

大介が「道が良くなったなあ！」と声を上げげたのも束の間で、直ぐに本来のインドの道が現れた。あちこちに穴があいた凸凹道である。トラックなど大型車の交通量が急激に増えたので、主要幹線道路でも修理が追いつかずに痛みが激しいままに残されている。竜三は次々現れる大きな凹みを避けて右に左にハンドルを切るが、時には避け切れずに穴に突っ込んで、大介が頭を天井にぶつける。だが、一年前のバス旅に比べると乗用車のクッションは良く、またエアコンが効いていて快適な旅とするべきだろう。

車は国道二十九号線を北へ向けて走り続けた。約三時間のドライブで中堅都市ゴラクプールの町に入り、ここで初の休憩。若い竜三は長距離運転にも疲れを見せないが、大介は日本からの長旅もあって疲れを感じていた。

小休止の後に、車は国道二十八号線に乗り換えて東へと進み、途中のカシアで一般道に降りた。地図の上では、北にあと少し走るだけである。二人はほっとした気持ちで言葉を交わした。

「クシナガラはもう近いので、日没までにホテルへ入れるだろう」と。

だが、ここから苦戦が始まった。

一般道には道路標識がなく、地図を頼りに車を進める以外にない。見知らぬ土地ではどこを走っているのか分からなくなり、車を止めては正岡が現地の人にヒンズー語で道を尋ねる。だが、この返事こそが曲者だった。知ったかぶりで教えてくれるために、その言葉通りに進むととんでもない方向へ行ってしまう。

日没が近い中で、車は右往左往を繰り返した。

悪戦苦闘の末、偶然にもクシナガラのホテルが見つかり、目的地へ到着出来た。

大介はホテル玄関のドアを押した。

ロビーの奥に安井幸子の姿が見えた。気がついた幸子はソファーから立ち上がった。濃い緑色のサリー服が色白の肌に似合っている。

一年二か月振りの再会に、幸子が微笑みながら声を掛けた。

「阿南さん、お久し振りです。長旅お疲れ様でした」

大介も笑顔で挨拶を返した。

「お久し振りです。安井さんもお元気そうで何よりです。サリーがお似合いですね」

荷物を持って入ってきた竜三を紹介した。

「こちらが正岡竜三君です。今回、一緒に車で回ってくれます」

三人は連れ立ってレストランに入った。

直ぐにボーイが三人をテーブルに案内し注文を取った。まずはインドの地ビールで乾杯。

竜三のインド生活が話題になり、饒舌になった口から体験談が次々披露されて、雰囲気が和らいだところに料理が来た。空腹の二人は早速食事に取りかかった。

やや落ち着いたところで、大介はお釈迦さまの消息に話題を移した。

「安井さん、その後のお釈迦さまの消息はどうですか？」

「まだ誰も見かけていないので、もうクシナガラには居られないのではないかと言われています」

状況を聞いた大介は、日本からの機内で考えていたことを話した。

「そうですか。まだクシナガラでは見掛けていないのですね。

ところで二千五百年前、お釈迦さまはマガタ国から『最期の旅』へ出られて、その途中のクシナガラで入滅をされましたが、この旅ではもっと北を目指しておられたのだろうと思います。

だから、お釈迦さまは今度も、故郷のカピラ城か誕生の地のルンピニへ行かれたのではないかと考えています。その中でもカピラ城は、幼少の頃から青年期までを過ごされた最も懐かしい場所でしょう。

まず、カピラバーストへ行き、カピラ城址でお釈迦さまを探してみませんか？」

幸子と竜三が頷き、大介が決めるように言った。

「それでは明日の朝、まず涅槃堂を覗いてみましょう。そこに居られなければ、後は真っすぐにカピラバーストへ行きます」

インド北部にお釈迦さまを探す旅の初日はこうして終わった。

ベッドに入った大介は、明日にもお釈迦さまに会えるかもしれないとの期待で気持ちが高ぶっていたが、長旅の疲れで深い眠りに落ちていた。

三、お釈迦さまと邂逅

カピラバーストへ

翌朝、クシナガラのホテルを発った三人は、まず涅槃堂へ向かった。

早朝の公園は、所々に僧侶の姿があるだけで静かだ。太陽が昇るとムッとする空気もまだ清々しい。

大介は一年振りに白亜のお堂の前に立ち、深く礼をして足を踏み入れた。

お堂の中は薄暗い虚な空間に変わっていた。金色に輝いて横たわるお釈迦さまのお像はなく、ただ黄色い布が台座の上に畳んであった。まさにお釈迦さまは居られなかった。

外へ出て、昨年の記憶のままにお堂の裏手へと回り、アーナンダのストゥパーの前に立った。そこにはまだ陽が届いておらず、黒ずんだ丸い小山のままだった。

手を合わせて拝んでいる間に、小山は朝日を浴び始めて、赤茶色のストゥパーの上部が姿を現した。その過程は従者アーナンダが目を覚ます様子に思えた。

今回、お釈迦さまはアーナンダのお供もなく一人で行かれたに違いない。大介はアーナンダのストゥパーに向けて、「ぜひ、お釈迦さまに会えるように力を貸してください」と心の中でお願いをした。

涅槃堂を後にした三人の車は、クシナガラの町を抜けて一般道をしばらく南下。昨日、迷いに迷った道の逆コースになるが、今日の竜三の運転は順調だった。

間もなく車は一般道から国道二十八号線に乗り変えて、一路西方へと走った。

幹線道路に付きものの大きな窪みが路面に次々と現れた。竜三は注意深く運転をするが、時々は車輪が突っ込んで車体が大きく跳ね、その都度、大介と幸子が悲鳴ともつかぬ高い声を発す。竜三は運転に集中して無駄口を返す余裕がない。

西へ三時間ほど走ったところの中堅都市バスティで車は国道を離れた。

ここからは一般道を北西に向けてさらに走るのだが、道を間違えると昨日の二の舞となる。数か所で道を間違え、その度に混乱をしたが、なんとか明るいうちに車はカピラバーストの町に入った。幸いに予約を入れたホテルが道路沿いにあったのですぐ見つけられた。

チェックインを済ませて部屋に荷物を置くと、三人はホテル内のレストランへ行った。

とにかく空腹だった。クシナガラからのドライブ途中で昼食を取れる店がなく、事前に準備していたパンを車内でかじっただけである。まずビールで乾いた喉を潤したのち、カレーとナン中心の料理をハイペースで食べる。やがてお腹が満たされると、アルコールの入った口は滑らかになり、明日のお釈迦さま探しの作戦について意見を交わした。そして、最後を大介が締めた。

「お釈迦さまはカピラ城址のどこか大きな樹の下で、僕たちが来るのを待っておられるような気がします。明日の朝はまずカピラ城址へ向かいましょう。朝の涼しいうちに歩く方が良いので、ホテル出発時間は七時でどうですか？」

幸子と竜三が同意したところで作戦会議が終わった。

カピラ城址

朝の五時、大介は目覚まし時計が鳴る前に起きた。お釈迦さまにお目に掛かる期待のためか目覚めが良く、昨日までの旅の疲れを感じない。他の二人も早起きをしたらしく、大介が支度を終えてロビーに降りると既に待っていた。

出発前にロビーで支配人を見つけて、お釈迦さまに関する最新情報を確認したが、

「お釈迦さま？　ここで見かけた人は居ないだろう」とそっけない返事。

彼はヒンズー教徒のようで、お釈迦さまに全く関心がないと見えるが、むしろこの件で騒がれていないことに安心した。

強烈な日光から身を守るために、長袖シャツと帽子にサングラスで身を固めた三人は、飲料水のペットボトル二本をそれぞれのバッグに詰めて、勇躍カピラバーストの町中へと出た。今日は一日中でも歩く覚悟で、大介はハイキング用のスティックを、幸子は柄の長い日傘を持っている。

インドの朝はどこも早いが騒々しい。この田舎町も同じで、早朝から人々が行き交い、様々な音の中で車のクラクションがけたたましく響く。牛は周りに無関係の顔で悠々と歩き、時折大きなフンを落とす。

三人は行き交う人を左右に避け、牛のフンを踏まないように注意して、両側の軒下や人ごみの中にお釈迦さまらしき人影はないかと目を凝らして歩く。最初はゆっくりした歩みだったが、やがて周りの人々を追い越しては先へと進んだ。

早朝の町中はまことに歩き難いが、まだ強烈な暑さがないのが救いだった。


昨夜の打合せどおり、三人はカピラ城跡を目指して歩いた。

混雑した町中を抜けると一気に視界が開け、地平線まで広がる緑の田園が現れた。その遠景の所々にこんもりした深緑色の森がある。近くでは、道の両側の水路に水が豊かに流れ、乾季でも水田が干上がることなく一面の緑が続く。

かつてこの地域には、豊かな稲作文化を持った釈迦族の国があり、お釈迦さまの父親シュット・ダーナー王が「飯浄王」と呼ばれた由縁が伺える。

この緑豊かな景色の中を、大介は周りを見回しながらゆっくり歩いた。若い竜三は足取り速く先を行き、幸子がその中間を歩いている。時々二人が立ち止まっては後ろを振り向き、大介を待ってくれる気遣いがありがたい。

道沿いに点在する農家の前で立ち止まり、中を覗き込んでお釈迦さまの姿を捜すが、それらしき人影はどこにも居ない。水路脇に洗濯をする女性と身体を洗う子供を見掛けるだけで、大人の男性の姿は全く見えない。

しばらく歩き続けているうちに日差しが強くなった。暑さと疲れで無口になった三人は、田んぼの中の一本道を歩き続けた。

やがて道路の左側に今までとは違う景色が現れた。腰丈ほどの雑草が一面に生い茂った草むらで、その中に点々と崩れたレンガ積みの廃墟らしきものが見える。目的地のカピラ城址に違いない。

お釈迦さまがここに居られるという確証はないが、なぜか三人は安堵の顔をして、「カピラ城だ。カピラ城址に着いた」と声を上げた。

かつてのカピラ城と城壁に囲まれた市街地の跡は、インド政府の発掘調査が未だ為されておらず、国有公園として管理する柵もない。何処から何処までが遺跡なのか定かでないが、三方を走る直線の道が周辺地からの区切りとなり、残る一方は遠くの林に突き当たるまで延びて、この広大な区域がカピラ城とその市街地跡と思われる。

二千五百年前に大国コーサラの攻撃を受けて、この地に住んでいた釈迦族が殺戮され、徹底的に破壊されたカピラ城跡は、誰にも顧みられることなく放置されて眠ったままにあった。

点在するレンガ壁の一部が見えるだけで、殆どは地中に埋もれて草が生い茂り、お釈迦さまが二十九年間を過ごした栄華の都はまさに廃墟だった。

一年前に深い無常を感じたが、今、また、目の前にその光景が広がっていた。

三人は城跡の中で一番高いレンガ積みの遺跡を探し、その上に登って周りを見回した。大介は持参した双眼鏡でお釈迦さまを探したが人影はまったく見えない。

強い日差しの中に三人は立ち尽くした。

「さて、どうしよう?」

大介がバッグからペットボトルを取り出して水を飲むと、他の二人も水を飲み始めた。ひと息ついて、大介が声を出した。

「この暑い日差しの中では、きっとお釈迦さまは大きな樹の下に休んでおられると思います。草むらの中にある大きな樹を一つ一つ、向こうの林まで探して廻りませんか?」

幸子も竜三も「それしかない」という顔で頷いた。

しかし、ここはインドである。草むらの中にコブラや毒蛇がいるのではないか? 大きな樹が点々と見えるが、果たしてそれらを安全に歩いて巡れるのか? 現場に来て初めてこの危険に気がついた。

幸子と竜三の顔に困惑の表情が浮かんだ。

ここで経験豊富な大介がアイディアを出した。過去にタイ国で工業団地開発に携わった時、用地購入前の現地調査で、コブラや毒蛇がいることを覚悟しながら深い草むらに分け入ったことがある。その時の方法を二人に説明した。

ベルトを緩めてズボンを少し下ろし、タオルを引き裂いて足首を覆い隠すように縛る。これで脚は大丈夫だ。そして、両手はタオルを巻いて腰より高く上げて歩く。

二人はこの提案に納得して直ぐに実行した。加えて、幸子が持ってきた柄が長く先の尖った日傘と、大介の登山用スティックが役立った。先頭を歩く人がそれを両手に持って草を払いのけながら、足元を注意して歩くことが出来る。

先頭役は、若くて元気な竜三が買って出てくれた。

三人は草むらに分け入り、前方を見ては足元に目を落として注意深く歩いた。点在する大きな樹を目指して歩き、近づいては木陰に人影を求めて目を凝らした。強烈な日差しの中を、暑さも構わず一つ一つの大樹を巡り、草むらの中を歩き続けた。何としても、お釈迦さまにお会いしたかったのだ。

菩提樹の下で

輝きを増した太陽が真上に見える頃、突然先頭の竜三から声が上がった。

「あそこに人影が見えます。お釈迦さまではないでしょうか？」

その声に、大介と幸子が竜三の指さす方向へ目を向けた。かなり遠くだが、大きな菩提樹の下に人が居る。大介は双眼鏡で覗いた。まだ誰かは判別出来ないが、確かに人が座って居る。

三人は草むらをかき分けながらその大樹を目指した。草むらに隠れているレンガ跡を踏み越えて、真っ直ぐ近づいていった。

その人の姿がはっきりしてきた。

太い幹と大きく枝を広げた菩提樹の木陰に座っている人は、気品と威厳を感じる老僧だった。上掛けの衣を折りたたんで敷物とし、その上に目を閉じて静かに座っておられる。お釈迦さまに違いない。

三人は足首を縛っていたタオルを外し、ズボンを引き上げて身なりを整えた。そして瞑想のお邪魔をしてはいけないと、少し離れた所に止まってしばらく佇んだ。

老僧からは何の反応もなく、大介が思い切って小声で呼び掛けた。

「もしもし、お釈迦さまではありませんか？　私は日本から来た阿南大介と申します」

老僧は目を開けて三人の方へゆっくり顔を向けられた。そして静かに答えられた。

「ガウタマ・シッタルダーです」

低く厳かな声の響きに三人は息を呑み、心の中で「お釈迦さまだ！」と叫んだ。

お釈迦さまが言葉を続けられた。

「アーナンダよ、良く来たね。さあ、もう少し近くに寄りなさい。私はそなたがここに来るのを待っていたのだよ」

「え、やはり私たちが捜しているのをご存知だったのですね。お釈迦さまはきっとカピラ城址の菩提樹の下に居らっしゃると思ってここへやって来ました。お会い出来てうれしゅうございます」

「そうだよ、アーナンダがそろそろ現れる頃だと思って、ここに座って待っていたのだ」

最初は緊張で気にならなかったが、お釈迦さまが二度も大介に向かってアーナンダと呼ばれたことが不審になった。そっと尋ねた。

「お釈迦さま、私をアーナンダと呼ばれましたが、私は日本人の阿南大介で、アーナンダではありません……」

お釈迦さまがはっきり言われた。

「いや、そなたはアーナンダなのだよ。自分では気がつかないだろうけど、実はそなたの前身は、過去に私の側で長い間仕えてくれたアーナンダなのだ」

聞いていた幸子と竜三も耳を疑い、大介の顔を見た。

大介はお釈迦さまの言葉が理解出来ずに再び尋ねた。

「前世がアーナンダ……えーと、それはどう言うことでしょうか？　目の前にお釈迦さまがいらっしゃるだけで私は興奮しています。その上に「お前は尊師のアーナンダだ」と言われましても、私の頭はすっかり混乱しています。詳しくお話してくださいませんか」


大介の疑問はもっともである。お釈迦さまが話を始められた。

聞き入る三人の心の奥底まで染み込む厳かな声だった。

「アーナンダよ、かつてそなたは私に良く仕えてくれたね。今でもそれを感謝している。だが、私には心残りなことがあった。それは、そなたを直接指導してアラハット（阿羅漢）に導いてお
かなかったことだ。

そなたはいつも私に付き従って、すべての時間を私のために使ってくれた。

一方で、そなたは私の説法をすべて傍らで聴いており、誰よりも私の「法」を知識として記憶していた。だが、残念ながらその『法』について、独りで深く考え、徹底して考え抜き、自分の血や肉とするまでの修行時間を持たせてやれなかったのだ。

そなたに阿羅漢への修行時間を与えなかったばかりか、その修行への厳しい指導も私はしていなかった。アーナンダよ、そなたが私の従者になったばかりに、阿羅漢になる機会を失ったことが大変心残りだったのだ」

お釈迦さまは続けられた。

「ところが私が入滅した後、ラージギルの七葉窟に阿羅漢全員が集まって、私の教えを正しく語

り継ぐように確認し合う場があっただろう。第一結集のことを覚えているかね？

そなたは『多聞の人』で、私の言葉を一言一句違わずに憶えていたので、この結集には不可欠の人物だった。だが阿羅漢になっていないので、アーナンダをこの結集に呼ぶことが出来ずに長老たちは困った。そこで急遽マハーカッサパの指導の下で霊鷲山に篭もって懸命に修行に励み、極めて短時間で阿羅漢に加えられたのだ。

そして、第一結集に参加して、私の説いた『真理の法』をすべて正確に語り、それを後世に残す大事な役目を果たしてくれた。さらには、マハーカッサパ亡き後は、サンガの最高指導者になって良く勤めてくれたね。

だが実際のところ、そなたには真の充実した修行時間が短く、また修行内容も十分でないことを私が一番良く知っていた。アーナンダは私から聞いた言葉を記憶することは他の誰よりも優れていたし、その記憶を他の人に話す言葉も正しかった。だが、そなたが説く言葉が人々の心に感動を与え、さらに共感と共鳴を呼び起こすまでにならなかったのだ。それはだね、耳で聞き、頭で覚えた知識を語ったのであって、自分の言葉になっていなかったからだ。大きな苦しみや喜びを体験した上での、自分の心の奥底から生まれた『生きた言葉』や『魂の言葉』になっていなかったのだよ。だから他の人の心に響かなかったのだ」

三人は息を飲んで聞き入った。

お釈迦さまが続けられた。

「ここでアーナンダが私の下に来た時のことを話しておこう。

そなたは歳が離れた私の従弟で、まだ年若い子供の時にカピラ城を離れて、『ブッダ』の私の下に入門をしてきた。王族の子弟として裕福な環境で育ち、本当に素直な性格をしていた。それまでに人生の苦労も苦しみも知らず、また酒や女性などの享楽の生活も体験したことがなかった。飢えや病の苦しみも、また恋の胸の高鳴りや肉愛の快楽も、さらには人の心の悲しみや痛みも分からない年若い子供であり、人生の本当の『苦』と『楽』を知らないままに私の下に来たのだ。

私は入門前の修行でそれを補うように指導をしたが、若いアーナンダには不十分だった。加えて、そなたの性格は人一倍優しかったので、他人に同情して心を動かされ易く、精神の集中が十分に出来ない弱さを持っていた。

それでもアーナンダは私に仕える傍らで、こうした弱さを乗り越えようと懸命に努力をしていたが、阿羅漢の域に達するまでには行かなかったのだよ。私がもっと厳しい修行をそなたに科して置くべきだったが、一心不乱に私に勤めてくれるそなたの熱心さの前に、私は自分の都合を優先してしまったのだ。

しかし、後にそなたは阿羅漢の一人に加えられて、没後には私の住む天上世界へと移ってきた。だが、そこでも平安な心を持ち続けることが出来ずに悩んでいたのだよ。私にはそれがよく分かった。

そこで決心をした。

『アーナンダをもう一度人間世界に送ろう。世界の中でも特に厳しい環境に送り込み、改めてあらゆる人の世の実体験をさせよう。真の苦難を味わい、悲嘆にくれても負けることなく、また享楽にあっても溺れることなく、人生のすべてを知り、あらゆる事を乗り越えるのだ。そして、人生の真の喜びを掴んで欲しい』と。

　また、これまでの修行は、出家して俗世間から離れることで心を固め、山中や僧院で修行に専念して『自己の確立』を目指した。しかし、人類文明が発展して多様で複雑な問題を抱える人間社会の中で、多くの人々を正しく導く『精神的指導者』となるには、この修行方法は安易に過ぎて不適切になっている。たとえ俗世間を離れて修行に専念をし、『自己の確立』を達成したとしても、説く言葉は理念的で具体性に欠け、現代の世の人々の心に届き難いし、また実社会を改革する指導力としても弱い。

　本当に意味のある修行とは、多くの苦難や様々な欲望の誘惑がある実社会の中で、それらを克服する体験を通して『自己の確立』を目指す修行である。

　そして、自分の職業を天職として完全に成し遂げ、誠実に日々を生きる中で、人間として真の成長をしながら、常に他者を思い、身近なところから不条理の改革に努力して、より善い人間社会作りに貢献をする『生きた修行』である。

　だから、アーナンダには出家修行よりも更に難しい実社会の環境で、『生きた修行』を通して真の『自己を確立』を図り、人間として最高の安らかな境地へ到達することを期待したのだ。

　これは、現代の人間社会に相応しい、新しい修行方法を確立する期待でもあったのだよ」

　お釈迦さまはさらに続けられた。

「そこで、今から六十年前になるが、一九四〇年の七月十五日にそなたを地上界の日本に再生させたのだ。

　戦時の世に生を受けて、不条理に大量の人々の命を奪う戦争の悲惨さと、社会の大規模な破壊や混乱を体験し、飢えと病に苦しみ、死と直面しながらも踏み止まって懸命に生きる。そして、敗戦で焦土と化した廃墟の中から力強く立ち上がり、より良い人間社会の建設に努力をする。こうした修行の最適の場所として、戦時下の日本を選んだのだ。

アーナンダよ、私はそなたを厳しい現実の『人生道場』へ送り込んだ。それが今、私の目の前に居る阿南大介さん、そなたなのだよ」

大介は言葉が出ずに、ただ茫然と聞き入っていた。

お釈迦さまが続けられた。

「さて、アーナンダよ、そなたは私の期待通りに現実世界でよく修行を積んでくれたようだ。既にそなたからは、安らかな心の境地に近づいている雰囲気が感じられる。

ちょうど一年前だったかな、そなたがクシナガラの涅槃堂に私を訪ねてくれた時、ひと目でアーナンダが来てくれたと分かったよ。その時にそなたは私にこのように頼んだね。

『混乱し破滅に向かう人類を救うために、この世に再び現れて世界のリーダーたちに真理の法を説いて欲しい』と。そして、『仏教の本当の姿を知るために、私の真の教えと、その後の仏教変遷の真相を直接聞きたい』とも。

私はそなたの言葉をしっかり受け止めた。

だが我々の世界では、人間として全てを完成させ悟りを開いた『ブッダ』が、地上界に再生することはない。しかし、今回のそなたの願いは非常に大切であり、人類の未来への希望と、そなたの真剣な気持ちを考えて、短時間ながら受け入れることにしたのだ。

二月十五日にクシナガラで、涅槃中の私は像から離れて現世に立ち戻り、ここカピラバーストでそなたたちが来るのを待っていたのだよ」

三人は想像も出来ないお釈迦さまの話に声もなく、ただお顔を見つめるだけだった。

やや間を置いて、お釈迦さまは幸子の方に向いて言われた。

「ところで安井さん、こうしてアーナンダに会うことが出来たのは、あなたが協力してくれたお陰だね。またクシナガラでは、涅槃堂に毎日私を訪ねてくれており、あなたの気持ちに感謝していますよ。ありがとう」

幸子はお釈迦さまから掛けられた言葉に感激をした。何かを言おうとしたが声にならず、目に涙が溢れた。

お釈迦さまは竜三にも声を掛けられた。

「正岡さんも今日のために駆けつけてくれてありがとう。日本の僧籍を持つそなたに会えたことを嬉しく思いますよ」

竜三は現実の事だと信じられない気持ちで、頭を下げて合掌を続けた。

お釈迦さまは大介に向かって飲み水を所望された。

「アーナンダ、水があるかね？　私は喉が渇いたのだが少し飲ませてくれないか」

大介は自分のバッグから新しいペットボトルを取り出し、お釈迦さまのお椀に水を注いで差し上げた。

お釈迦さまはお椀を両手で受けて美味しそうに飲まれ、にっこりと微笑まれた。かつてアーナンダと一緒に何度こうした光景を繰返したことだろうと、遠い昔を想い出しておられた。

だが大介には微笑みの理由が分からない。あまりにも唐突な話に驚いて、まだ茫然としたままでいた。

大介は混乱した頭の中から声を絞り出した。

「お釈迦さまの今のお話がまだ信じられません。私がお釈迦さまのお付きの人、あのアーナンダ尊師の生まれ代わりなどとは……。でも不思議なのは、お話にあったアーナンダ尊師が地上界に再生してこられた日付です。一九四〇年七月十五日は私の誕生日なのです。これがどういうことなのか、うーん……」

大介はなんとも表現できない顔で唸った。

「アーナンダよ、すぐには信じられないかもしれない。今のそなたは日本人の阿南大介さんであるし、人は誰も自分の前世を知らないのだからね。

だが、そなたの前身はアーナンダなのだ。私だからこのことを知っている。また、そなたと久し振りに会うために地上界に戻ってきて、こうして居るのだからね。

さあ、アーナンダよ、そんなに困った顔をしないで、いつもの素直な顔に戻っておくれ。

そしてそなたが願っている世の中を立て直すための相談をしようではないか。

三人ともそんなに離れていては話が遠い。もう少し木陰の中に入って、私の近くに座りなさい」

お釈迦さまに促された三人は木陰の中に入った。そしてお釈迦さまを囲むように半円形に座をとり、大介がその真中に座った。

お釈迦さまは三人の気持ちが落ち着いたところで、再び声を掛けた。

「阿南さん、一年前にそなたがクシナガラに来た時、私に対してお願いがあり、またいろいろ話を直接聞きたいと言っていたね。今日はまだ日も高いからここで話を続けよう」

「ありがとうございます。いろいろお聞かせください」

「ところで、アーナンダ、いや、阿南大介さん、そなたは今幾つになられた？」

「六十歳です。今年の七月で六十一になります」

「そうか、六十歳ですか。まだ老け込む年齢ではないね。それに齢よりも若く見えるところは昔のアーナンダと同じだ」

「ところでお釈迦さまのお歳は幾つになられるのですか？」

入滅から既に二千五百年が経っており、再びこの世に帰ってこられたお釈迦さまの年齢がどうなのか大介は気になって尋ねた。

お釈迦さまは笑顔で答えられた。

「私はずっと八十歳だよ。涅槃に入った時のままの年齢なのだよ。

現世は常に変化して、人は歳を重ね、やがて死に就いていく。しかし、ブッダの私が住む天上界は絶対普遍の世界で、何も変わることがないのだ。だから時が過ぎることはなく、私の身体も年齢も二千五百年前の涅槃の時のままなのだよ」

「ああ、そうですね。お釈迦さまは八十歳のままで居られるのですね」

大介が話すと、幸子が途中で口を挟んだ。

「目の前にいらっしゃるお釈迦さまは、クシナガラの涅槃堂で毎日お会いしているお姿のままで、いつものお顔なので安心しています。いま大変緊張していますが、なんでも相談に乗っていただけそうな気がします」

「そう、安井さんは一年前にクシナガラの涅槃堂に来た時、私に自分のすべてを素直に話してくれたね。それから一旦は日本に帰ったが、すぐにクシナガラに移り住んできて、毎日お堂に私を訪ねてくれている。よく分かっていますよ」

お釈迦さまの言葉に幸子の胸は再び熱くなった。

この一年間に自分の身の上に起きた大きな変化を想い起こした。思い切ってインドに移り住む決心をしたこと。そしてクシナガラで病院勤めをしながら、お釈迦さまのお傍に住み始めて、それから充実した心の日々が続いていること。

涅槃堂のお姿に毎日接する中で、心はすっかり落ち着いて安らかになっていた。そのきっかけを与えてくださったお釈迦さまがいま目の前に居られる。そして優しい言葉を掛けてくださる感激に、幸子の目に涙が溜まった。

お釈迦さまはやさしくほほ笑まれていた。

インドの片田舎カピラバーストまで自分を訪ねてきた阿南大介。そして、クシナガラに移り住み、自分の側に住まう安井幸子。目の前に座す二人を交互に見ながら、お釈迦さまはそれぞれの人生について思いを馳せた。

四、アーナンダの再生と人生修行

お釈迦さまが承知するアーナンダの再生と人生修行は次のようである。

それは、阿南大介が自身の修行と意識して送ってきた人生ではなくて、現世に送り込んだお釈迦さまが見たアーナンダの成長と人生修行の姿である。

戦時の日本に誕生

アーナンダは一九四〇年七月十五日に広島県呉市で、造船技師の父阿南正三と元教師の母美智江の間に再生し、『大介』と名付けられた。上に兄が居て、後に妹が生まれる。

この年は皇紀二六〇〇年の節目の年とされて、男児誕生は特に祝福されたが、日本はまさに戦争の時代だった。中国大陸で起こした満州事変が日中戦争へと拡大して泥沼化する中で、大介誕生の翌年には真珠湾攻撃を皮切りにアメリカ他の連合国と戦争を始めて、さらに三年九か月続く太平洋戦争に突き進んだ。

呉市は三方を丘に囲まれたすり鉢状の街で、海へ向けて開けた西側に軍港と海軍工廠があり、大介の家は南側の丘の中腹にあった。呉には海軍総鎮守府が置かれ、多くの戦艦が出入りして、街は士官や水兵たちで溢れたが、一般市民は戦時下の耐乏生活を続けていた。父の正三は艦船の建造で日夜多忙だったが、大介は母美智江の愛情を受けてすくすくと育っていた。

状況が一変したのは大介四歳の時である。

軍事力を立て直した米軍の猛反撃を受けて、南太平洋の海戦で日本海軍が壊滅した。急激に戦況が悪化する中で、父にフィリピン転勤命令が出た。国内には新しい船を作る資材がなく、前線基地のマニラで傷んだ軍船を修理する任務である。終戦一年前の四月、満開の桜を後にして軍属技師の父を乗せた船はフィリピンへ向けて出港した。大介は母と一緒に見送ったが、父の印象はきわめて薄い。

制空権を握った米軍機の本土空襲が激しさを増し、重点攻撃地とされた呉市には空爆が繰り返された。空襲警報が鳴る度に、母は三人の子供を連れて防空壕へ避難を繰り返した。ある夜の大空襲で市街地に焼夷弾が降り注ぎ、町が激しく燃えて焔と煙で覆われた中を、真っ黒になった人々が大勢逃げ上がってきた。また、近くの防空壕に直撃弾と焼夷弾が落ちて、逃げ込んでいた百人近い人々が死亡し、翌朝に沢山の遺体を乗せた大八車が何台も家の前を通った。母の後で覗き見たが、四歳の大介にもこれらの恐怖の印象は強く残り、後の戦争に徹底的に反対する気持ちへとつながっていた。

呉は六度の空爆を受けて軍港と工廠が壊滅したのみならず、市街地全体が焼け尽くされて四千人の命が奪われた。もはや大介たち一家も呉に住めなくなり、母は祖父が居る笠岡へ避難を決めた。空爆を避けて夜間にだけ動く無灯火の列車に乗り、線路が寸断された箇所では次の駅まで歩いて、やっとの思いで祖父と後妻の祖母が住む平屋二間の家に身を寄せた。

母は食料の買い出しに毎日出掛けたが、満足なものを手にすることが出来ず、家族に空腹の日々が始まった。

敗戦の混乱と父の戦死

一九四五年八月十五日、戦争が終わった。

だが、食料は手に入らない。母の手元にお金はなく、祖父にも仕事がない。持ってきたわずかな貴重品は既に売っていた。大介一家は米粒はおろか薩摩芋も買えず、塩水で煮た芋の茎が主食で、カタツムリとイナゴが貴重な栄養源だった。その食料を捕りに行くのが兄と大介の役目で、毎日遠くの林や田んぼまで探して歩いた。

そのうちに、近所で戦地から復員してきた父親の姿が増えた。家族みんなが明るく嬉しそうで、父親の腕にぶら下がってはしゃぐ子供の姿が羨ましかった。だが、大介の家には父の戻らない日々が続いた。

或る日、母が畳に顔を擦り付けて泣いていた。隣の部屋の祖父は押し黙ったままに窓の外を睨んでいる。何か起こったらしい。その四日後に簡素な父の葬式が出されて、大介にもおぼろげながら事情が分かった。父は死んだのだ。もう帰ってこない。

あの日、母のもとへ「阿南正三　戦死」の公報が届いていた。

一年前の四月に呉港を発った船は、米軍の攻撃を避けながらマニラへ着き、父は現地の造船所で艦船修理に携わっていた。だが、翌年には米軍の猛反撃が始まり、父はマニラ北方へ逃がれる途中で死亡したらしい。フィリピン戦では、五十万の日本人と百十万のフィリピン人が亡くなっており、阿南正三はその数の一つに埋もれたままで、最期の様子は分からない。

届いた白木の箱の中には遺骨代わりの小石があるだけで、父が遺していった毛髪と爪を母が加えた。大介には妙にがらんとした箱の記憶が残る。僧侶を呼ぶお金もなく、家族と小田町から来てくれた父の長兄だけの寂しい葬式だったが、阿南家代々の墓地に白木の箱を埋め、みんなで土を盛って父の名前を手書きした板を立ててお墓にした。大介も小さな手で土を掛けた。


平素は明るい瀬戸内の気候も、冬は寒くて陰気になる。

どんよりした空の下を寒風が吹き抜け、時にはみぞれが襲って生活に窮する阿南一家を追い詰めた。母は沈んでいた。

狭い路地を挟んだ向かいの家に、戦争未亡人で片脚が不自由な西村夫人と息子の道夫さんが住んでいた。似た境遇もあって母は西村夫人を何かと助けており、道夫さんは、カタツムリやイナゴの捕り方を教えてくれる兄貴分で、大介兄弟に優しくしてくれた。

寒い朝、近くの池で入水自殺した西村夫人が見つかった。母と祖父母は道夫さんを助けて簡素な野辺送りをした。道夫さんはどこかへ引き取られたらしく、向かいの家には誰も居なくなった。

寒い冬の日が続いた。

辺りが暗くなると母は妹を背負い、兄と大介の手を引いて「夜の散歩」に出るようになった。行き先は福山へ向かう国道上の山陽本線大門踏切である。

闇の中にレールの響く音が聞こえ出すと、踏切の赤色信号灯が点滅を始めて「チンチン」と忙しそうに鳴る。その音を呑み込むような勢いでヘッドライトの強い光を放ちながら、巨大な蒸気機関車が突進してくる。ゴーッとすさまじい音を響かせて目の前を通り過ぎると、ガタン・ゴトン、ガタン・ゴトンと貨車の音を長く響かせて去っていき、やがてその音も消える。元の闇と静寂の世界に戻ると、妹を背負った母は気を取り直し、兄と大介の手を引いて家へ向けて歩き始める。年の暮れの寒い夜に母の散歩が続いた。大介の脳裏に夜の踏切の光景が強く焼きついていた。

父方の里へ

突然、中学教師をしている父の姉が津山から来てくれた。伯父から聞いた阿南一家の生活が心配で、学校が冬休みに入るとすぐに様子を見に来たのだった。

「このままではみんな死んでしまう！」

あまりの窮状に驚いた伯母は、すぐに一家を小田町の実家で引き取るよう手配をしてくれた。

祖父母と別れ、汽車を乗り継ぐ丸一日がかりの旅の後に、母と三人の子供は父の実家の離れ屋に入った。父方の祖父母は健在で農業をしており、家を継ぐ長男の伯父は町役場収入役を勤める地元の名士だった。また、この町は戦災に遭っていないために食料は豊富にあった。

だが、大介は冬の長旅で風邪をこじらせて肺炎になっていた。高熱で意識も薄れて死の寸前だったが、祖父と伯父が懸命に良い医者と、当時には珍しい抗生物質を捜してくれて、辛くも大介の生命は救われた。

父の実家にお世話になる中で、母子四人は元気を取り戻して小田町の生活にも慣れてきた。だが母には、亡き夫の義父と義兄の温かい心配りに感謝する一方で、居候生活の気苦労も多くあり、長く留まるわけにゆかなかった。

仕事を探し始めたが周りに母が働ける仕事はなく、やっと伯父の世話で津山市内の県立蚕産試験所小使い職が見つかった。一家は窮地を救ってもらった父の実家を離れ、四畳半一間の試験所小使い室で新しい生活を始めた。


街の中心にある津山城址は桜の名所である。

春四月、街全体が華やいだ雰囲気の中、大介は城址の一角にあって長い歴史を持つ大きな小学校で入学式を迎えた。あか抜けした服装の新入生が活発に振る舞う中で、大介は母手縫いの古着服にゴムタイヤを靴底にした手作りの布靴と、式前日にやっと買ってもらった女児用のランドセル姿だった。その赤い大きな花柄に大介が駄々をこねたので、母は苦労して青色の油絵具を買い求めて、夜中に色を塗り変えて持たせてくれたが、この時の母の悲しそうな顔がいつまでも記憶に残っている。貧しい中での入学準備すべてに母の気持ちが籠っていたが、内気な性格の大介は仲間の輪に入っていけずに一人離れて居るばかりだった。

阿南一家に久しぶりの平穏な日々が続いていた。だが、一学期も終わりの頃に騒動が起こった。

試験所の所長家族も同じ敷地に住んでおり、大介より年下で腕白坊主の一人息子が居た。いつも大介兄弟と遊んだが、ある日、この児が大介のおもちゃを奪って中庭の小さな池に投げ棄てた。怒った兄と大介は取りに行くようにと突き落とした。浅い池なので溺れることはないが、息子は全身が濡れて泣き叫び、その声を聞いた所長夫人が飛んできた。すぐに母も駆けつけたが、所長夫人は血相を変えて事の理由も聞かずに母を攻め立てた。母はただ謝るだけだった。

翌日、母は所長室に呼ばれて解雇を告げられた。責任を取らされた兄と大介はすぐに市内の伯母の家に預けられ、官舎に残る母と妹から引き離された。母の居ない寂しさに、大介は毎日カーテンの陰で泣いた。

母は再び職探しを始めたが、見知らぬ土地だけに手掛りがなくて困惑した。この窮地を救ってくれたのはまたも伯母で、教育界の人脈を頼って教員の職を見つけ、阿南一家の生きる道を作ってくれた。

辺地での楽園生活

母の任地は、市の中心部から南へ八キロほど離れた辺地の小学校で、教員採用と併せて家族を小使室に住まわせてくれるありがたい処遇だった。

周辺三つの村から通う子供たち四十名ほどの小さな学校で、二学年を一教室で一人の教師が受け持つ複式学級方式を取っていた。

母には昼間の先生の仕事の他、夜間や休日に学校管理の重い役目があったが、収入が安定し家族が一緒に住める安心感は大きかった。また、生徒の親が、登校する子供たちに米や野菜を少しずつ持たせ、時には鳥肉や魚を直接持ってきてくれたので、食料の心配がなくなった。

阿南一家は村人に助けられ、大切にされて、やっと落ち着いた日々を迎えていた。


だが、戦後の混乱は田舎の村にもあった。

学校は吉井川に沿って走る道路脇で、三つの村からほぼ等距離の場所にポツンと建ち、周りには家が一軒もない。夜になると辺りは真っ暗で、灯りも人声もない寂しい環境だった。

赴任して間もない頃、夜間に校舎の窓ガラスが次々持ち去られる事件が続き、管理責任がある母は対応のすべもなく、職員会議でただ謝っていた。

ある夜に大介たちが寝ている部屋に泥棒が入った。母は気配に気付いたが、顔を見ないように布団を被って寝たふりをしたので、壁に掛けてあった母の洋服が盗られただけで、一家は殺害から免れた。この事件を聞いて心配した村人が番犬を連れてきてくれ、以来、この犬は家族の一員となり、大介たちの遊び相手になった。

また、夜中に見知らぬ女性が戸を叩いて泊めて欲しいと頼んだ。津山から瀬戸内の町まで行く途中で、二人の小さな子供の歩みが遅くて夜になってしまい、やっと灯りを見つけて立ち寄ったとのことである。母は事情を察して何も詳しく聞かずに部屋へ迎え入れた。そして、大介たちの布団に一緒に入って眠り、翌朝の学校が始まる前に旅立っていった。

百キロ近い道のりを小さな子供を連れて歩くには余程の事情があるのだろう。母は握り飯の下にお金を偲ばせた包みを手渡した。その後この親子連れがどうなったのか分からないが、三人の無事を母は長い間気にしていた。

悲しいことも経験した。

村人のほとんどは代々続く農家で、十分な田畑があるので生活に困ることはない。だが、都会の家を空襲で失い、故郷の村で居候生活をしている家族が居た。

大介の同級生利子ちゃんと二才年下の和夫ちゃんの四人家族である。大阪を引き揚げて母方の実家に身を寄せ、農業の手伝いで生活をしていたが、実家の農地が小さいために四人を食べさせる余裕がなかった。

利子ちゃんが四年生の時に母親が病気で亡くなり、妻の実家に居づらくなった父親は子供たちを残して大阪へ働きに出た。代わりに利子ちゃんが農作業や家事を手伝い、学校には来なくなった。二年生の和夫ちゃんは時々顔を見せたが、垢まみれの身体に汚れた服で、近づくと悪臭がしてみんなが避けた。

担任の母が心配して家へ行くと、姉弟は家に住んでおらず、毎晩、屋外で田んぼの稲わらの中に潜って寝ているらしいと分かった。食事もどうしているのか分からない。母は二人を引き取って一緒に生活しようとしたが、和夫ちゃんだけを寄こして利子ちゃんは来なかった。

それから二か月ほど経った冬の寒い朝に、利子ちゃんが死んだという知らせが学校へ入った。田の脇に積まれた藁の中に潜ったまま死んでいたそうである。簡単な葬式が出されて大介も参列をした。丸い木桶のお棺に座った利子ちゃんはやせ細っていたが、目を閉じたその顔は少し微笑んでいた。「もう苦しまなくていい。これからは天国のお母さんと一緒に過ごせるのだ」と思った。

大介には、まだ『死』の意味が分かっておらず、ただ「遠くへ行ってしまった」の気持ちだった。

学校の周りは山と川と畑に田んぼである。

生徒たちは放課後に校庭や周りの自然の中で様々な遊びをし、日暮れになるとそれぞれの村へ帰った。大介もその中に混じって、毎日思いっきり遊んだ。季節ごとの花を摘み、木の実やキノコを採り、雑木林の中に隠れ小屋を作った。そして、校庭の横を流れる小川を遡っては素手で魚を獲り、夏は大きな流れの吉井川で泳いだ。

また、生徒の情操教育用に学校でウサギとニワトリ、山羊を飼い始めたが、その実質的な世話は自然に大介兄弟の役目となり、毎日それらに触れる中で動物への深い愛情が身についていった。学業面では、教育熱心な校長と担任先生の他に補助教員が居て、少人数の生徒に対して気配りの効いた授業が行われていた。

そして、常に母の愛情を身近に受ける日々の中で、大介は父親が居ない寂しさも気にならずにのびのび育っていった。

ここまでを大介の人生修行第一期とすると、豊かな自然と楽園のような生活環境の中で、優しい心の人々に取り囲まれて過ごした四年半が、大介の幼少時の暗く厳しい体験をすべて包み込み、その後の人生を明るく積極的に生きる性格の基礎を作ったと、お釈迦さまはとらえておられた。そして、次に始まる人生修行の第二期、中学校生活から社会人として独立するまでの時期は、大介が自ら考えて積極的な人生を切り拓く行動を通して、『価値判断基準』を固める大切な期間となるのだった。

町中へ転居と進学

五年生の冬、笠岡に住む義理の祖母が亡くなった。祖父が津山に来て一緒に住むことになり、母は町中への転居を決心した。幸いに校長先生の配慮で母の転勤先が市内にある小学校と決まり、一家は三月末に市中心部の借家へ引越した。

市の中央に在る大きな小学校へ移ったが、六年生の大介は既に逞しくなっており、親しい友達もすぐに出来て、活発な学校生活を送った。

だが、阿南家の生活は苦しくなった。

家賃と食費が増え、祖父が加わって、母の給料で一家の生活を賄うのは厳しく、兄と大介は夕刊新聞の配達を始めた。そして、翌年、中学生になると朝刊の配達も始めた。

毎朝四時半に起きて朝刊を、学校から帰ると夕刊を配る日課を三年間続けたが、この仕事は大介に大切なことを教えていた。

「毎日定刻に新聞を待っている人が居る」。そして、「雨に濡れた新聞は価値がなく、紙くずと同じ」の二つだった。

暴風雨の日に、新聞を濡らさずに定刻に届けるのは至難だったが、大介は工夫を凝らしてそれをやり遂げた。自分はびしょ濡れになっても、「全く濡れていない紙面を定刻にお届けする」ことを続け、お客様から「ご苦労さん！」の声をもらった。

津山盆地の冬は寒く、早朝の気温は零下十五度位まで下がる。手を凍えさせながら夜明け前の暗い道を走る新聞配達は厳しかったが、この毎日が大介の健康な身体を作っていた。

やがて、日曜日に兄と一緒に行商へ出掛け始めた。当時は、街を少し離れると日用品を売る店のない村が沢山あり、村人は訪問販売を待っていた。歯ブラシや歯磨き粉、石鹸、マッチ、ろうそく、ちり紙などを仕入れて、二人は自転車で村々を廻ったが、村人は「ありがとう」と言って買ってくれ、次の日曜日の注文を出してくれた。大介は働くことの喜びを知った。

新聞配達と行商体験を通して、「商売とは、お客さまが本当に欲しい物をきちんと届けて、喜ばれ、感謝をされてお金をいただくもの」との『商いの基本』を、十三歳で学ぶことが出来たのだった。

また、母が勤める学校は遠くていつも帰宅が遅かったので、兄と大介には家事もあった。夕刊配達を終えて家に帰ると買い物へ行き、夕食を作って祖父と兄妹三人で食事を終え、食器洗いをした後に風呂を沸かす。この他に、飼っていた鶏への餌やりや、家の小さな畑を耕して人糞肥料を入れ、野菜を作る仕事があった。

こうした日課は、大介にとって特別なことではなく、やるべき当然のこととして無意識に、かつ無心で打ち込んでいた。ただ、お客様の喜ぶ顔と母の笑顔が強い後押しだった。

一般に、仏教修行僧には禅寺などでこうした作務が課されるが、幸いにも大介は、日常の中で自然に修行生活を送っていたのだった。

中学校生活はすべてに楽しかった。だが、その中で祖父が胃がんで亡くなった。深夜の急な呼び出しに医師の到着が遅れて痛み止め注射が間に合わず、「痛い、痛い」と転げまわって息絶えた。大介は間近で、死に往く祖父の壮絶な姿を見て、「死とはこんなに苦しいことなのか？」と、『死』を強く意識した。

高等学校は県立の進学校に進んだ。

幸いに奨学金支給を受けることが出来たので、新聞配達のアルバイトを止めて学業に専念出来た。クラブ活動で「地質天文部」に所属し、夏休みに高原でのテント合宿があった。昼間は鍾乳洞探検や地質鉱物調査、夜は天体望遠鏡で星観察をして、大介は大自然の姿に感動を受け一気に自然科学への興味が増した。そして、著名な理論物理学者の下で勉強する道を選んで、東京にある志望大学の理学部物理学科に無事合格をした。

母は合格を喜んでくれたが、息子が遠く離れるのは寂しかったのだろう。東京へ発つ日の朝、駅まで一緒に歩いて大介を見送り、汽車が動き出すとホームの上で手を振りながら泣いていた。大介は懸命に涙をこらえたが、汽車が町外れの吉井川鉄橋に差し掛かると、いよいよ故郷を離れる実感がこみ上げて目に涙が溢れた。大介十八歳の春である。

東京の大学生活

東京生活は、長い伝統を持つ岡山県人学生寮の入寮式で始まった。

長老と大先輩たちの前に開かれた寮生名簿の巻物に、一人ずつ毛筆で署名をして宣誓をする。この儀式の後は宴会で、新入生は先輩一人ずつを回ってお酒をいただくのが伝統で、全員が宴会途中で意識を失う。介抱は二年生の役目で、酒乱、泣き上戸など一人ずつの酔っぱらい方を把握してその後の生活指導に活かす。この県人寮で先輩から大人の生活について様々な手ほどきを受け、どんな局面でも自分を見失って溺れない社会人の責任意識と体力を養成していった。そして、この体験は後に企業生活を送る中で大介を支える力になった。

大学では、刺激的な授業が始まり、充実した生活を送っていた。だが、一年生の秋にキャンパスの様子が変わった。

折しも岸内閣の手で「日米安全保障条約」の改定交渉が進む中で、戦前の軍国主義復活に反対する平和日本希求の国民運動が起きた。大学の授業は休講になり、先生を含む多くの学生が国会請願デモに参加を始めた。午前中は共産党員の級友からマルクスの「共産党宣言」などを学び、午後は都心の公園に集結して、隊列を組んで国会議事堂や警視庁、渋谷南平台の首相私邸へ向けてデモ行進をした。

全国の労働組合や大学からの参加者も増えて、大規模デモが連日展開されたが、この請願運動の動機は純粋だった。ほとんどの参加者が戦争体験世代で、大学一年生の大介たちは最も若い年代層だった。殺し合いと大規模な破壊、悲惨で不条理な戦争時代を過ごし、廃墟の中を生き延びて、戦後日本の復興に汗を流す人々の原体験から生まれた反戦行動であり、「戦争に少しでも近づく動きは未然に摘み取りたい」との切実な気持ちだった。そして、戦争犯罪人とされた岸信介首相が積極的に進める政策に対して、本能的に危険を感じていたのだった。「二度と戦前のような時代に戻らせてはならない」の止むに止まれぬ気持ちから、みんなが自発的に運動に加わっていた。

しかし、大規模な反戦デモの中に混乱が生まれ、次第に過激な行動に変化した。全学連委員長のアジテーション演説に応じ、デモ隊列は国会議事堂を防御する装甲車を乗り越えて進み、何重にも警護する機動隊の壁を破って国会の敷地内になだれ込んだ。大介もその中に居り、大柄のたくましい機動隊員の壁に肉弾で何度もぶつかっては跳ね返されたが、遂に国会に突入して前庭でデモ行動を示した。

国会請願デモは翌年の春まで続き、規模は増々大きくなった。国会強行採決の山場を控えた六月十五日には、日本全国から集まった四十万人が国会周辺を埋め尽くした。やがて、機動隊の壁を押し破って二度目の国会乱入をしたデモ隊は、議事堂の前庭を埋め尽くし、それぞれの大学や組織の大きな旗を振りながら「インターナショナル」の歌を叫び続けた。大合唱が轟くその渦中に居た大介には、日本の革命前夜が想像された。

夜になるとデモ隊の行動が過激化した。

排除に突入した機動隊へ向けて学生が敷石をはがして投げ始めた。機動隊は警棒で学生を殴打して乱闘がエスカレートし、国会周辺は大混乱となった。その中を救急車の音がひっきりなしに響いた。大介も機動隊員に追われ、隣にあるチャペルセンターの有刺鉄線壁を乗り越えて、両掌に開いた傷穴から血を流しながらも、石垣にしがみついて追跡を逃れた。だが、逃げ遅れた友人は警棒で頭を割られ、意識不明のままに病院へ運ばれた。

翌日、この夜の騒乱で一人の女子学生が死亡し、数百名が重傷を負って入院したと報じられた。

全国的な大規模の反対運動にもかかわらず、国会で強行採決がなされて「安保条約改定」が決まった。その後、首都混乱が理由で米国大統領の来日が中止になり、責任を取って岸総理大臣が辞職をした。これを境に、あれほど盛り上がった国会周辺のデモはなくなり、日本で革命は起こらなかった。内閣の交代以外は何も変わらない政治が続き、社会は何事もなかったように動いた。人々も普段通りの生活をして、東京の街は静かになった。

大学キャンパスにも落ち着きが戻り、再び講義が始まった。

大介の中で、「青春のエネルギーをつぎ込み、激しいデモに明け暮れた半年間は何だったのか」の疑問と失望、そして虚無の気持ちが生まれた。やがて、大きなものを掴んだことに気がついた。それまでは、「戦争反対」の純粋な気持ちの裏に、「マルクス共産主義思想」への憧れから、「平和で平等な社会を実現するためには、矛盾を抱えた政治体制には暴力革命も許される」との青臭い考えがあったのだ。

だが、「六十年安保闘争」の敗北体験は、「日本のような先進国では、デモや暴力による社会革命は起こらない」。より良い社会を作るには、「政治家任せでなく、実社会で意識を持った人々がその実現に向けて努力を積み上げること」の大切さを教えていた。そして、大介の頭は「正しい教育によって人々の民度を上げるべき」との現実的な考えに変わっていた。

この学生運動の挫折体験は、後に、大介の実社会活動の中で活きることになる。

それは企業に就職して四年目、年若い部下を持った時に起こった。社会の矛盾や企業の学歴差別に不満を抱いた若者は、社外の過激派組織から勧誘されて武力闘争に参加し、そのまま欠勤が続いた。怪我での入院を心配した大介は、闘争があった地域の病院を回ったが見つからなかった。数日後に警察から「彼を逮捕し拘留している」の通知があり、上司の大介が身柄を引き受けに行った。鉄格子を挟んだ対面に、彼はまったく言葉を返さず、ただ睨むだけだった。

彼を引き取り、過激派組織から切り離す努力をしたが、逆に、組織から報復の危険が迫ってきた。彼を隠す以外にないと判断した大介は、会社を休んで一緒に遠くに離れる決心をした。父親と会社の許可を得て、隔絶した海辺の家に彼をかくまい、二人だけの共同生活を始めた。毎日情熱を持って若者に接し、昼は海を眺めながらの散歩と釣りに、夜は浜辺で星空を見上げて、自分の人生と学生運動の体験を語った。頑なに口を閉ざした若者に対して根気よく語り続け、一か月を要したが思想を転向させることが出来た。

その後、彼は会社を退職して地方に身を隠し、新しい仕事で再出発をした。そして、その地で結婚して子供を育て、良き家庭を築いていった。

自分の仕事は二の次になったが、大介は人生の先輩として一人の若者を正しく導くことが出来たのだった。

離島の真摯な信仰

平穏な大学生活に戻った大介は、遅れを取り戻すように勉学に励んだ。

そして四年生の春になった。大学院進学か就職かの進路に迷ったが、母の経済的負担を考えて企業研究者の道を選び、総合研究所がある大手電気メーカーに就職を決めた。

この会社は、大学夏休み期間中に就職内定者への企業研修を用意していて、大介は総合研究所で物性基礎研究の補助者として一週間の勤労体験をした。研究内容に興味を持ったものの、朝夕通勤時の人の群れに加えて、どこかしこもの行列と厳格な時間管理に戸惑いを覚え、数日で精神的に参ってしまった。

満員の蒸し暑い車中で、他人に身体を押し付けられたまま長時間立つ。駅構内ではおびただしい人の群れが無言で先を急ぎ、大介の前後左右をすり抜けていく。また、会社の門をくぐってタイムカードを押した後は、全ての行動が時間と効率で管理される。

マイペースとゆっくり流れる時間に慣れた大介は、全く違う世界に出会い戸惑いを憶えて人間嫌いに陥った。そして、大学院研究生活への気持ちが蘇ってきた。

大介の趣味の一つが旅で、日頃から離島に関心を持って調べていた。その中に、伊豆七島の三宅島があった。東京港と三宅島の間を週一往復する定期船が、ちょうど研修が終わった翌日に竹芝桟橋から出航すると分かり、すぐに旅の準備を始めた。そして、一週間分の食料と自炊用具を大型リュックに詰め込み、寝袋を持って夜の東京港を離れた。

定期船は五百トンの小型貨客船で、船底に畳敷きの客室があったが、大介はその薄暗い雰囲気を避けて上甲板で横になった。台風通過後のうねりに船は揺れ、左右・前後に大きく振れる星空を眺めているうちにいつしか眠っていた。

翌朝、船内を飛び交う乗組員の声に目が覚めた。

辺りは明るく、右手に三宅島が大きく見えた。島の中央には、青空を背に朝日を受けた雄山の姿があった。この島は古くから流刑の地とされ、また活火山の雄山がしばしば噴火をしたので人口は少なく、海岸沿いに小さな集落が点在するだけである。

大介はこの島を六日間かけて歩いて一周し、一週間後にやって来る定期船で東京へ帰る計画を立てていた。そして、この間は全く人に会わないと心に決めていた。

坪田港に上陸した大介は大きなリュックを背に、一般道や集落を避けて人の居ない砂浜や磯を歩いた。夕方になると浜辺の隅に野宿の場所を決めて、飯盒炊はんと缶詰の食事を終えると、寝袋に入って身体を休めた。

暗黒の闇の中で、真上に輝く無数の星を眺め続ける中に、自身が大自然に溶け込み、飛翔して宇宙と一体になる感覚を持った。また、繰り返す波音を耳に、月光に輝く海面を見つめる時、太古の海に誕生した生命を直感し、そこから三十六億年を掛けて進化した生物の歴史を感じた。母なる海と無限の宇宙につながる自分の小さな存在を感じながら、毎夜眠りに落ちていった。誰にも会わず、誰ともしゃべらない日々が続いた。

島での生活も七日目に入り、最後の野宿の地「錆が浜」に着いた。かつて噴火した溶岩が細かく砕かれた砂から成り、名前どおりの黒い砂浜だった。明朝に船が出る坪田港はここから近く、岬を一つ越えるだけである。

まだ日も高く、砂浜に座って遠くの水平線を眺めていた。海と空が溶け合った一連の景色の中に没入していると、突然、後ろで男の人の声がした。

「今晩ここで寝るのですか？」

しばらく大介の様子や持ち物を見た上で声を掛けたのだろう。

久し振りに聞く人の声に驚き、振り向いて返事をした。

「はい、ここで寝るつもりです。明日の朝の船で東京へ帰るものですから……」

男性は大介の髭が伸びた真っ黒な顔に、何日も風呂に入っていない姿を見た。

「良ければ今晩家に泊まりに来て、一緒に食事をしませんか？」

穏やかな言葉だった。大介はそれまで「絶対に人に会わない」と決めて六日間を過ごしてきたが、心の中では既に人恋しい気持ちが生まれていた。素直に答えた。

「ありがとうございます。ご迷惑でなければお邪魔します」


男性の家は「錆が浜」から少し登った雄山の中腹にあった。小さな田んぼと畑で生活している農家のようで、夫婦二人暮らしらしい。

すぐに風呂を沸かしてくれて、大介に最初に使わせた。久しぶりに熱いお湯につかり、溜まった汚れをきれいに落として髭も剃った。奥さんが出してくれた浴衣を着てさっぱりした大介は、見違えるような青年になっていた。

白いご飯に暖かい味噌汁と焼き魚は大変なご馳走で、夫婦と一緒に取る食事は楽しく、大介の心が開いた。旅の目的を聞かれたので素直に事情を話し、二人はそれを静かに聞いてくれた。また、夫婦からは三宅島の四季や生活の様子、それに雄山噴火の話が出た。

大介は夫婦の温かさの中で三宅島最後の夜を過ごしていた。

奥の部屋に布団が敷いてあり、久しぶりに柔らかい布団の上で眠った。

翌朝、目が覚めると、隣の部屋から「南無妙法蓮華経」のお題目が聞こえてきた。二人の朝のお祈りで、大介にもそれが日蓮宗のお経だと分かった。

流刑の島に住む人々の過去には様々な歴史があるだろうし、また、離島の不便さに加えて、農業に不向きな火山灰地の生活は厳しいに違いない。しかし、この夫婦には都会人と違う穏やかさと、見知らぬ自分を暖かく受け入れてくれる優しさがある。

布団の中でお経を聞いている大介の頭に疑問が湧いた。

「二人の心の支えは何なのだろうか？」

暖かいご飯と味噌汁、生卵の朝食をいただいた後、大介は別れの挨拶をした。そして、メモの紙を差し出して、夫婦に住所と名前を教えてほしいと頼んだ。

主人がにこやかな笑顔で答えた。

「名前を言うほどのことは何もしていませんから、気にしないでください」

横に座る奥さんが、「船中でお昼に食べてね」と握り飯を持たせてくれた。

大介は家を出る時に玄関の表札を見た。古くくすんだ「藤原」の文字が読み取れた。

家の前に立っていつまでも見送ってくれる二人に、何度も振り返って手を振った。そして、「来年、就職して落ち着いた頃に、また三宅島へ来てお礼を言おう」と考えながら港への道を急いだ。

だが、これが藤原夫妻との最後の別れになるとは想像もしていなかった。

坪田港を発った定期船は、東京港へ向けて比較的穏やかな航海に入った。

大介は船尾の上甲板に座って、次第に小さくなる三宅島を見つめながら考えていた。

「厳しい離島生活の中でも、藤原さん夫妻は何故あれ程に穏やかで親切なのだろう？」

過去に津山市の辺地の小学校で、阿南一家が村人から受けた親切や無償の助けを想い出した。また、母が困窮した人を見ると、手持ちの少ない中からお金や物をあげていたことも想い出した。

疑問が湧いてきた。

「都会の人にないこの暖かい親切な行為は、どこから生まれるのだろうか。田舎と都会では何が違うのか？」

大介の思考が少し進んだ。

「人が少ない辺地では、人と人の繋がりが実感出来る。いつも他人の事を思う気持ちに満ちており、時間もゆっくり流れている。だが都会は余りにも人が多く、人と人の繋がりがないので、個人意識が強くて他人に無関心である。自分が生きるため、競争に勝つために時間に追われ、自己中心的に生きているのではないか」

夜になり、大介は上甲板で横になった。

海は穏やかでも太平洋のうねりに船は揺れ、天空の星が前後左右へと大きく振れた。その夜空の下で考え続ける中で、大介の頭は一つの答えに行き着いた。

「三宅島の藤原さん夫妻の『心の支え』は、日蓮への信仰ではないだろうか。長い歴史を生き続けてきた宗教は、いつの時代でも、人々の生きる『心の支え』になるのではないか？」

では、「『信仰』とは何なのか？」

大介の中で初めて『宗教』への関心が生まれ、それは急激に大きくなった。

規則正しいエンジンの振動を全身に感じながら、いつしか深い眠りに落ちていった。

翌朝、船は東京の竹芝桟橋へほぼ定刻に着き、文京区の学生寮へと戻ったが、この一週間で大介はすっかり変わっていた。『厭世観』や『人間嫌い』が消え、逆に『人が生きるとはどんなことなのか？』を追求する積極的な気持ちに満ちていた。そして、来春には企業へ就職をして、様々な人間が居る実社会の中で、『積極的に生きる道』を見つけようと心が固まっていた。


島を離れてからちょうど一週間後に、三宅島の雄山が大爆発をした。

報道によると、藤原夫妻が住んでいた地域は大量の溶岩流に覆われたらしい。島民全員が離島避難をしたと知り、都内に分散して設けられた集団避難先を訪ねて歩いたが、夫妻の手掛かりは全く掴めなかった。大介は心を痛めた。

その中で、藤原夫妻が信仰していた日蓮宗のことが脳裏を離れず、思い切ってその総本山を訪ねた。東海道線と身延線の列車を乗り継いで身延山へ登り、帰り途にもう一つの総本山を富士宮市に訪ねたが、日蓮宗信仰への大介の疑問に対して、どちらの総本山からも答えはなかった。逆に、日蓮正宗総本山の大石寺で、日本各地から参拝に来た宗教教団のおびただしい人の群れと騒々しさに出会い、それまで無意識に描いていた宗教のイメージ「静けさと祈り」とは、全く違う姿に失望を感じた。

それから二か月後、東京の雑司が谷に住む学友の下宿先を訪ねる機会があった。

古い木造屋二階の一部屋を友人が借り、一階には大家さんで目が不自由な老婦人と、その母の世話をしながら下宿を切り盛りしている未婚の中年女性が住んでいた。夕方になって階下から「南無妙法蓮華経」のお題目が聞こえてきた。母娘は朝と夕にお祈りをしており、日蓮宗信仰が二人の生活の大切な位置を占めていることを友人の話で知った。

この下宿先の母娘にも、三宅島の藤原夫妻に通じる『心の支え』があったのだ。

大介は分かってきた。

「人は未来に希望や目標があれば、どんな苦しい状況でも努力して生きる強さを持つ」。だが、夢や希望が持てない中でも人は生きねばならない。世の中にはこうした『か弱き人』が沢山いるのではないか。この人々は「何を頼りに生きるのか？」。それは『心からの信仰』ではないだろうか。

人智を超えた『大いなる存在』を信頼して、そこへ素直にすがり、自分の現世と来世を心から委ねるならば、人はこころ安らかに生きて、こころ安らかに死につける。

大介は、人間の長い歴史の中で「宗教が果たしてきた役割」が少し分かった気がした。

だが『宗教』についてはまったく無知で、日蓮宗は日本人の日蓮が創った純粋な日本宗教だと思っており、その思想の根源がインドの『釈迦ブッダ』に繋がる『仏教』の流れの一つとは知らなかったのだ。

社会人生活

翌年の春、大学を卒業した大介は歴史と伝統を持つ大企業に入社した。

だが、新人に与えられる仕事は単調で、興味が湧かない大介の関心は『哲学』と『宗教』に向かった。世界宗教の中で「社会の公平と人間の絆を最も重んじる宗教」がイスラム教だと知り、『コーラン』の日本語訳本を読み通した。しかし、そこには新鮮で感動を覚えるものはなかった。日曜日の朝、早起きをして東京代々木のイスラム教モスクを訪ねた。耳にした礼拝の呼び声「アザーン」は、大介の心を震わせて奥深く届いた。そして、アラビア語の『コーラン』は「詠唱する」の意味で、目で文字を追い、頭で理解するのではなく、『神の言葉』をアラビア語で詠唱し、耳と身体を通して心で受け取るものだと知った。

大介はアラビア語を学び始めた。会社を終業時刻と共に退出して、東京虎ノ門で開講していたアラビア語基礎講座に三か月間通った。だが、この程度で『コーラン』を原語で読めるわけがなく、しばらく独学を続けたが中断になった。

新しい仕事を任ぜられ、自動車用照明装置の研究開発に就いたのだった。

新しい事業分野なので経験者が少なく、大介に任される業務は高度だった。多忙な日々に変わり、また夜間の実験が多いために徹夜と休日出勤が続いたが、大きな仕事を任された責任感に気持ちは充実していた。

国内の乗用車需要が伸び始めた時期で、トラックから乗用車へ生産の主力が転換し、また、欧米市場への輸出を目指して、世界最高性能の特長ある乗用車を開発するため、各種装置に最新の技術が求められていた。大介は国産車二大メーカーそれぞれとの共同研究で中心的役割を担い、世界初の技術を取り入れた照明装置を創り出して高い評価を得た。

やがて、この分野の技術をリードする主要人物の一人へと成長し、研究成果を世界へ向けて発信していた。

日本の自動車産業が大きく成長する重要な時期に、若い大介がこの仕事に携われたことは幸せだったと言える。特に、街を走る沢山の自動車に、自分が開発した照明装置が搭載されている姿を見て、「自分の仕事が世の中に役立っている」との実感を得ることが出来た。それは企業の創造活動でこそ味わえる達成感と満足感であり、大介の中に確固たる自信が生まれていた。


社会人として成長した大介の中で、「職場はユートピア的であるべき」の考えが大きくなった。みんなが『やり甲斐』と『生き甲斐』を、そして『幸福感』を持って会社生活を送る職場の実現である。

上司の課長にこの考えを率直にぶっつけた。熱く語る大介の言葉を怪訝そうに聞いていたが、「企業はそんな甘い場所ではない。喰うか喰われるかの競争の世界だ。勝つために全力を尽くすだけだ」と一喝された。

だが、大介にあきらめる気持ちはなかった。

「職場とは、一日の中で最も大事な時間帯を過ごし、人生で最も長い年月を送る場所であるのに、そこが『ユートピア的職場』でなくして、人が働くことに何の意義があるのか？」

この考えは大介の企業生活を通しての課題になった。

社内失業からの転機

お釈迦さまが承知している大介の人生修行第三期はここから始まる。

大きな転機が大介の上に起こった。

携わってきた事業は順調に成長して会社の重要な柱の一つになっていたが、突然に他社への売却が決まったのだ。

事業売却はまだ日本で珍しい時代であり、トップに面会を求めて強く抗議をした。だが、聞き入れられず、その場で事業の技術移管責任者を命じられた。

一年を掛けて移管をやり遂げたが、自身は一転して社内失業の身になった。それまでに培った世界的な技術力と専門家の地位は、会社の他の事業には無用だったのだ。

この状況を知った同業他社から勧誘が次々と来たが、すべてを断って会社に残った。その理由は、かつて大介が課長に任命された時に、部長からもらった大切な言葉があったからである。

「君の今までの年月は会社が投資した期間だ。これからは君が『お返し』をする番で、何十倍、何百倍にもして返して欲しい。これが人材投資による会社発展の姿であり、この繰り返しによって会社は存続していける」の言葉だった。

社内失業の不安定な立場ながら、「今ある自分は自分だけのものではない。ここまで育ててくれた会社のみんなの為の存在でもある」。「これからもっと大きく『お返し』をするために、技術専門家だけでなくて『マネジメント』を極めよう」との新たな決意が生まれていた。

その後も、『お返し』は会社生活における大介の大切な言葉として深く心に留められていくが、この時点では、『自分は社会のための存在である』との自覚までは出来ていなかった。

社内失業後の初の修行は朝鮮戦争休戦下の韓国で始まった。日韓合弁会社の技術指導のためにソウルに三か月滞在したが、日本に居ては味わえない厳しい体験だった。度重なる北鮮ゲリラのソウル侵入に対する戒厳令下の生活と、一五〇年間の日本植民地統治によって、韓国民の心に潜む屈折した対日感情を知る機会だった。複雑ながらも新鮮なこの海外体験は、大介のその後の国際人としての基本的心構えにつながっていった。

次なる修行は、初めての現場管理職で、四百人の大所帯を率いる製造課長を三年間務めた。『現場は活きている』の言葉どおり、大勢の人が様々な問題を起こす戦場最前線とも言え、『即断、即決』が求められるが、その中で、常に正しい判断を下すことの難しさを学んでいた。また、大組織は潜在的に『人間能力発揮』の限界を持ち、「一人のリーダーの下での人員規模は、人と人が顔を見て名前を呼び合え、互いを信頼し合える二百人程度が限度」との感覚を得た。そして、『組織力とは人の力の総和』で、それをフルに発揮させるのは、『優れたリーダー』の存在と、人と人の『心の繋がり』であるとの『組織の基本』を身につけた期間だった。

この次に、非常に大きな修行の場が欧州で待っていた。

東ドイツ国営企業向け大型プラント輸出の任務で、大介は四年半をこの特殊な国と密接に関わった。

　当時の東ドイツは、ソ連の強い影響下にあって社会主義圏の優等生とされていた。だが、その実態は共産主義の国ながら、少数の共産党員と大多数の人民に分かれた階級社会で、不平等と不公平の社会だった。そして、テレビやラジオ、新聞、雑誌などの西側情報がすべて遮断された閉鎖社会であり、駐屯する四十万人のソ連軍圧力と、広く張り巡らした秘密警察と密告奨励制度によって体制を維持する厳しい監視社会だった。

　ベルリン到着後に最初に目にしたのは、東西を分断して延々と伸びる高いコンクリート製の異様な壁で、その内側には地雷原と高電圧線の柵があり、要所に監視塔と夜間照明投光器が大量に設置されていて、逃亡者を厳しく監視していた。

　壁の西側に白い小さな十字架が沢山並んでいた。それは東ドイツから壁を越えて逃亡中に射殺された人を悼む墓標で、名前の横に書かれた年齢のほとんどが若者を示していた。通常の国境壁は、外敵の侵入を防いで国民を守るものだが、この壁は自由を求めて移動しようとする同胞を射殺する場所だったのだ。

　東ドイツ滞在中は、東西を繋ぐ検問所通過時の極度の緊張と、厳しい所持品検査にボディチェック、そして、日常的な盗聴と行動監視があり、日本との通信手段が極めて限られたので、まさに陸の孤島に居た。こうした中で、大介は三か所の工場に駐在した四十人の日本人仲間をリードしてプロジェクトを進め、厳格なドイツ国営企業を相手にプラント引き渡し試験を成功させた。さらに、設備のアフターケアと残る難題解決のために一年間現地に独り残って、彼らとの間に築いた信頼と友情関係の上で諸問題を解決して、プロジェクトを円滑に終了させることが出来た。

この陰には、買い手と売り手の対立関係でなく、「両者の強い人間的繋がりの上でプロジェクトを推進できたことが大きい」ことを大介は知っていた。どんな国際的ビジネスも人と人の間の事柄であり、互いの『人間理解』と『心の繋がり』の大切さを学んでいたのだった。

また、ドイツ北部の冬は長く、厳寒と雪で室内に閉じ込められるが、大介はこの期間を読書に充てた。持参した『旧約聖書』『新約聖書』の他、『宗教改革』に関する本をじっくり読み込み、その上で、東西欧州各国を訪ねて、各民族の歴史と風土に触れ、根底を流れるキリスト教文化を随所で体感することが出来た。この四年半の欧州駐在体験は、大介が本格的な国際人に、そして責任あるマネジャーへと成長する大切な機会となっていた。


すべてを終えてベルリンを離れる時、大介は「この国の滅亡が近い」との予感を持った。その時は意外に早く、六年後にソ連に見放された東ドイツは五十年の幕を閉じた。

『ベルリンの壁』崩壊の半年後に、大介は再び旧東ドイツ地域を訪ねる機会があった。

破壊された『壁』が無残な姿を残す中に、国境検問所は既になく、大介の乗った車はあっと言う間に西から東の地域へと入っており、東ドイツの崩壊を実感した。

まず、国営企業の本社工場を訪ねたが、そこは既に閉鎖されており、大介たちが四年間かけて作り、設置して稼働させた世界最新鋭設備群は、動くことなく買い手を待っていた。それまで東ドイツ経済を守ってきた壁が崩れ、一気に流入した西側商品に対し国営企業が太刀打ち出来ずすべて倒産をしていた。

次に、国営企業のマネジャーで、大介たちと一緒に働いた東ドイツの友人宅を訪ねてみた。彼は突然の訪問に驚きながらも再会を喜んでくれた。だが、失業中だった。政府から元の給与額の七十％を支給され、生活に困ってはいないが、表情には失望と苦悩の色が濃く浮かび、絞り出すように言った。

「我々はいつも西側世界の自由に憧れ、それを望んでいた。しかし、自由世界にはもっと恐ろしい現実があることを知った。以前は誰にも仕事があり、毎日働く場所があった。だが、今は仕事がなく、働く場所もない。毎日窓から外を眺めている生活は本当に辛い」と。

かつての彼は他の東ドイツ人と同様に、仕事に『働き甲斐』を見つけているとはまったく思えなかった。ただ、毎日職場へ行くことが唯一の『生き甲斐』だったのだろうが、今の彼はそれさえも失っていた。

資本主義と共産主義の両方を知る大介は、返すべき言葉がなく、彼と家族の健康を祈って家を離れた。

その後に東ドイツの人々を待ち受けていたのは、現実的な失業の苦痛と西ドイツとの経済格差に加えて、同じ民族ながらも五十年間の分離で生まれた『心の壁』による、優越感と劣等感の精神的格差の問題で、彼らの人生は再び急激な体制変化の嵐に翻弄されるのだった。

こうした現実に対して、西ドイツ政府は膨大な経済的支援を続けたが、プロテスタント精神を持つ西ドイツの人々に、精神的格差解消へ向けた活発な活動が感じられず、西側の人々の中で既に『宗教』が無力化しているように思えた。

そして、大介の中では、行き過ぎた自由資本主義経済を正し、ソビエト型でない真の共産主義が持つ良き点を取り入れた新しい『社会的資本主義経済』世界の構築へ、そして、既存の『宗教』に代わる新しい思想、即ち、『人間』と『人間はどう生きるべきか』の観点から、彼らの持つキリスト教思想を一段深く掘り下げた、新しい『人類の思想』に答えを見出そうとしていた。

次は一転して、国内で研究開発部門のリードを通しての修行だった。

四十人の研究者を率いて、画期的な新製品の基礎研究と技術開発に三年間携わった。この部門は所帯として適切な規模で、正に一人一人と心を通わせ得る組織だった。大介は明確な研究方針を示し、メンバーは良き人間関係の中で互いに切磋琢磨し協力し合って、それぞれが成長した。そして、『働き甲斐』と『生き甲斐』を持って研究開発に打ち込んでくれ、世界初の新製品基礎技術を固め、後にそれは次の事業の柱へと育っていった。

この研究部門は、大介が目指す「ユートピア的職場」に近い組織と自負出来るもので、心に残る宝物のような三年間だった。

再び海外任務に就き、東南アジアのタイ国での修行となった。

欧米流経営をとる日タイ合弁会社の社長として迎えられ、この発展途上国に四年半滞在することになる。

タイの主要産業は、永らく高い輸入関税によって外国製品から守られていたが、折りしも東南アジア域内貿易自由化の動きが進んでいて、製品品質と価格競争力を高める必要に迫られていた。

大介が任された合弁会社がこのすう勢に対処するには、現有の狭い工場と旧式設備では限界があり、新工場への移転と生産設備の刷新を必要とした。だが、タイ国にはインフラと治水が整備された工業団地がなく、全てを自前で準備する事態に直面した。その上に、タイ側パートナーが多額の資金発生に難色を示したことで、大介が目指す工場の近代化には高い障壁があった。

他方で、タイ国政府は外国企業誘致を積極的に進めており、それを受け入れる工業団地を何としても必要としていた。

この状況を察した大介たちは、バンコク郊外に二〇〇ヘクタールの広大な用地を購入して工業団地開発を行い、欧米と日本企業に全区画を売却して、タイ国初の近代的工業団地開発事業を成功させた。

以降、これをモデルに工業団地開発が続き、海外からの企業進出が相次いだことでタイ国は世界の工場として発展していった。こうした経緯から、大介たちの行動はタイ国への重要な貢献として、政府から高い評価を受けていた。

そして、大介の会社はこの事業収益を使って、新工業団地に世界最高水準の工場を建設し、新鋭設備を導入して、増大する国内需要に応えた上に、次の発展に備えて輸出市場を開拓していった。

ところが、この背後で日本側に問題が起こっていた。土地開発リスクを嫌った日本本社は、タイでの大介の行動が「本来の任務から外れている」として、強い非難と中止命令を出した。大介は日本に二回呼ばれて事情を説明したが、本社上層部はまったく聞く耳を持たずに全面否定を続けた。

「間違っていない」と確信する大介は、現地パートナーと組んで計画を実行した。このため、用地購入と開発資金の巨額な借り入れはすべて個人保証で、日本本社とは無関係の個人責任による大事業となった。

だが、その目的は純粋だった。発端は自分が責任を持つ会社の存続と発展に必要な工場用地の確保であり、また、タイ国が世界の工場として発展するために不可欠な工業団地の開発だった。需要は確実で資金回収に心配はなく、大介はこの事業の成功に強い確信があったのだ。

この問題は、日本側があまりにも現地実情を理解しなかったためだが、日本から派遣されていた大介の立場は微妙だった。しかし、大介『価値判断基準』はお釈迦さまの『中道』の心でしっかり固まっており、『何にも拘らず』、『何にも捉われない』心を持って『真の目的』を深く考えた時、『進むべき道』がはっきり見えていたのだった。

その後、工業団地開発の最中に、日本本社は三つの事業のタイ製造を決定し工場用地斡旋を要求してきた。大介たちが優先的に用地を分譲したことで、タイ三工場は迅速に開設出来たのだが、大介がタイで執った行動は問題視され、社内規定に土地開発事業禁止のルールが新に定められた。そして、大介の評価は日本で二つに分かれた。

その後、大介が担った合弁会社は高い市場シェアを持つ高収益企業に定着し、また、会社収益の中から、国王と王妃が主導する王室プロジェクトに献金を続け、貧困に置かれた地方の人々の産業作りを支援したことで、大介は国王や王族に拝謁する機会が度々あった。

また、大学と産業界の著名人に働きかけて、新しく照明学術団体の設立をリードし、タイ国の社会環境改善のための規格づくりと学術界発展の基礎作りに努めたのだった。

こうした幅広い活動の動機は、タイ国へ赴任して間もない頃の苦い体験から生まれていた。大介は四百人の従業員中唯一の日本人で、しかも最高経営責任者だったことから、暑い国で無理な頑張りをして強制入院に至り、一週間をベッド上で過ごしたことがある。

毎日、天井を見ながら、「この異国に何をしに来たのか?」を自分に問い続けた。

やがて、横浜の外人墓地に眠る人々のことを想い出した。「明治初期に遠い欧州から来て、近代日本の基礎を作ってくれた大勢の外国人が居り、その中には、望郷の念に駆られながらも日本に骨を埋めた人々が居た」ことに気が付いたのだった。大介の迷いは消え、お釈迦さまが説かれた『慈悲』と『利他』の心が芽生えてきた。

合弁会社であってもタイ国の会社である。「自分のためでなく、日本本社のためでもない。タイ国とタイ人のために働くべき」なのだ。その役割は、「良い製品提供を通してタイ社会と人々の生活向上に役立ち、それを雇用増大と事業発展に結び付けること。そして、従業員とその家族の生活安定を図り、タイ国の発展に貢献することだ」と心が決まった。

この自覚は経営トップの大介の強い信念になり、日本本社の指示よりも、タイ国とタイ従業員に役立つ事柄を優先する経営に専念した。また、タイ国とタイ人社会のために、個人的活動も積極的に続けたのだった。

充実した四年半のタイ勤務で成長した大介は、帰国後に関係会社の技師長に迎えられ、技術部隊の総指揮を任された。だが、小規模ながらも欧米流経営の企業トップを務めた大介の目に映ったのは、スピード感に欠ける大企業風土と、温室育ちの社員気質だった。そこで、事業分社の独立組織体制による風土改革を提言したが上層部の反応は鈍かった。

やむなく、大介は、自らの考えを実現できる中小企業経営者への転身希望を出して退職をした。時に五十三歳だった。


大介の希望に対して、四国の中堅企業が十年契約で社長に迎えてくれた。

新しい任地で精神的に充実した大介は、主力製品の品質を世界一に高め、米国ビッグスリーを初めとする国内外顧客の信頼を得て、市場地位の向上に力を注いだ。そして、グローバルに展開する主要顧客へスピーディーに対応するために、英国の会社を買収して欧州の製造・販売拠点とし、米国に新たに販売子会社を作って北米の拠点として、商社経由だった輸出を自主販売納入に変えた。こうしてニッチ分野ながらも、国内と世界でトップシェアを持ち、良好な財務体質を持つ高配当会社へと成長させることが出来た。

さらに、次の柱となる新製品技術を確立し、米国コンサルタント会社の指導を受けて、需要変化に柔軟に対応できるコンピューター生産管理システムを固め、新たな事業分野でもトップシェアの地位と基盤を固めた。


ところが七年目に元の本社から、大介が居た関係会社経営再建のために、社長としての復帰要請を受けた。大介は固辞をした。現在担っている会社は優良企業に成長したものの、企業風土改革とリーダー層の育成が途上にあり、やるべきことが多く残っていた。だが、直接の要請が相次ぎ、ついに四国の会社を辞すことになった。

残された時間は一か月。この間に、技術の大変化を予測して、近く重荷になると判断した英国の製造会社を売却した。そして、その資金で米国の販売子会社を充実させて、将来の発展基盤を整え直した。

まだ、国内最後の大仕事が残っていた。大阪工場の閉鎖問題である。

住宅に接する町中の工場は、騒音のために夜間操業が出来ず、永年に亘って大赤字を出し続ける問題工場だった。大介は社長に就任すると、この工場に種々の施策を打ったが将来を見通せず、閉鎖に向けて段階的に規模縮小を図っていた。若手は四国の本社工場と関西の関係会社へ移動を済ませていたが、最後に年長男性と主婦従業員の早期退職が残っていた。

社長としての最終日に大阪工場の終息式典を執り行い、二十二名の従業員一人一人に感謝状と退職金を手渡してお礼を述べた。だが、それまでの七年間は良き仲間であり、常に笑顔で冗談も言い合っていた人々の表情は硬く、大介を突きさす眼差しだった。経営最高責任者として最もつらい時だが、工場と社員の全ての可能性を追求し、最善を尽くした後の決断だったので悔いはなかった。

四国の会社の六年間に、「お釈迦さまの『中道』の心に支えられた経営判断に迷いと誤りはなかった」と、大介は自信を持っていた。

そして、三月三十一日の午後、工場終息式を終えた大介は、翌日から始まる新任務引継ぎのために新幹線で東京へ向かったが、その先には、もっと辛い大規模な人員圧縮と経営再建の修行の場が待っていた。

関係会社の社長に就任すると、すぐに事業再編と組織や人事の大改革に取り組み、企業風土を刷新した。この中で、年長者の早期希望退職による大幅な人員圧縮を余儀なくされたが、「大勢を救うために少数者に負担をかける」ことは経営の合理性とは言え、非常に苦しい判断であり、去ってゆく仲間の顔が次々と浮かんだ。ここでも、お釈迦さまの『中道』の心を持って経営に当たり、社員数四千人の大企業再建を果たし、経営を安定軌道に回復させることが出来た。

そして、四年任期の最終年度に、今後の会社発展に向けて事業形態の転換を本社に提案したが、実態を知らない本社部門上層部と論理が対立した。結局、大介が反対した事業会社の傘下に置かれることとなり、自主的経営に困難を感じた大介は定時株主総会を待たず、三か月の任期を残して社長を辞任した。

その後、この会社は事業環境の急激な変化の中で低迷を続け、やっと十二年後に、大介が描いた事業形態に転じて新たな発展を模索している。

また、発展途上で離れざるを得なかった四国の中堅企業は、大介が去った後に一時的隆盛を極めたが、企業体質の肥大化が進み、急激な市場環境変化に対応が出来ずに姿を消した。

企業経営におけるリーダーの責任の大きさを認識する大介は、社長を退くと直ぐに、三十歳前後の若手人材を対象とする『リーダーの卵養成塾』を開いた。そこは、塾生に対して「経営学」や「経営手法」などの知識やノウハウを教える場ではなくて、自分自身で『人間』を徹底的に考え、その上で、『企業とは何か』『企業は何のために存在するのか』を考える場とした。

ここで特に強調したのが『企業の基本』三項目で、若手社員である塾生たちにその実践を求めた。

第一は『企業の安定した存続』である。

企業の最も大切な使命は『多くの人々に職場を安定して提供する』ことであり、社会や経済環境がどんなに変化しても、企業は安定的に存続し、着実に発展しなければならない。これが出来て初めて、社員は安心して能力を発揮し、真の『社会貢献』が出来る。社員が夢と希望を持って人生を歩むための基盤である職場を、自分たちの手でしっかり作り上げ、それを発展させることを求めたのだった。

一方で経営トップの責務は、絶えず変化する世界を超越した『普遍性ある企業理念』を確立し、それを社員に明示して、世の変化に先立つ企業変革と創造的活動を強力にリードするとした。

第二は『普遍性ある企業理念』の具体的実践である。

企業が社会に受け入れられて確固たる支持を受け続けるには、企業自体が社会から喜ばれ、尊敬をされる存在であるべきとの考えの下、社員全員が「より善い人間社会作り」を実践するべしとした。その企業活動が社会から評価され感謝されたお礼としていただく『お布施』が売上であり、次の活動の原資となる利益を生むのである。

この思想の基本には、大介が中学生時代に新聞配達と村々を回った行商体験で学んだ事柄があった。

第三は社員自らが『人間の質を高める』ことである。

企業の継続的発展に向けて、社員は善き企業人であるべきだが、その前に『高い質を持った人間』であることを求めた。『理想的企業』作りの実践過程を通して、社員は自ら『人間として成長』

しなければならないとし、その「目指すべき『高い質の人間像』は、『人間』をベースに置いた明確な『価値判断基準』を持って、積極的に創造力を発揮し行動する人間である」とした。

この三つの基本の中で、最も根幹に来るのが『価値判断基準』であり、大介はそのあるべき姿をお釈迦さまの『中道』思想から学ぶように塾生にも求めた。それは「あらゆる『執着』や『こだわり』から離れた『自由で透明に澄み切った心』を持って、正しく判断し行動をする」ことの大切さである。

『中道』思想に基づけば、企業人が為す行動の真の目的は、「自分たちの利益のためだけではない」「より良い人間社会づくりに結びつく大きな目的のために行動をし、その成果の一部分を自分たちに適切に分けていただく。それが売り上げであり利益である」だった。

大介は塾長としてこの人材育成の先頭に立ち、四年間で六十人の『リーダーの卵』を養成した。その後も、各分野で活躍する卒塾生の成長のためにアフターケアを続けている。

お釈迦さまは、日本に再生したアーナンダの人生についてここまで想い起こされた。そして、この中に、様々な修行体験を通して大きく成長したアーナンダの姿を見ておられた。

それは、昭和の日本で戦中・戦後の混乱期を生き延び、成長した後は世俗社会を活きた修行道場として、国内外のビジネスで活動する姿である。そして、遭遇する様々な課題を、『中道』の心を持って正しく解決することで『自己の確立』に努め、その上で『慈悲』の心を持って大きな

『利他』行に努力する姿である。

そして、西欧キリスト教国やアジア上座仏教国の居住体験の上に、イスラム教、ヒンズー教、ユダヤ教世界を次々と訪ねて交流を重ね、『平和な世界』を作る方策を考え続けるグローバル時代の修行者の姿でもある。

また、今までに受けた沢山のご恩への『お返し』として、ご縁を持つ方々はもちろん、新しく接したすべての人々に『利他行』の実践をすることで、『新しい菩薩道』を追求する姿である。

お釈迦さまはアーナンダ成長の背後で、彼を支えてくれた多くの師の存在を見ておられた。

「何事も受け容れ、それをすべて自分の糧にしようとする」アーナンダの素直な性格と柔軟な姿勢に対し、接した人々は心から指導し応援をしてくれた。したがって、今までに関係したすべての人々がアーナンダの師となっていたが、その中の最も大事な師を忘れておられなかった。

それは、アーナンダの生命を引き受け、育て、守り、彼の人間形成に大きな影響を与えた母の美智江である。

一家の大黒柱となる夫を戦争で亡くして、彼女は家族の生活を守るために懸命に働き、普段は子供たちを細かく指導する時間がほとんどなかった。だが、アーナンダは常に母の背中を見て育った。そして、無意識のうちに『人はどうあるべきか』『人はどう生きるべきか』について、母から多くのことを学んでいたのだった。

お釈迦さまは、「アーナンダの再生が美智江の下でなかったならば、ここまでの成長はなかっただろう」と静かに思っておられた。

五、安井幸子について

幸子も複雑な人生を歩んでいる。

だが、お釈迦さまは彼女が知らない過去の姿も知っておられた。

幸子の遠い前世は、お釈迦さまと同じ時代のインドで、アーナンダに恋をした女性のプラクリティだった。彼女はカーストにも入れてもらえず、人として扱われない『不可触民』の身分に生まれたが、清らかな心を持つ美しい娘だった。

ある時、外出して喉が渇いた仏僧のアーナンダは、通りかかった井戸でちょうど水を汲んでいたプラクリティを見て頼んだ。

「その水を飲ませてください」

しかし、プラクリティは、

「高貴な出身の方が、私たちのような身分の者の水を飲むことは許されません。あなたさまが汚れます」と断った。

「いえ、違います。人に身分の差などないのです。私もあなたも同じ人間です」

アーナンダはこう言って、自分で水桶に口をつけて飲んだ。

若い美男の仏僧アーナンダの優しい言葉を聞いて、プラクリティの心はたちまちに捉われてしまった。そして毎日のように竹林精舎の前へ来て頼んだ。

「アーナンダさまに会わせてください」

困り果てたアーナンダがお釈迦さまに相談をすると、お釈迦さまはプラクリティに会って説いた。

「この世は無常であり、どんなに美しい姿や形も、また愛の気持ちさえも変わってしまう。あなたはもっと本質的な『真理』を求めなさい。そうすればアーナンダと同じ『真理』で繋がることが出来るだろう」

プラクリティは直ぐにお釈迦さまに帰依をし、修行に励んで優れた尼僧になっていった。

遠い前世のアーナンダは出家修行僧であり、女性との恋は一切許されなかった。そこでお釈迦さまはプラクリティを仏門に迎え入れ、精神的に結び合える間柄に導いたのだった。

幸子の遠い前世はこの尼僧プリクラティであり、アーナンダと同じ時代の日本に再生していたのだが、お釈迦さまはこのことを誰にも語ることはなかった。

松本幸子の誕生

幸子は一九四九年に、新潟県村上市で造り酒屋を営む松本武雄と節子の長女として誕生した。規模は小さいが、村上で永く続いてきた酒造会社で、八歳違う兄の一郎がいる。

父の武雄は戦時に中国東北部へ出征し、戦後二年間のシベリア抑留生活を経て帰国したが、その間も祖父が一人で家業を守り続けた。その祖父が亡くなると父の武雄が後を継ぎ、兄の一郎は中学卒業後すぐに酒造り修業に入って父を助けた。

戦後復興の中で地方経済にも活気があり、酒の需要が伸びて松本酒造の規模は大きくなった。

幼い幸子の面倒は主に祖母が見たが、母は多忙の中でも努めて娘に接し、二人の愛情の中ですくすくと育っていった。


幸子が小学四年生の時に祖母が他界した。

一人で過ごす幸子を寂しくさせまいと、母は仕事の合間を見つけては今まで以上に気を配り、目いっぱいの愛情を注いでくれた。だが、幸子十三歳、中学一年生の時に、その母が脳出血で倒れて亡くなった。つい先ほど、笑顔で幸子に声を掛けて店に出た母が突然に往ってしまったのだ。幸子は母との永遠の別れが信じられず、家に籠もって泣いた。優しい母の笑顔はいつまでも消えなかった。

父や兄は酒造りに忙しく、幸子に気を掛ける人は誰も居なくなった。

間もなく父が若い後妻を迎えた。家業を続けるために必要なのだろうが、母が亡くなって一年経ったばかりである。思春期の幸子は耐えられず、若い後妻との会話はほとんどなかった。


中学卒業を控えて、父や兄と相談することなく新潟市の看護師養成学校を受験した。早く実家を離れたかったのだ。無事に合格通知が届き、初めて父と兄に話したが、父は娘が家を離れて生活することを許さなかった。

幸子の意志は固く、日夜を問わず二人にお願いを続けた。やがて面倒になったのか父が折れて、准看護師になるまでの三年間は村上から汽車通学をし、看護士課程から新潟で寮生活をするとの妥協案を認めた。家を離れることが決まり、幸子に将来への希望が湧いてきた。

転機から破局へ

四月に入り、いよいよ長距離通学が始まった。

村上と新潟の間は汽車で二時間掛かる。早朝に家を出て夜に帰宅するハードな日課だが、家に居る時間が少ない方が気分的に楽だった。新鮮な気持ちと規則正しい生活リズムの中で、幸子は一生懸命に勉強をした。往復の汽車通学時間を予習と復習に充てることが出来て、学校の成績は常に上位だった。

勉学は順調に進み、准看護師課程三年生の後期に組まれている病院実習が始まった。

大学附属病院の外科に配属され、医師と看護師に付き従う看護補助として、実際の患者に対応する仕事についた。

同じ頃に、大学の医学部を卒業した医師の卵も、外科にインターンとして数名入ってきた。一緒に仕事をしているうちに、その中の一人が通学車中で時々見掛ける学生のように思えたが、白衣の上に聴診器を胸に下げた姿は大人びていて定かでない。

数週間後の週末のこと、新潟から村上へ帰る車中で本を読んでいると、前の席に座った男性が声を掛けてきた。

「失礼ですが、大学病院の看護師の松本さんですね。僕はインターンの武本です。この汽車でどこかへ行くのですか？」

幸子は顔を上げて男性を見た。かつて汽車通学で見掛けた学生服の男性が居た。やはり、彼はインターンの武本信彦だったのだ。

「あっ、武本さんですか。こんばんわ！　私はこれから村上へ帰るところです」

「えー、松本さんも村上ですか？　僕の家も村上ですよ。普段は新潟市内の下宿ですが、週末は家に帰ります」

幸子は村上市内に武本総合病院があることに気が付いた。幸子の家からそれほど遠くはない。

「もしかして、武本病院と関係がありますか？」

「ええ、僕の父が病院をやっています。松本さんの家はどの辺ですか？」

「私の家は松本酒造です」

「あゝ、あの酒屋さんですか。知っていますよ」

武本と幸子の間には、村上市や大学病院などの共通の話題が沢山あり、話が弾んで車中の二時間が短かった。

汽車が村上駅へ着いた時は既に暗く、武本は遠慮する幸子に構わず家の前まで送った。

この日を境にして、二人の距離が一気に近づいた。

週末は誘い合って同じ汽車に乗った。車中の時間を楽しみ、武本は毎回家まで幸子を送った。

二人は手をつないで夜道を歩き、わずかに触れ合う身体の感触を確かめ合った。

三年間の准看護師課程を修了した幸子は、上の看護士課程へと進んだ。父との約束通り村上の家を出て、新潟市内の学生寮で新しい生活を始めた。准看護学校時からの親しい友人たちの中で、親元を離れた開放感も加わって幸子はすっかり明るくなった。特に、武本信彦の存在が大きく、毎日でも会えることに気持ちは高まっていた。

二人の関係が深まり、幸子は身体の異変に気が付いた。「妊娠？」の心配が頭をよぎったが、「間違いであって欲しい」と不安を否定した。

武本に相談する勇気がない中で数か月が過ぎ、幸子はお腹のふくらみをはっきり感じた。妊娠は間違いなかった。友人に尋ねられると、「よく食べるので太ったの」と笑ってやり過ごした。

幸子は思い切って武本に身体の状態を話した。

武本は慌てた。医師の卵であり、幸子の身体の状態をすぐに理解した。だが、その場では何も決心が出来ず、「少し考えよう」と話を終わらせた。

その夜の幸子は眠れなかった。そして、翌日再び武本に迫った。

武本は昨日から考えていた言葉を言おうとした。しかし、幸子の顔を真っ直ぐ見ることが出来ず、伏し目でボソリと言った。

「無理にでも堕胎してくれないか？　今の二人には育てられない……」

幸子は思いがけない言葉に驚き、無意識に「嫌です」と言っていた。

産みたかった。「自分の中に新しい生命が宿っている。それも愛する信彦の子供を」

既に幸子に母性感覚が生まれていた。

その日も二人の考えは平行線に終わった。そして数日後、武本が幸子を呼び出して言った。

「やはり産むことにしよう。僕たちは若いけれど、授かった生命だから大切に育てていこう」

武本が決心をしてくれた。悩んだ末に出してくれた結論に幸子は嬉しかった。


週末に二人は村上市の実家へ帰った。

幸子は父と兄に言った。

「武本信彦の子供を産みたい」と。

二人は驚き、すぐに怒鳴り出して罵倒した。それ以上何も話し合うことが出来なかった。父は幸子の将来を案じたのではなく、市の有力者の御曹子で、武本病院を継ぐ予定の信彦と、松本酒造の娘との格が違い過ぎることを恐れていた。また、村上市は小さな町であり、既に信彦の子供を幸子が宿している噂が広まった時、武本家からの強い非難と世間の好奇心を心配したのだった。

一方の信彦は実家に帰ったものの、父母に話すだけの勇気がなかった。病院を継がせる父母の期待を承知しており、話を切り出すことが出来なかったのだ。

翌日、二人は別々の汽車で新潟市へ帰っていった。


日々は過ぎ、誰の目にも幸子の妊娠が分かった。友達は好奇の目で陰口を叩き始め、幸子はそれを避けた。

授業に出なくなり、学生寮に居ることも出来ず、武本のアパートへ転がり込んだ。

二人は毎晩、「これからどうしようか?」と話し合うも結論が出ず、「産む」と心が固まっている幸子には、信彦のどんな言葉もむなしく聞こえた。

信彦は気は優しいが優柔不断な性格だった。幸子への愛情と父母の期待の間で精神的に追い詰められ、この状態では病院に出られなくなった。

結婚以外に解決の道が見えず、信彦はついに「結婚する」と言った。

二人は村上市へ帰り、両方の実家を一緒に訪ねた。結婚の承諾が貰えるように懸命に頼んだが、どちらの親からも厳しい反対の言葉しか聞けなかった。

心中事件

信彦は、「もう、どうする道も残されていない」と感じた。

幸子は妊娠八か月で、既に「産む」以外にない身体であり、生まれてくる子供も見棄てることは出来ない。

「すべての状況から逃げて楽になろう。一緒に死ぬのだ。幸子とは天国で結ばれて、そこで一緒に子供を育てよう」

信彦は密かに病院から致死量に十分な二人分の睡眠薬を手に入れ、水を入れたサイダー瓶をカバンに詰めた。

幸子を誘って、日没後の人気のない道を三面川へと向かった。信彦は幸子の手を取って無言で歩き、幸子は何も問わずに従った。

三面川は市の北側の町外れを流れ、河口近くは川幅が広くて両岸に草むらが拡がっている。昼間は釣り人が来るが、夜間はまったく人が居ない。二人は岸辺の草むらに並んで座った。対岸の遠い灯りが点々と見える。目は自然に星空へと向き、無数に輝く星々を眺めた。眺め続けているうちに、宇宙の中へ吸い込まれる感覚になっていった。

信彦は幸子の両肩を引き寄せた。薄い月明り中で信彦の顔が幸子に迫り、低い口調で言った。

「ここに睡眠薬がある。これを飲んで一緒に死のう。そして天国で結ばれよう」

幸子は信彦の言葉が予期出来ていた。

頷く幸子に信彦は唇を重ね、深く深く口づけをした。二人は決して離れないように強く抱き合った。誰も居らず何もない世界の中で最後の時を過ごした。

信彦が幸子を離した。

ポケットから睡眠薬を取り出し、サイダー瓶と一緒に幸子に渡した。幸子は無言でそれを口に注ぎ、水と一緒に思い切って飲み込んだ。

信彦も続いて飲んだ。

直ぐに眠くなり記憶がスーと薄れていく中で、幸子は離れないようにと信彦にしがみついた。信彦もその身体を強く抱き返した。

やがて二人の意識は消えて深い眠りに落ちていった。

幸子は寒さを感じた。両腕で身体を抱えて身震いしながら、うっすらと目を開いた。そこは草むらの中で、傍に横わる人の姿がぼんやりと見えた。だが、何故ここに居るのか分からなかった。頭の上の方で男性の声が響いた。

「お前ら、ここで何をしとるか？」

その声を遠く聞きながら、幸子の意識がまたなくなった。

意識が戻ったのは病院のベッドの上だった。

早朝の投げ網漁に来た漁師たちが、草むらに横たわる二人を見つけて異変を感じ、武本病院へ運び込んだのだ。

すぐに胃の洗浄処置がなされたが、信彦は既にこと切れており、幸子だけが生き残った。お腹の胎児も死亡しており、母体が危険なので帝王切開で取り出され、どこかへ処理されていた。


地元新聞が「青年医師と看護婦の心中事件」と大きく報道し、市民の興味を煽った。男性は武本病院の御曹司で、女性は松本酒造の娘で妊娠をしていたこと、娘だけが生き残ったことなど、事件の顛末が詳しく書かれていた。

狭い村上市でこの話を知らない者はほとんど居なかった。


幸子は武本病院から退院をしたが、まだ身体は完全に回復しておらず、家で床に臥せっていた。慰めの言葉をかけてくれる人が誰も居ない中で、じっと家に閉じ籠もった。愛する信彦も、お腹に居た子も死んでしまい、自分だけが生き残ったことを悔やんだ。毎日独りで泣き続け、心も身体も消衰した。

もはや幸子が村上に居ることは許されなかった。

心中事件で一人息子を失った有力者の武本夫妻の強い怒りのためか、松本酒造の商売に影響が出始めた。市内のお得意さんからの注文が止まり、また店にお酒を買いに来る客も減った。父と兄から幸子へ容赦のない非難が続き、若い継母も傷心の幸子をかばってはくれなかった。ついに父は幸子の「勘当」を公表した。この処置で武本夫妻や世間の理解を得て、商売を回復させようと懸命だったのだ。

東京へ逃避

身体も心もボロボロの幸子は実家から縁を切られた。

東京に居る叔母で、亡くなった母節子の妹にあたる田中芳江が引き取ることになった。心中事件の顛末を聞いて心配した叔母は、すぐに村上市へ迎えに来てくれた。痩せ細った幸子の姿を見るなり、抱きかかえて言葉をかけた。

「幸子、大丈夫だよ。一緒に東京へ行こう。何も心配しなくて良いから、おばさんに任せなさい」

幸子は叔母の胸に顔を埋めて泣いた。初めて優しい言葉を聞いて泣きに泣いた。

十九歳の秋、幸子はその日の中に家を離れた。以来、村上市の実家に帰ることはなかった。

引き取ってくれた叔母の家は、東京下町の葛飾区小岩にあり、中学と小学生の男の子が居た。空いた部屋がないので、納戸の三畳間を片付けて幸子に使わせた。

叔父は近くの町工場に勤め、叔母もパートタイマーとして働きに出たので、昼間は家に誰も居なかった。だが、みんなが優しく幸子に接し、家族の一員として受け入れていた。幸子は毎日夕食卓を囲んで家族が団らんする生活を初めて知った。そして、叔母が作る食事で徐々に元気を取り戻し、間もなく家の掃除や自分の食事を作るまで体調が回復した。

狭い世間の村上と違って、他人に気を使わないで済む東京生活と、明るい雰囲気の叔母家族と暮らす中で、信彦とお腹の子供を失った悲しみは薄らいでいった。以前は独りになると、「何故、生き残ったのか？」と自分を責めたが、もはやその憂いを忘れようとしていた。

やがて、自信を取り戻した幸子は仕事に出ようと思った。

准看護師の資格があり、大学病院の外科で実習経験がある幸子は、家から近いところの仕事を探し、中規模の病院に採用された。外科看護師としてキビキビ働く幸子の評判は良く、先輩看護師たちからも可愛がられた。

そして、毎月の給料から叔母の家にお金を入れた。

幸子は元気に働ける喜びを感じ、新たな思いが生まれた。

「今の自分の生命は改めていただいたもの。自分だけでなく、他の人々のために働きたい」と。

すっかり体調が回復し自信も出来たので、幸子は独立して生活しようと考えた。新潟の過去を知っている叔父と叔母は、独りの生活を心配して反対したが、幸子には居候を続けるわけに行かない気持ちがあった。また、過去に看護士課程を中途退学したままだったので、正式に看護師資格を取っておきたいとの考えがあり、看護士養成の夜間コースに通学を認めてくれる大きな病院を探した。

幸いに区立の総合病院に就職が出来た。昼間は外科病棟で入院患者の世話をし、夜に看護学校に通って勉強をした。そして、三年後に資格を取り、正式に外科の看護師として病院に採用された。二十四歳の春だった。

幸子に責任のある仕事が任されるようになって間もなく、安井幸吉が入院してきた。五十歳代半ばで、自転車で走行中に転倒して動けなくなり救急車で搬送されてきた。検査の結果、幸い頭部には異常がなく、左大腿骨の複雑骨折と身体各部位の打撲だった。直ぐに息子の幸太郎が駆けつけて全身麻酔で手術をした後に、そのまま外科病棟へ入院して幸子が担当する患者の一人になった。

しばらくは付き添いが必要な状態だったが、幸吉の妻は目が不自由で、また息子の幸太郎も店を離れることが出来ず、誰も病院へ来られなかった。そこで、幸子たちが昼夜に亘って看護にあたり、幸吉は心のこもった世話にいつも感謝をしていた。幸吉は優しい性格の人だった。

一か月も経つと骨折部分の治癒が進み、歩行器を使って歩くことが許された。

「自分は日蓮宗の信者だ」と言う幸吉は、毎日朝晩に病室を出て廊下の外れに行き、小声で法華経を唱えていた。

その頃になると、幸吉は幸子に何でも話してくれた。また、幸子も幸吉に対して正直に話が出来た。

退院が近くなった時、幸吉は幸子に何時になくしんみりと話し掛けた。

「松本さんは優しい人だね。それによく気が付く。あんたみたいな娘が家にも居てくれたら良かったんだけど、息子一人だからねー。家内が目が悪くて何も出来ないものだから、店の商売の上に家事まで私と息子でやるんだよ。こうして入院していると、息子に負担がかかっていてね。早く帰ってやらねばなー。ところで松本さん、失礼だけどあんたは独身かね。どうなの？」

幸子は幸吉の話に合わせ、笑いながら答えた。

「息子さんは大変なのですね。早く良くなって家に帰ってあげないといけませんね。そう、私は一応独り者ですよ」

安井幸吉は退院していった。

一か月後の検査に病院の外来へ来た。検査が終わると外科病棟に幸子を訪ねて、入院中のお礼と骨折の回復状態を報告した。そして、正面から顔を見てきっぱり言った。

「松本さん、あんたの今度の休みの日に家へ来てくれないだろうか。息子と家内に会わせたいのだけど。どう、いいかね？」

幸子はお見合いだと直感した。突然の言葉だったが、素朴で信頼出来る幸吉が幸子を必要として、心から迎えてくれようとする気持ちが嬉しかった。まずは家を訪ねてみようと思った。

「分かりました。次の日曜日が休みですから、その日にお伺いします」

幸吉は喜ぶと顔がくしゃくしゃになる。その笑顔に心から嬉しい様子が伺えた。

結婚と新しい家庭生活

病院を退職して安井幸太郎と結婚をした。

安井家に入ると、家事全体を担う他に、目の不自由な義母の世話があり、さらに安井商店の手伝いがあった。夫の幸太郎は優しく気を使ってくれ、幸子には暖かい家庭という居場所が出来て、初めて幸せを感じる日々を過ごしていた。

義父母は孫の誕生を待ち望んだが子宝の兆しはなかった。幸子は、過去に母体へ無理を掛けた影響かもしれないと内心諦めていたが、それを言うことは出来なかった。

義父母は毎日、朝と夕に仏壇の前で法華経を唱えた。特に目の不自由な義母がそれを生きる頼りにしているように感じた。また幸太郎も時々お祈りに加わったので、幸子も一緒に仏壇の前に座り、法華経のお祈りは身近になった。お経の意味は分からないが、お題目を繰り返し唱えていると心が軽くなる気がした。

しかし、幸せは長く続かず、結婚生活六年目に夫の幸太郎が交通事故で亡くなった。

突然の悲しみの中でも幸子は義母の世話を続け、義父を支えて店の切り盛りに打ち込み、自分を忙しくすることで沈む気持ちを奮い立たせた。

やがて義母が脳梗塞で寝たきりになり、介護が重くのし掛かってきた。義父は店の規模を縮小して幸子の負担を軽くしてくれたが、義母の介護はそれから十四年間続いた。

義母の最期を看取ると、安井家は義父と幸子の二人だけになった。だが、生活の糧としての商売を止めるわけに行かず、高齢の幸吉に代わって幸子が店を守った。

義父の幸吉も老齢で寝たきりになり、十二年間幸子の介護を受けた後に天国へと旅立った。

幸吉は意識がなくなる前に幸子を呼んで頼んだ。

「お前も知っているように、私は法華経を大切にして生きてきた。このお経は大昔にお釈迦さまがインドの王舎城にある霊鷲山という山の上で説かれたそうだ。ここへ一度は行きたいと思っていたが、もうそれは叶いそうにない。俺が死んだら、代わりに位牌を持ってインドへ行き霊鷲山に登って、その場所を見せてくれないか？」

幸子は言葉の意味が良くは分からなかったが、義父の遺言だと思ってしっかり記憶をした。

義父は後の事を心配して、生前に家と土地の全てを幸子に相続する手続きをしてくれていたので、生活に困ることはなかった。その後、道路拡張計画の中で立ち退きを迫られた機会に店を閉じ、小岩の田中家で一緒に過ごした従弟に誘われて、幸子は横浜市の日吉にマンションを購入して生活を始めた。

だが、独り取り遺された気持ちは離れず、心に空いた穴は埋まらなかった。

こうした日々の中で、幸吉の遺言を思い出した。

「そうだ、お義父さんとの約束を果たすために、インドの霊鷲山へ行ってみよう！」

幸子は大手旅行社の『お釈迦さまの足跡を巡る旅』の企画を見つけて、早速インドツアーに参加した。そして、位牌と写真を持って霊鷲山へ登り、義父との約束を果たしたが、このインド旅行は、幸子がお釈迦さまへ強く関心を抱くきっかけになっていた。

第二章　お釈迦さまとの対話

人の世に生をうけるは　貴重なり　されど、
死すべき定めの人に　永遠の生命はあり得ない
かくなるこの世で
真の正しい教えを聴くは　ごく稀れで
まして、悟りを得たブッダ出現の　あり難きこと

（ダンマパダ〈法句経〉一八七）

カピラ城址に座す釈迦ブッダ

一、王子の出家

出家の理由

目の前にお釈迦さまがいらっしゃる。緊張を抑えて、まっ直ぐお顔を見た。

阿南　教えていただきたいことが沢山あります。早速、お聞きしてよろしいでしょうか？

釈迦　いいよ、アーナンダ。何でも聞きなさい。

優しく促すお釈迦さまには、目の前の阿南大介は依然としてアーナンダであるらしい。

大介は一番気に掛かっていることから尋ねた。

阿南　最初に教えていただきたいのは、お城を離れて修行の道に入られた本当の理由です。お釈迦さまの教えが書かれている『原始仏典』の日本語訳を何回も読みました。頭では理解が出来たと思うのですが、まだ心の奥底で受け止め切れていないように感じています。

その訳を考えてみますと、お釈迦さまが『修行に入られた本当の理由』や『広く教えを説こうとされた真の目的』が分からないままに、『悟り』の言葉だけを読み取っていたようで、表面的な理解に留まり、お言葉が私の心に響かないのだろうと思います。

お釈迦さまは二十九歳の時に出家をされましたが、何故、国や家族など全てを捨ててまでして、修行の旅に出なければならなかったのでしょうか？　私は、そこに大切な理由や大きな目的があったに違いないと考えています。

王子時代のお釈迦さまが、出家を決心をされた本当の理由と、その背景にあった若い時のご体験や心の変化について教えていただけないでしょうか？

この質問に正岡が口を挟んだ。

正岡　阿南さん、それはお釈迦さまにお聞きするまでもなく、はっきりしているではないですか。経典には、「人生は苦であり、中でも生老病死の四つの苦からは誰も逃れることが出来ない。この苦しみを克服するための『法』を求めて、みずから解脱を成し遂げようと厳しい修行の道に進まれた」と書いてありますよ。

阿南　そう、僕もそのように学びました。でも、お釈迦さまが全てを捨てて修行の道に入ろうとされた時の決心は大変なことだったと思うのです。

次期国王になられるお方が、大切な責任を放棄して夜半密かにお城を出られたのですよ。正岡君が言ったような抽象的な理由だけでなくて、もっと差し迫った事情があったに違いないと考えるからです。

お釈迦さま、恐縮ですが、私が企業経営者だった時の事を話させていただきます。

かつて、私は三つの会社で経営トップを務めた経験がありますが、どの会社の時でも、大勢の社員とその家族の生活を守るために、その基盤となる会社を安定させ、着実に発展させることを最優先にしました。そして、経営トップの責任を痛感する中で、どんな難しい問題が起きても途中で職責を投げ出すことは出来ず、大いに悩んだ経験があります。

ましで、お釈迦さまの場合は、国の存続と国民の安心という非常に大きな責任を背負う立場に居られた訳で、経典で言われるような抽象的な理由だけでお城を出られたとはとても考えられません。

大介の口調に熱がこもっていた。

ここまでを聞き終えると、お釈迦さまが静かに口を開かれた。

釈迦　確かに、私は自分の少年時代の事やカピラ城を出るに至った理由などを、弟子たちに詳しく話したことはなかったと思う。

だが、その訳は極めてはっきりしているよ。

私は「自分の過去を全部捨てて修行に入った」わけで、王宮時代の記憶からは完全に離れて修行に専念をし、悟りを開いて『ブッダ』になることだけに集中したのだ。また『ブッダ』になった後は、自分が掴んだ『真理の法』をどのように人々に伝えれば良いかだけを考えていたので、自分の過去のことなど全く気に掛けなかったからね。

それにもう一つ理由があったな。当時、私の周りにはカピラ城時代から良く知っている釈迦族出身の弟子たちが大勢居たので、あえて私の過去など話す必要もなかったからね。

ところが私が入滅した後に年月が経つと、私を直接知らない出家僧や在家信者たちが増えて、当然ながら『釈迦ブッダとはどんな人だったのか？』の疑問が湧き、私の生い立ちや悟りを開くまでの修行の実情を知りたいという声が出てきたのだよ。この要請に対して、私を直接知っていた釈迦族出身の長老や弟子たちが、私の若い時の様子を話してくれて、しばらくはそれが語り継がれたようだ。

阿南　お釈迦さまのイメージは、そのまま続いたのですか？

釈迦　いや、変わったのだ。それから数百年が経つ間に、仏教に対する世間の期待が変わり、私の教えの解釈が変更されて、私の『ブッダ』イメージも変わっていったのだよ。

僧団（サンガ）の重要な支援者となった在家信者たちは、私が人生の基本として説いた、「正しい生活を守り、自らを高めよ」という自分を厳しく律する教えよりも、「仏を信仰すれば人生の苦しみから救われる」という分かり易い教えの方を歓迎したわけだ。

そこで一部の出家僧たちは、在家の人々が仏教信仰へ向き易いようにと、人々にとって一番の関心事だった『生老病死』を『人生の苦』として取り上げて、この『苦の克服』を目指して釈迦が出家修行をしたとの物語を創ったのだ。その後に起こった大乗仏教運動の中でこの流れがさらに強まり、私は在家信者の悩みや苦しみを救う超人的な『仏さま』へと姿を変えたわけだ。そして、折から作られ始めた仏像の姿をとって、大衆を救う新しい『ブッダ』のイメージが定着していったのだよ。

だが、こうした流れから生まれた私の新しいイメージを、単なる創作物語として片付けてはいけない。私を超人的な聖者とする新しい思想を語ることで、人々に信仰への道を強めさせ、正しい人生を歩むように導いているのだからね。

しかしながら、私自身は本来の人間『ガウタマ・シッタールダー』を離れて、『生老病死に悩む若き王子』の姿となり、さらには『悟り』を開いた超人の『ブッダ』として、広く人々を救う存在に変わったことは確かだ。振り返って見ると、私の本当の姿は、後世に正しく伝わっていないようだね。

だが、アーナンダよ。かつて、私が入滅する前にそなたたちへしっかり伝えたことがある。覚えているかね？

アーナンダでもない大介は戸惑っていた。

釈迦　私がこの世を去っても、決して嘆き悲しむではない。『真理の法』を遺しているのだから、いつまでも私を師と頼るのでなく、『真理の法』を師とし、『自分自身を拠り所』にして修行に励みなさいと言っておいたのだ。

だから私が遺した『真理の法』の大切さに比べれば、個人的な私の王子時代など大事とは思わないが……。どうかね、アーナンダ？

阿南　今のお話は『法灯明、自灯明』のことですね。この言葉は承知しております。

ところで、お言葉を返すようですが、お釈迦さまの時代から二千五百年も経った現在、私たちがお釈迦さまの『真理の法』を正しく身につけようとしても、お釈迦さまが入滅されてから数百年経った頃に記された経典の言葉からしか知ることが出来ません。

これらの言葉は、弟子の方々が代々語り継いだもので、長い年月の中でその内容は徐々に変わり、新しい言葉も追加されたと考えます。また、原典のパーリー語から漢語や日本語へ翻訳した時に、時代と場所の違いや翻訳者の思想に影響を受けて、お釈迦さまが考えられた内容からは変わっているとも思います。

ですから、仏教経典の文字の裏にある、「何故、そのような行動を取られたか？」の背景事情となった少年時代のお考えや、出城に至った本当の理由を併せて知らなければ、私たちは正しい理解が出来ないと考えます。

　確かにお釈迦さまの『真理の法』は、出城後の修行を通して完成されたものですが、それはカピラ城時代の人間お釈迦さまのさまざまな人生経験なくしては生まれず、『ブッダ』という人間世界の精神的指導者の原点は、若きシッダールター王子の中にあるのではないでしょうか？

　現代の私たちは、悟りを開かれた後の『ブッダ』だけでなく、それよりも前の人間『お釈迦さま』のお考えを合わせて知って、初めて、同じ人間として悩みを抱えながら生きる私たちが共感を覚え、積極的に生きる勇気をもらえると思うのです。それで、どうしてもお城を出られる前の王子時代のお考えを知りたいのです。

　大介は熱っぽく語り、永年の間抱えてきた疑問をストレートにぶっつけた。


　お釈迦さまは座した姿勢を崩すことなく、大介の話にじっと耳を傾けておられた。やおら、深い感慨の様子で言葉を出された。

釈迦　アーナンダ、いや阿南大介さん。そこまで深く考えていたのだね。

　私が少年時代から大切にしてきた『人間への思い』を、そなたはしっかり汲み取ってくれているようだ。

　確かに私は若い時から、『人間』について考えることが多かったように思う。いつも『人間とは何か？』『人間はどう生きるべきなのか？』を考えていた。そして、それを深く考えた結果が、城を離れる私の決心に繋がったのだ。このことに間違いはない。

　また、私が悟った『真理の法』は『人間の本質に関わる真理』で『普遍性』を持っている。だから、後世の人にも正しく伝わって欲しいし、また、正しく分かってもらいたいと思っている。

お釈迦さまは大介の顔をじっと見た。そこにアーナンダの成長の姿を見ておられた。

出家の真相

遠い昔を想い出すように、ゆっくり話を始められた。


釈迦　そうだな、私が城を出て修行の道へ入るに当たり、たしかに大事な目的が二つあったよ。

一つは、『戦争のない、人々が安らかに暮らせる平和な世界』を作るために、世の人々、特に国王などのリーダー層を正しく導くことだった。

もう一つは、バラモンが作った『マヌ法典』の掟から離れることだった。インド社会を永年にわたり縛ってきたカースト制度から人々を解放し、『身分や階級、貴賤などの差別がない平等で公平な社会』を作ることだよ。

私は子供の時から感受性が強くて内向的な性格だったように思う。同じ年頃の子供たちと一緒に走り回って遊ぶよりも、独りで庭の草花を見ているとか、林の中で鹿や鳥たちと遊ぶ方が好きだったからね。それらはみんな自分の友達のように感じたのだよ。

だが父王は、明晰で逞しい王子になることを望んでおられたので、私は厳しい武道や剣術の訓練に加えて、著名なバラモンの師を迎えてヴェーダ聖典や新しいウパニシャド哲学も学び、国王として必要な知識を身につけていった。

一方、母上は愛情あふれる言葉で、日々の厳しい鍛錬と学習に疲れた私を温かく包んでくれ、優しく豊かな心を失わないように導いてくれたよ。

　父王から厳しくも善き指導を受け、母上の優しい愛情の中で私は少年時代を過ごしてきたのだ。

正岡　実の母親のマーヤ王妃は、お釈迦さまを産まれて一週間後に亡くなられ、その後は義理の母親のマハーパジャパティ王妃に育てられたと伺っています。お釈迦さまが成長されてからそのことを知った時、実の母が恋しくて悲しまれたことはありませんでしたか?
　この質問にいとも簡単に答えられた。

釈迦　いや、そのことで寂しく感じたことはなかったね。マハーパジャーパティ王妃は私の実の母上の妹だが、顔立ちも性格も非常によく似ておられたとのことで、私は良くなついていたようだ。そして王妃はいつも私を暖かく育ててくれたので、本当の母上と思ってお慕いしてきた。

　それに、北インドでは昔から王族が姉と結婚をする時には、妹も一緒に第二王妃として迎えて、姉妹と結婚をする習慣が一般的で、お互いに王妃として王宮で仲良く過ごし、どちらの子供も分け隔てなく育てたのだ。だから、この風習の中で私にはまったく違和感がなく、実の母が早く亡くなったことで悲しいとも寂しいとも感じていなかった。むしろ私には二人の母上がおられて、一人は地上で直接身近に愛を受け、もう一人は天上界から私をいつも見守ってくれていると感じていた。

　だが、実を言うと、私が高齢になってからだが、実母マーヤ王妃が私の生命と引き換えに死んでいかれたように感じ、母上にお会いしたいと思ったこともあったね。

　さて、母上の話はここまでにして、阿南さんの質問に戻ろう。

阿南　よろしくお願いします。

釈迦　私が成長してからは、王子の任務として国境警備の視察があり、最前線に出向くことが度々あった。かつての国境紛争は隣国コーリヤとの水利争い程度だったが、時は既に戦乱の時代を迎えており、大国の圧力が国境まで押し寄せて随所で緊張が増していた。私も小さな戦闘を何回か経験している。

この戦いの中で、血だらけの戦死者や傷ついて苦しむ兵士の姿を見て私の心は痛み、先ほどまで元気に動いていた若者が、一瞬にして命を失う現実を知った。

また、遺体や重傷の兵士を自宅まで送り届けた時の、家族が嘆き悲しむ姿を忘れることが出来なかった。

こうした体験に、内向的な私の心はさらに沈んでいった。

心配した父王は、私が季節ごとに過ごす豪華な離宮を三か所に作り、そこで若い侍女たちと一緒に過ごす時間を持たせた。私は人生の憂いや日常のわずらわしさをすべて忘れて、侍女たちと享楽の日々を過ごした。若さに任せて徹底的に快楽に浸かったのだ。

だが、毎日続く『享楽』の生活はむなしさに変わった。離宮を離れてカピラ城へと戻り、その後は二度とそこへ行くことがなかった。

再びカピラ城で始まった生活の中で、時々は警護の目を逃れて一人で城外を歩いた。

父王の善政によって釈迦国は安定し、国民はみんな幸せに暮らしていると思っていたが、城外に出る度に厳しく悲惨な生活があることを知って心が痛んだ。

ある時に、城門から少し遠い場所を歩いていると、私が存在すら知らなかった『不可触民』が住む地域に入っていた。

そこには、埃まみれの身体に破れた衣服をまとい、やせ衰えて苦しむ人。道端にうずくまり、痛みと苦しみで声を上げる人。息絶え絶えで、うつろな目をして横たわる人。冷たくなった幼子を抱えて泣き叫んでいる母親。他人の物を盗んで追っかけられ、捕まって殴り倒される人。怒号と悲鳴、うめき声で満ちていた。

こうした人々の存在は私の脳裏に焼き付いて離れなくなった。

それまでは『マヌ法典』の定めを当然のこととし、特別な意識を持ってこなかったが、現実に目にした身分差別のヴァルナ（カースト）と、そこから生まれた職業の不公平と貴賤・貧富の不平等の他に、人として扱われない『不可触民』の存在は大きな疑問となった。

また、「この世に生を受けても、幼くして死んでいく。生き延びたとしても、飢えに苦しみ、病に苦しみ、老いて衰えて死ぬ」「戦が起これば、働き盛りの壮年にも突然の死が襲い、残された妻子は生きる糧を失って苦しむ」「何故、人はこの世に生まれ来て、苦しみながら死んでいくのか？」「人生とは何か？」

私の疑問は大きくなり、誰にも会わずに独りで考えることが多くなった。

阿南　お話の中に出てきた『マヌ法典』とはどんな法律ですか？

釈迦　それはだね、大昔にアーリア人が中央アジアからインド平原へ入ってきた時に、原住民を支配するための規則としてマヌというバラモン神官が作った法典だよ。アーリア人は神を敬い、神への儀式を大事にする民族だったので、インド統治に都合が良いように神の名を借りて四つの身分階層を決め、自分たちが神事を司る最高位のバラモンに就いて、残る三つの階層にインド人をはめ込んで身分と職業を決めたのだ。

『マヌ法典』の言葉で言うと、「神は最初に神の分身を作り、その頭からバラモンを作って世界を支配させ、その手からクシャトリアを作ってバラモンを守る役目とし、その胴体からバイシャを作って実業に従事させ、最後にその足から奴隷のシュードラを作った」としている。

「人はすべて、神が作った四つの身分に生まれながらにして分かれ、それは生涯変わることはない。そしてそれぞれの階層に決められた仕事に就き、他の身分の人間と結婚して血が混じることは許されない」との定めが徹底された。

だがアーリア人の侵略を避けて南部へ逃れたインド原住民や、ヴァルナ（カースト）の掟を破って結婚した人々とその子孫はカースト枠に入れられず、人間扱いされない枠外の立場に置かれた。こうしてインドには『けがれた人』とされる『不可触民・アンタッチャブルの民』が大勢居たのだよ。

安井　『けがれた人』とか『不可触民』とか、何故そのように呼ばれるのですか？

釈迦　それは彼らの職業イメージから出た言葉なのだ。

職業のすべてが既に四つの身分に割り当てられていたので、枠外の彼らが従事出来る普通の職業はなく、カースト内の人々がしたがらない汚い仕事、例えば人糞処理とか豚の屠殺処分などをして生きる以外になかったわけだ。カースト層の人々は彼らを汚い人種『ダリット（不可触民）』と呼び、傍に居ると『けがれる』として、触れることはもちろん一緒に居てはならないとしたのだよ。

後に、この『マヌ法典』の内容がそっくりヒンズー教に引き継がれ、約三千年の間インド社会に根付いているもので、現在のインド社会で潜在的に残っている最も悪い人種差別なのだ。

三人は真剣な面持ちで聞き入った。

釈迦　さて、話を私の王子時代に戻そう。

人がこの世を生きるには、戦争や『生老病死』からの苦しみがあり、カースト身分差別が作る不平等や貧困からの苦しみがあることを知った。だが、それらを解決する答えが出てこなかった。

自分は将来国王として国を治めて人々を幸せにしなければならないが、これらの問題がなくならない限り、真の幸福はありえないだろう。「どうすれば良いのか？」

私は日々考え続け、何としてもこの答えを見つけようと努力した。

しかし、自分は王子として大切に育てられ、何の不自由もない生活を送ってきた。城外で見たような苦しみから最も遠い位置に居る自分に、人々が生きる現実の本当の苦しみが分かるはずがない。まして自分が抱えている大きな課題、『人生の苦しみを克服し、カースト制度を廃止する道』を見つけることなど絶対に出来ないだろう。今の恵まれた環境を離れて厳しい現実の世の中で修行を積み、徹底的に考え抜くべきではないのか？

これが城を離れようと考えた最初の動機だが、城を出る決心まではつかなかった。

自分は責任ある身であり、国と国民を捨てることは出来ない。また、父王の期待や母上の愛情を裏切ってはならないし、私を慕い信頼している妻を悲しませてはならない。

相反する二つの考えの間で私の気持ちは揺れ動き、迷い悩んだ。夜一人になると、「城を離れて修行の道に入ろう」との思いが強くなる。しかし、朝を迎えて父王や母上、そして妻の顔を見ると、その思いは崩れた。

誰にも相談出来ない日々が続き、悩みの中で時が経っていった。

三人はお釈迦さまのお顔を見つめ、話は決定的なところに入った。

釈迦　当時のインド世界は大きく変わる激動の時代に差し掛かっていたのだよ。それまでは多くの小国が安定して共存する時代が長く続いたが、武力と富を持つ大国が現れて小国を次々と吸収し、大国支配の時代へ移行する時期だった。

釈迦国の西に大国コーサラが迫り、東ではもう一つの大国マガタが力を強めて、豊かな稲作地帯の釈迦国方面を狙っていた。釈迦国は大国コーサラと良好な関係を作ることで独立を守ってきたが、状況は変化しつつあり、危機を察した父王と重臣たちは、コーサラ国に貢物を度々差し出した上に、新たに王女を送って姻戚関係を強める努力をした。しかし、世の中は武力優先へと進み、釈迦国の前途は黒い雲に覆われていた。

大国が小国を侵略する時は激しい戦闘と悲惨な殺戮が常で、敗れた王族や貴族一統の男子はすべて殺され、兵士や婦女子は奴隷に取られた。そして蓄えられた富や米は略奪された。豊かな農地は戦場となって踏み荒らされ、農民も大きな苦しみを受けた。勝利国の側でも大勢の貴族や兵士が命を落とし、深い傷を負って苦しむ。彼らの家族にも深い悲しみと大きな苦しみが残されていた。

戦争は人々に苦しみを与え、しかも大規模の苦しみを次々と産み出す。

純真な若者を兵士として戦場に駆り出しては、『人を殺せ』と強要する。平穏に暮らしている人々を突然苦しみの底に突き落とし、戦争費用を集めるために重税を課して苦しめる。

戦争は人間が行う最大の罪悪であり、人間が作る最大の苦しみの原因だ。

話が続いた。

釈迦　では、なぜ戦争が起こるのか。誰が戦争をしたがるのか？　一般庶民は戦争を望まず、まして戦争の苦しみを自分から作ろうと思わない。兵士たちも戦争を喜んでいない。自分の命を失いたくないが、命令に従って戦わざるを得ないだけだ。誰も望んでいないのに現実には戦争が起こり、多くの人が命を落とし傷を負って苦しんでいる。何故だろうか。何故こんなことが起こるのか？

三人は固唾をのんで聞き入った。

釈迦　私の中に答えがはっきり現れた。

戦争をしようと考える者は国王や王族たちリーダー層ではないのか？　闘いを命じて大勢の人々の命を奪った後に、富や権力を手に入れるのは国王や王族たちだ。自分と同じ立場の少数の人間が、大きな罪悪を作り出している。

将来私が国王になった時に、他国への攻撃や侵略は絶対にしないつもりだが、他国から攻められた時は、国と国民を守るために戦わなければならないだろう。その時には、自分が釈迦族の若者に闘いの命令を出し、敵と殺し合いをさせて沢山の苦しみを生むのだろうか？

たちまちに、自分の地位が引き起こす罪の恐ろしさに身が震えた。

やがて、私の中に新しく逆の考えが浮かんできた。

すべての国王や王族たちリーダー層が闘いを止めればよい。そして、『マヌ法典』に縛られたカースト身分制度を廃止すれば良いのだ。われわれ国王や王族たちリーダー層にしか、戦争を止めることも社会制度を変えることも出来ない。

私の脳裏を覆っていた厚い雲がすべて消えた。

以来、私は自分たちリーダー層が作り出す大きな罪と、それを解決するべき大きな責任の意識から逃れることが出来なくなったのだよ。


最初、お釈迦さまは遠い昔を思い出すようにゆっくり話しておられたが、いまや話は核心に迫って、言葉が勢いを持って流れ出るようだった。


釈迦　かつて、重臣の一人から聞いた話を思い出した。

私が生まれた時、父王は待望の王子誕生を大層喜ばれたそうだ。そして、著名なアシタ仙人をカピラ城に招いて、王子の行く末について占いを求めた。仙人は誕生間もない私の顔をつくづくと見て国王に言われた。

「王子は世にもまれな、大変立派なお方になられることは間違いありません。王としての道に進めば、武力でなく『真理の法』を持って全世界を治める『法輪聖王』になられるでしょう。また、聖人としての道に進めば、この世に未だ出現していない『ブッダ』になられるでしょう」と。

国王はアシタ仙人の予言を聞いて喜ばれた。

私が成長の後、父王の後をついで釈迦国の王になり、さらにインド世界を統一して『法輪聖王』になることを夢見ておられた。この話は釈迦族の中に広まり、父王はもちろん重臣たちからも、私の将来に強い期待があった。

阿南　インド世界を統一して、『法輪聖王』になるのですか？

釈迦　そうなのだ。『法輪聖王』なのだ。この期待を感じるにつけ、私の悩みは深まった。

このまま国王への道を進んで良いのだろうか？

将来国王として国を治めるならば、大国コーサラが攻め込んできた時には、国と国民の生活を守るために戦わなければならない。もし勝利して敵を押し返したとしても、いずれまた攻めてくる。延々と殺し合いが続き、最後には大国の武力の前に攻め滅ぼされるだろう。

その間に多くの若者の命が奪われ、田畑は荒れて国は乱れ、国民が苦しむ。

私の脳裏に、かつて国境前線の戦闘で目にした血だらけで息絶えた貴族や兵士の姿、傷ついて苦しむ人々が浮かんできた。貴族の一人が死の苦しみの中で、私を見て手を伸ばしたが既に力はなく、やっと言葉を発した。

『後に残す妻や子供を頼みます』と。そして、彼は息絶えた。


この世界に戦争は止まず、奪い合いや殺し合いがどこまでも続く。また、不平等なカースト身分制度によって、貧しい人々の苦しみはいつまでも続く。『どうすれば良いのか？』

アシタ仙人の予言のように、強い王になって世界を統一し、『法輪聖王』として『法』を持って治め、平和で平等な世界を作ることが自分の使命なのだろうか？

だが、『法輪聖王』として一度は平和で平等な世界を作ったとしても、私が死んだ後には誰が後を継いで、次の『法輪聖王』として世を治め、その世界を守り続けるのだろうか。さらに、その次の世代はどうなるのだろう？

人の命には限りがあり、どんな立派な『法輪聖王』が出たとしても、その心と志は王の死と共に失われる。後継者に正しく引き継がれることは難しく、平和の保証は一代限りに過ぎない。人類の歴史の中で戦争が絶えず、悲劇が繰り返される原因は、ここにあるのではないか？『法輪聖王』以外に進むべき道はないのだろうか？

三人はお話に引き込まれていた。

釈迦　アシタ仙人が予言したもう一つの道、『ブッダ』への道が浮かんだ。

未だこの世に出ていない『ブッダ』、即ち、全ての人々から尊敬され信頼される最高の精神的指導者『ブッダ』になって、世界の人々、特に、権力を持ち社会に影響を及ぼす国王などのリーダー層を正しい道に進むように導き、大勢の『法輪聖王』を生むこと。そして、次世代のリーダーたちも指導をして、継続して大勢の『法輪聖王』を育てることがある。これが私の進むべき真の道ではないのか。

小国ながらも私は王族の身分であり、他国の国王や王族たちに対しても同じ立場で『法』を説くことが出来る。また、彼等の気持ちや抱える問題が分かるので、適切な精神的指導が出来て心を捉えることが出来る。人々も、王子から『ブッダ』に転じた私を信頼し、尊敬の念を持って接してくれるだろう。

そうだ、王族の立場に生まれた私の真の使命は、『ブッダ』になることなのだ。

三人は目を大きく見開いた。

釈迦　もう一つ大事なことがあったな。

世界は広く、大勢の国王やリーダーたちに『法』を説くには私一人では限りがある。大勢の私の分身が要るのだ。また、恒久的に世界平和を続けるために、次世代はもちろん、後世の国王やリーダーたちを正しく導く師が継続して必要になる。それには、師となる優れた『精神的指導者』を継続して育成する拠点を確立し、後世にしっかり残すことが大切だ。この実現には、国王や豪商たちの理解と財政的支援が不可欠で、それが出来る最適の人物は自分だろう。

私自身が『ブッダ』になるのだ。

ここにおいて、『自分の真に進むべき道、真に生きるべき道』がはっきり見えてきた。人々を苦しみから救うために、世界から永遠に戦争をなくし、そして、カースト身分差や不可触民差別がない平等な社会を作る。これに自分の生涯を奉げよう。

大きな使命を自覚したことで私の悩みと迷いは解消し、新たに固い決心が生まれていた。だが、次なる疑問が湧いてきた。『ブッダ』を目指すことを決めたが、『何を説くべき』なのだろうか？　まだ人生が何たるかを知らず、まして悟りで得られるとされる『ブッダの真理』は想像もつかない。多くの国王や王族リーダーたちが納得してくれ、世界の人々が心を動かしてくれる『真理』とは何だろうか？

やがて、全ての人々に共通する『真理』が私の中に浮かんできた。それは『人間の真理』だろうと。早くこの真理を確実にして、目覚めた人『ブッダ』にならなければならない。だが、それには厳しい修行を積まねばならないだろう。このままカピラ城に留まっていては修行を完成出来ない。城を離れなければならない。

私の心の中で結論が出た。

お釈迦さまはここまで話されると、ひと息置かれた。

出家を妨げる事情

三人は大きな感動を持ってお釈迦さまを見つめていた。

阿南 それからすぐにお城を離れられたのですか？

釈迦 いや、違う。決心はしたが、すぐには踏み出せなかった。

阿南 どうしてですか？

釈迦 それはだね、私個人に大きな責務が残っていたのだ。当時私にはまだ子供が居らず、跡継ぎの男児誕生を待たねばならなかったのだよ。このために、『ブッダ』を目指す決心は固く封印をして、妻ヤショーダラとの愛を深めたわけだ。

安井 一般的な話ですが、親は我が子が生まれると可愛くて離れ難くなると言われます。それなのに、なぜ長男の誕生まで待たれたのですか？

釈迦 それはだね、『生命の連鎖』の責務を果たすべきだと考えたからだよ。

安井 『生命の連鎖？』どういうことでしょうか？

釈迦 そなたたちは、自分の生命や身体は自分のものと思っているだろうが、実は『自分だけのものではない』のだ。

例えば、私の生命は父上と母上からいただいた。また父上と母上の生命はそれぞれの祖父母からいただいたものだし、祖父母の生命もそれぞれその先代にいただいている。つまり、私の生命は、何十・何百世代の過去に遡って繋がる『人の生命の流れ』の上にある。

さらに現代科学の知識を加えて言うと、数百万年前に現れたヒトの生命の繋がりだけでなく、はるか昔の地球上に原始の生命が誕生して以来の、長い生命の流れを私の身体が引き継いできていることになる。

過去三十六億年の長い時間の中で、生物絶滅の危機となる地球環境の大変動が繰り返し起こっているが、その都度生き延びて、生存に適した姿に進化を遂げてきたのだ。そしてそれぞれの代を懸命に生き、子供を作り育て、次の子孫に生命を繋いできてくれた。この長い『生命の連鎖』のお蔭で自分が居るのだ。

この壮大な生命の歴史、即ち『生命の連鎖』の上にある生命を、今この自分が引き継いでいることに気が付いて、この世に生を受けた使命の第一は、自分がいただいたこの生命を次の世代にしっかり繋ぐことにあると納得したのだよ。

自分のこれからの大事な役目は『ブッダ』になり、『人々が心安らかに生きることが出来る平和な世界』を作ることだが、その前に、生物の一種である人間の『本質的で重要な責務』を果たさなければならないと考えて、我が子の誕生を待ったのだ。

安井　お話の中の、自分の祖先を遡ってたどる『生命の繋がり』のことは良く分かりました。でも、私たち人間の生命が、他の生物と同じく太古の地球で生まれた生命に繋がっていると言われたことが分からないのです。

阿南　私には、お釈迦さまの『生命の連鎖』のお話が良く分かりました。

最近の『遺伝子科学』では、どんな生物の遺伝子も基本的には人間と同じ化学的な四つの塩基の組み合わせで出来ていると分かっており、遺伝子を分析すれば、人間と生物の間の『生命の繋がり』も明らかになると考えます。

釈迦　うむ、その通りだが、安井さんには実感が湧かないかもしれないな。ところで、この人間の身体に太古からの生命の歴史が現れる時期があることを知っているかな？　母体で妊娠後の数週間内に変化する胎児の姿に現れるのだよ。だが、普通は人目には触れないためにほとんど知られていないことだが……。

安井　いえ、知りません。どんなことでしょうか？

釈迦　それはだね、卵子が精子を受精すると、受精卵は直ぐに細胞分裂を始めて次々分裂を繰り返し、形が大きくなって次第に胎児の姿を作っていく。この初期の過程の胎児は、太古の海で生命が発生してからの生物進化の姿、即ち魚類、両棲類、爬虫類、哺乳類、霊長類の順の姿を次々と経て成長していくのだよ。そして、最後にはヒトの個体として普通に見る赤子の姿で誕生してくる。

このことを科学用語では『個体発生は系統発生を繰り返す』と言っており、そなたたちもお母さんの胎内で、この『系統発生』の生物進化の歴史を辿ってきたのだよ。あとで関係する専門書で、妊娠初期からの胎児の変化の写真を見れば実感が出るだろう。

安井　ありがとうございます。勉強してみます。でも、お話を聞いて不思議な気持ちです。人間も生物も元は同じで、極端に言うと、人間はすべての生物と遺伝子でつながっている仲間だと言うことですね。

釈迦　そう、その考えが大事なのだよ。一般に人間は遠い昔を意識するよりも、今の自分に身近な人の方を大切にする。だから、ごく血縁の近い人でなければ無関心になるが、人類はおおもとでは同じ遺伝子で繋がる間柄であって、みんなが遠い親戚だと言っても良い。

さらに言えば、どんな生物でも身体を構成する基本元素は、宇宙創成時のビッグバンと、その後の星の誕生で生まれた元素であり、我々の身体や生命は宇宙に繋がっている。また、人の身体の七十%を占める水分も成分は海水に近く、我々の生命は太古の海の中で誕生し、五億年前に陸上に上がった生物から進化したもので、基本的に人間は海に繋がっている。

よく『生物多様性を守ろう』とか、『地球生態環境を守ろう』などと言うけれど、こうした生命誕生からの生物進化の歴史をしっかり理解して活動をすると、本物の運動になるのだろうね。

安井　そのように考えれば、生物や他の人に対する見方も変わってきますね。

釈迦　そうだよ。こうした意識が深まることは、『ブッダの悟り』に近づくのに役立つと思う。人間は大自然の中の存在であり、自分の心が宇宙の心と一体になる感覚に近づき易くなる。

安井　話を元に戻してお尋ねします。お釈迦さまは長男が誕生すると直ぐにお城を離れられました。しかし長男の誕生を見られたとしても、親としては子供が立派に成長するまで養育する責任があるのではないですか？

釈迦　そうだね。インドでは古くバラモンの時代から人生を四つの時期に分けて、人がそれぞれの時期にやるべきことを決めている。四つの時期とは学習期、家住期、遊行期、林住期で、この中の家住期では、勤労に励んで家族と子供を養育し、その子供が家督を引き継ぐまでしっかり家業に努めることになっている。そしてこの努めを終えた後の遊行期に、はじめて修行に出ることになっていた。

私もそうした習慣を意識したが、これからの修行完成にどれだけ長い年月が掛かるか分からない以上、それでは遅いと判断をしたのだよ。一方で、私がお城に居なくなっても、経済的に困ることなく妻が子供をしっかり育ててくれるだろう。また父王がお元気で居られるので、ラーフラを直接指導してくださり、立派に成長するに違いないと考えた。

大国の武力が迫り来る中で、我が子や妻や父王、母上はもちろん、釈迦族の人々を守るためにも、自分は早く『ブッダ』になり、大国の王を指導して戦争を止めさせなければならないとの考えの方が強かったのだ。

私の決心は不動のものになり、遂にその日が来たことを実感して静かに行動を起こしたわけだ。

正岡　ところで、お釈迦さまは一人息子に『ラーフラ』、つまり『悪魔』と名づけられました。なぜこのような王族に相応しくない名前をつけられたのですか？

釈迦　うむ、なかなか答えにくい質問だね。実は、私がカピラ城に居なくなった後に、釈迦族の国の将来がどうなるかを考えた上で決めた名前で、私の祈りの気持ちを込めて『ラーフラ』と名付けたのだ。

古代インドの神々の中で、アスラ神（阿修羅）がプラーフマン（梵天）に戦いを挑んだことがある。その時に、アスラ神に味方をしたラーフラ（悪魔）が、プラーフマンを助けて戦った太陽神と月の神を飲み込んで、ついに勝利した。『ラーフラ』はこの『戦に強い悪魔神』の代表的な名前なのだ。

私が城を離れた後に、いずれは大国が侵略してくることを予見していて、その時に最前線で戦う武将は我が息子になるだろう。敵将たちが『ラーフラ（悪魔）』を恐れ、戦意を失って兵を引くことを期待したのだ。敵国の王たちにこうした心理的恐怖を与えなければ、釈迦族のような小国は、大国の武力の前に一溜まりもなく敗れると分かっていたからね。

一方で、我が子『ラーフラ』は、名前（悪魔）の重荷を跳ね除けて、逆にたくましい王子になると信じたのだ。

お釈迦さまはわが子の名前の由縁について感慨深げに話された。

離別の夜

幸子には質問がまだあった。

安井　お釈迦さまはみんなが寝静まった真夜中に、密かにお城を離れられたそうですが、長年住み慣れたカピラ城を出ていかれる時に、ご両親やお妃さま、お子様への愛着で、迷う気持ちはありませんでしたか？

釈迦　固い決心をして城を出たので、迷うことも悩むこともなかったが、ただ悲しかったよ。決心を強くすればするほど、逆に悲しみが増えてきたね。

『ブッダ』になるまで、どのくらいの年月が掛かるか分からないが、その間はこのカピラ城に戻ってくることはないだろう。また、『ブッダ』となって再び帰ってきたとしても、もはや親子や妻子の関係で親しく会い、語り合うことは出来ないだろう。そう考えると父王と母上の悲しむ顔や、妻が驚いて泣き悲しむ顔が想像されて、私の心は悲しみで痛んだ。そして、私は愛馬カンタカに乗り、従者のチャンダだけを連れて城を出たが、馬上で涙は止め処もなく頬を伝わって流れ落ちたね。

人間味あるお話に、お釈迦さまへの敬慕の念が一層強くなった。

安井　やはり寂しいお気持ちがあったのですね。

釈迦　私は馬上から決してお城を振り返らなかった。むしろ城内で私が居ないのに気がついて追っ手が来ないかと心配だったので、従者のチャンダに命じて愛馬カンタカを急がせた。チャンダは一緒に良く走ってくれたね。田畑を抜け、草原を抜けてかなり走ると、やっと森の入り口に着いた。

馬を止めさせて、私は初めて後ろを振り返った。

夜明けの薄明かりの中にカピラ城が小さく見えた。忘れられない美しい景色だった。

心の中で、「さようなら、カピラ城」とつぶやいた。

ここが本当の別れだと決心して馬を下り、チャンダに声を掛けた。

「チャンダよ。よく付いてきてくれた。馬を急がせたのでさぞかし疲れたであろう。ありがとう。ここから先は私一人で歩いていく。お前はカンタカを連れてカピラ城に戻りなさい」と命じた。

「私には王子様しかお仕えする方はいません。どうかお供をさせてください」とチャンダが泣いて頼んだ。

「いや、そうはゆかない。私はこれから修行の道に入るので、お前を一緒に連れては行けないのだ。分かってくれ」と説いた。

私は剣を外して自ら長い髪を切り落とし、剣と髪とを一緒に渡しながら頼んだ。

「お前はお城へ戻って父王にお目に掛かり、私の髪と剣を直接渡して修行の旅に出たことを話しておくれ」

チャンダは恐れおののいた。

「とんでもありません。お城に帰り、王様に委細をお話申し上げたら私は打ち首になります」

「心配は要らない。ここに王様宛ての手紙がある。この手紙と私の髪と剣とを差し出してくれれば良いのだ。チャンダに一切のお咎めがないようにお願いをしてあるので、王様はお前を許してくれる」

愛馬カンタカを連れてカピラ城へ戻るように命じて、最後の声を掛けた。

「チャンダ、長い間私に仕えてくれてありがとう。元気で生きてくれよ！」

肩を落としてトボトボ歩くチャンダの後ろ姿をしばらく見送ったが、彼は振り向くことはなかった。振り向いて私の姿を見れば、直ぐに引き返したくなる気持ちを懸命に抑えていたのだ。やがて、愛馬カンタカとチャンダの姿が小さくなった。

私は向きを変えて森の中に踏み込み、修行者が多く集まっているマガタ国の方角を目指して歩き始めた。これがカピラ城を離れた時の状況だが、随分と遠い昔話になったね。

『ブッダ』となったお釈迦さまにしても、忘れることが出来ない人生の大事な場面だったのだろう。「フー」と小さく息をついて飲み水を求められた。幸子がザックから新しいペットボトルを取り出して水を差し上げた。お釈迦さまは美味しそうにゆっくり飲まれた。

二、『悟り』とは

ブッダの『悟り』とは？

阿南　次に、『悟り』について教えていただきたいのです。お釈迦さまが到達された『悟り』とは、どんなことで、心や身体がどんな状態になることなのでしょうか？

釈迦　うーむ、『悟り』かね？　これは頭で理解する領域のことではないから、少々の言葉で説明出来るものではないよ。『自己の完成』とも言うべきことで、自分がしっかり修行をした後に初めて体得出来るものだ。

阿南　承知しております。ですが、私たちが学ぶ『悟り』には、『涅槃』のように死に就いて人生が終わる時に完成する消極的な意味から、『真理への目覚め』と言った積極的な意味まで幅広くあって、はっきり分からないままに居ます。お釈迦さまが到達された『悟り』とはどんなことなのか、大切なポイントだけでも直接教えていただきたいのです。

釈迦　そうかね。実は私の時代、インドには『悟り』を求めて修行する『シュラマナ（沙門）』と呼ぶ人々が大勢いたので、『悟り』という言葉はかなり一般的だった。だが、彼らの修行目的は、来世で自分が再び苦しみの世に生まれないように、『輪廻転生』の定めから脱出する『解脱』

を目指し、自身を『悟り』に到達させようとしていたわけだ。
この『解脱』を目指す『悟り』をパーリー語で『ニルバーナ』と言うが、これが中国に伝わった時に発音が近い漢語の『涅槃』と翻訳された。日本ではこの漢字がいろいろな意味に解釈されるようだね。
私が掴んだ『悟り』も同じ『ニルバーナ』の言葉を使うが、その目的はこれまでの『解脱』とはまったく違う。阿南さんが言った『真理に目覚める』意味に近いもので、死後や来世にどうなりたいかではなく、今の世を生きる人々が、『どうすれば、安らかな人生を送れるか？』の方法を見つけようとしたのだ。

阿南 お釈迦さまの到達された『悟り』は、やはり、人生を積極的に支えるものなのですね。ぜひ、そのポイントを教えてください。

釈迦 そうだな、私が掴んだ『悟り』のポイントを敢えて言葉にすると、次のようになるかな。
『悟り』とは、どんな状況においても『物事の本質』がスーッと見通せて、そこに生まれる深い『慈悲』の心から、自然に『利他の行動』がとれるまで高まった『心の状態』になることだよ。

阿南 済みません。今のお言葉のイメージが湧きません。もう少しかみ砕いてお話しいただけませんか？

釈迦 そうかね？　では、もう少し段階を踏んで話すとしよう。
『悟り』は三重構造を取っており、まず、第一段階に『自利』の完成がある。これは『自己の確立』と言う方が分かり易いかもしれないが、常に『物事の本質』を見通せる心の状態で、『悟り』の基盤になるものだから、まずこの段階が完成しなければならない。

その上に『慈悲の心』が完全に備わった第二段階があり、さらに『利他の行動』が自然に定着した第三段階がある。

この三つの段階が完全に備わり、それらが柔軟かつ有機的に働き合う状態が『悟り』で、『自己の完成』した姿となるのだ。

三人は何となく分かったような気になり頷いた。

釈迦　言葉で聞くと簡単に思えるだろうが、第一段階の『自己の確立』だけでも難しいことだよ。これは常に『物事の本質』が観えることだから、『心は透明で澄み切った状態』でなければならない。ここがポイントだな。

正岡　『透明で澄み切った心』ですか？　それにはどんな修行をすれば良いのですか？

釈迦　この修行かね？　そうだな、まず、世界はすべて『縁起』と『無常』から成ると知り、その上で『自利』の追求を始めることだな。『縁起』と『無常』の理の中で『自分は何ものか？』を徹底的に内省していくと、本来の自分は『無我』の存在なのに、一方で現実の自分は『自我』と『煩悩の塊』だと自覚が出来る時が来る。

常にこの自覚を持って、日常の中で『自我』と『我欲』を減らす努力を続けるのだよ。やがて『中道の心』に目覚めて、すべての『拘り』や『捉われ』から離れていく。そうすると、その先に『自我』も『我欲』も薄れた、『透明で澄み切った心』が現れて、『物事の本質』が観える状態になる。

これが『自己の確立』に到る道で、具体的には私が遺した『八正道』の実践に尽きるね。

だが、大切なことは、『八正道』のどの段階に於いても、『人間』を基本に置いて『深く考え』、『徹底的に考え抜く』ことだな。『人間の本性』からの考察が伴わなければ、決して正しい結果が生まれないことを注意しておくよ。

阿南　『人間の本性』から考察するとはどう言うことでしょうか？

釈迦　それはだね、まず、「人間は本質的に二つの『本性』を持っている」と知ることだ。

人間は生物の一種として進化してきたわけで、生命体の行動の基本になる『遺伝子の本性』が根本にあって、これが『我欲』や『煩悩』を生むのだ。もう一つは、脳を発達させて進化を遂げた人間が、社会生活を営む中で後天的に身につけた『知の本性』があり、これが『慈悲の心』を生み、『利他の行動』を作り出す。

人間の心の根源に両方の『本性』があり、すべての判断と行動を決める『価値判断基準』に影響を与えている。だから、『人間の本性』から考えるとは、この二つの『本性』から考えることだね。

大介は理解が出来た。頷いて次の質問へと進めた。

阿南　『自己の確立』の方法はかなり分かりました。第二、第三段階の修行方法についても教えていただけませんか？

釈迦　では次へ行こう。

第二段階はだね、確立した『自己』の上に『慈悲の心』が備わった状態だよ。

実は、『自己の確立』が完全に維持出来るなら、そこに自ずと『慈悲の心』が生まれてくる。何故なら、完全に『自己が確立』した段階では、『宇宙の真理』、即ち『世界の成り立ちの本質』が観えて、全人格が宇宙と繋がり、遂には『宇宙の心』と一体になるレベルにあるからだ。ここは『何にも捉われず』『拘りもなく』、すべてを『ありのまま』に観て『ありのまま』に受け容れる状態で、自他を区別する意識は完全に消えて、『慈悲の心』だけになっているのだ。

次の第三段階は、『慈悲の心』が現実の様々な状況に直面して『利他の心』に転じ、自然な『利他の行動』ができる状態だ。

この三つの段階を以って『悟り』は完成し、『他人のために生きる』人生へと進んだ姿になる。これは『聖』にも『俗』にも属さず、それらを超越しながらも、両方とつながっている状態で、まさに『中道』を生きる姿なのだよ。

三人はよく呑み込めずに黙ってお顔を見た。

世界の『本質』

その様子を見て改めて言われた。

釈迦　最初にも言ったが、『悟り』は人の思考や言葉とは違う次元のことなので、知識として受け止めて頭で考えて分かるものではない。

阿南　そうですが、第二段階のお話に出た『宇宙の真理』や『世界の成り立ちの本質』などの言葉は、抽象的過ぎてピンと来ません。この意味だけでも教えていただけませんか？

釈迦　これらの言葉も難しいかね？　では、私の体験を混ぜながら話そう。

かつて私がブッダガヤで菩提樹の下に座って考えを深めた時に、世界の『本質』がはっきり観えて、この世は三つの『真理』から成り立っていることが分かったのだ。

阿南　三つの『真理』とは何ですか？

釈迦　一つ目は『縁起の真理』だ。『世の中すべての事には原因があって、すべてが繋がっている』という真理だよ。

分かり易く現代科学が明らかにしている事柄で言うと、宇宙誕生のビッグバン直後に陽子や中性子などの素粒子が生まれ、そこから水素とヘリュウム原子が生まれた。そして、それらが星を形作って炭素などの重い原子を次々と生み、その原子が合体して分子と様々な物質を作り出して、ついには生物や人も生まれた。これが物語るように、世界の、いや宇宙のあらゆるものは繋がっていて、起こるすべての事柄には原因があり、その原因が源で結果が生じて今の状況があり、また今が原因となって未来が作られていく。この大事な『縁起の真理』が掴めたのだ。

二つ目は『無常の真理』で、どんな物も刻々と変化しており、何一つ同じ姿を留めるものはない。この『無常』から見た時、人が価値ありと固執する対象に『実体はない』と知り、『空』の思想が生まれる。そして、『俺』が『自分』がと固執する『我』にも『実体はない』と知り、『無我』の思想が生まれるのだ。

三つ目は『宇宙の摂理』だ。これは前の二つの真理からの当然の帰結だが、この宇宙や地球世界の事柄には、『何一つ単独で独立して存在するものはなく、またその実体もない』。『すべてが互いに依存し合って変化しながらあるだけ』と言う、『宇宙の根源にある摂理』が観えるのだ。『縁起』と『無常』と『宇宙の摂理』の三つが『世界の成り立ちの真理』で、あらゆる事柄はこの『真理』から導かれると分かり、私はこの三つを統合して『宇宙の真理』と呼んだのだ。

大介は少し分かりかけた。

阿南　『宇宙の真理』が分かると、人の心は『宇宙の心』と一体になる次元へ導かれるのですか？

釈迦　そうだよ。『縁起』と『無常』と『宇宙の摂理』を基にして『人間存在の本質』を突き詰めていくと、今生きている自分は『宇宙の真理』に基づいた存在であるとの自覚が生まれる。さらに進むと、自分の心が『宇宙の心』と繋がり、宇宙と一体になった状態へと達する。例えば、遊泳中の宇宙飛行士が宇宙から地球を眺めた時の心境に近いかもしれない。すると、自分がそれまで大切に思っていた『自我』や『欲望』『怒り』などあらゆる『煩悩』がちっぽけなものに見えてきて、最後にはそれらすべてが消え失せてしまい、『慈悲の心』だけが残っている。

この静寂の心境である『ニルバーナ』が、私が掴んだ『悟り』の基本状態なのだよ。

大介には、まだイメージが浮かばなかった。

阿南　人の心が『宇宙の心』と一体になると言われましたが、『宇宙の心』とはどんなものですか。もう少し具体的に教えていただけませんか？

釈迦　では、少し話を変えよう。私は『悟り』を開いて『ダルマ（真理）』を知ったわけだが、そなたたちは『我々の周りはダルマ（真理）で満ちている』ことを知っているかな？

阿南　いいえ、存じません。どういうことでしょうか？

釈迦　また、科学的な話から入るが、大いなる宇宙も、地球と大自然も、私たち人間の周りも、『宇宙エネルギー』で満ち満ちている。このエネルギーは三十六億年前の地球上で生命の誕生を支えて以来、数え切れない生物の誕生と生存を支えており、生物の一種である人（ヒト）の生命も支え続けている。そなたたちも『宇宙エネルギー』に支えられて誕生し、今を生きているわけで、これを別の名前で『生命エネルギー』と呼んで良いものだ。

このエネルギーの源が『宇宙の心』で、そこから『宇宙のダルマ（真理）』が『宇宙エネルギー』や『生命エネルギー』の形を取って発振され、人を含むすべての生物に届いているわけだ。

大介が黙って頷いた。

釈迦　だが、殆どの人はこのエネルギーの存在に気が付かないでいる。何故なら、人の全細胞は『宇宙エネルギー』を常に受けているのだが、その刺激を処理する脳が適切な感性を持っていないために『価値ある情報』と判断が出来ず、エネルギーの存在が意識されていないわけだ。
また、科学的に価値があると言うには、物理的測定で存在を証明をすることが不可欠なのだが、未だそのエネルギーの測定が出来ていない。

阿南　物理的測定が出来ないと、それはあるとは言えないのではないですか？　こうした『宇宙エネルギー』の存在は世の中の人々には信じてもらえないと思いますが……。

釈迦　そうだよ。『宇宙エネルギー』の存在を信じる人はまだ少ないかもしれないな。そもそも人の脳は、経験の積み重ねで作られた『価値判断基準』による判断しかできないので、異次元の情報に対しては反応しないからね。

しかし、人類の歴史はそうしたことの積み重ねだよ。かつては、人知の及ばない現象や事柄はすべて『神の業』だとされたが、科学が一つ一つそれを解き明かしてきたわけだ。しかし、人類が知っているとする事柄は、未だ宇宙や自然界の現象のほんのわずかなことに過ぎないのだから、人間は謙虚でなければならないよ。

今言ったように、『悟り』とは、『宇宙エネルギー』が運ぶ『宇宙のダルマ（真理）』を、人の身体と脳がいつも自然に感じ取っている超高レベルの心の状態だから、『悟り』を得た人と通常の人の間には大きなギャップがあるわけだ。

三人は引き込まれるように聞いていた。

釈迦　ところがどんな人にも、全身の細胞が普段受け取っている『宇宙エネルギー』を、自分の中に潜在している本性で感じることがあるのだよ。例えば、美しい花を見れば誰もが『美しい』と感じ、小鳥のさえずりを聞けば『美しい声』だと感じる。また、幼子を見れば『可愛らしい』と感じて誰もが笑顔になるだろう。これらは人が『宇宙の真理』に触れていることの表れなのだよ。花や鳥や赤子が『宇宙エネルギー』を受け取り、それを体内で増幅して光り輝きながら外に向けて発振する。この発振エネルギーの固有波長と、それを見る人の受信波長が同調した時に、人の心に感動が生まれて無意識に『宇宙の真理（ダルマ）』に触れるのだ。

感動とは、ある外部刺激が脳の中の感動遺伝子を呼び起こして感動酵素を作り出し、感動神経を働かせることで生まれる。実は、人は進化の歴史の中で感動酵素の生成を促す遺伝子を身につけており、また、胎児の時に既に脳内の感動神経ネットワークも形成しているのだが、この感動遺伝子が刺激を受ける機会が少ないために、未だスイッチ・オフのままに眠っているのだ。その理由は、生物進化の時間スケールの中では、人がこの遺伝子を獲得してからの時間が短くて、遺伝子発現が自発的なプロセス、つまり『本能』レベルに至っていないということだ。

だから、感動体験を度々繰り返すことで、眠った感動遺伝子をスイッチ・オンにして感動酵素を作り、感動神経ネットワークを働かせる訓練が必要になる。また、この訓練を続けることは、『宇宙エネルギー』を受け取る身体の受信感度を高め、そのエネルギーを自分の心で大きく増幅させる働きの向上にもつながるのだ。

日常から豊かな感性と優しい心を持って生き、心の完成度を高めると、人や生物の生きる姿を『ありのままに観る』ことが出来て、その根源にある『宇宙エネルギー』の存在に気がつき、『宇宙の真理』へと近づくことが出来る。

別の言葉で言えば、これは既存の知識に捉われた頭脳の判断を離れて、すべてを『ありのまま』に心の眼で観る『高い感性』への転換のことなのだ。

こうして『宇宙の真理』に近づいた状態で、『人間』を『深く考え』『徹底的に考え抜く』ことを続けると、心身の受信感度が究極のレベルにまで高まる時が来る。その時に心は『宇宙エネルギー』の波長と同調して共鳴に至り、一気に世界の全てが分かった状態に達する。

この『自己の確立』完成の上に『慈悲の心』が備わり、さらに、自然な正しい『利他行』の実行が伴って『悟り』が完成する。即ち『自己の完成』した姿になるのだ。


繰り返して言うが、『悟り』は頭や知識のレベルでは到達できない次元だから、『悟り』への修行が大事だ。それには完全なる『心の集中』の習慣づけが重要で、日常的に『心の集中』を習慣づける適切な方法を挙げておこう。『呼吸』以外の身体の動きをすべて止め、『呼吸』だけに全意識を集中させる訓練が良いだろう。この『心の集中』が常態化出来るようになった後に、あらゆる刺激や情報から完全に離れて大自然の中に独り座り、全身で『宇宙エネルギー』を受け止めるのだ。そして、『人間とは何か?』『何のために生きるのか?』を『徹底的に考え抜く』のだ。

この修行なしには『物事の本質』を見通せる心の状態に進めないし、まして『悟り』に近づくことは出来ないだろう。

お釈迦さまの説明で大介の理解が一気に進んだ。

阿南　今のお話を聞いて、私の中で『悟り』のイメージが出来たような気がします。『宇宙の真理』を基にして、人間と人生を『徹底的に考え抜く』ことが大切だと分かりました。それにしても出家修行のお弟子さんたちが、お釈迦さまの説かれた『真理』を完全に身につけ、正しく行動する域に達するまで導くことは大変だったでしょうね。

釈迦　そうなのだ。『悟り』を他人に説き示して、正しく導くことは大変難しいことだ。だが、私自身が実際に体験して掴んだ『真理』だから、直接私の口でそれを語り、態度や行動で示せば、彼らは強く刺激を受けて、頭の理解でなく心で『真理』を受け止めてくれることを期待した。そして、彼らの心が感動し『共感』をして、遂には弟子たちの心が私の心と『共鳴』するまでに高まることを期待したのだ。

私の言葉は必ず、出家修行者たちが『悟り』の完成へ向けて歩む助けになると信じ、彼らが早く『悟り』の域に到達して、世の人々を広く導く役目を果たしてくれるようにと願って鍛えたよ。

阿南　そうですね。お釈迦さまはご自身の『分身』を大勢育てるために、サンガ（僧院）を作り戒律を整えて、出家修行者たちを厳しく鍛えられたわけで、その重要性が良く分かります。でも今のお話は、お釈迦さまご自身が直接に『師』として、弟子たちの顔を見ながら話をする『対峙説法』の事をおっしゃられたのだと思います。

それだけに、今の私たちは、お釈迦さまが再びこの世へ登場されて『真理の法』を説き、現代人が『悟り』を正しく身につけるよう指導していただけることを強く願っています。

『善き師』の存在

釈迦　たしかに私の時から二千五百年が経ち、時代や環境が大きく変わっているので、現在の人々が私の『悟り』を正しく掴むのは難しいかもしれない。だが、そなたが私に望んでいるようには直ぐは応じられないのだ。

私がこの世に再び出る前に、現在の人々に出来ることがいろいろあるではないか。

例えば、私の言葉が書き遺された『経典』があり、また、私に代わってその真理を説いてくれる現代の善き『師』も居る。だから、まずは私の言葉が遺されているパーリー語『経典』をしっかり読み込み、疑問点を現代の『師』と真剣に対話して、『物事の本質』を学ぶと良い。

ただし、注意することがある。それは『書物の限界』を意識しておくことだ。

私の『悟り』の奥深いところを言葉や文字で表現するのは難しい上に、書物には「翻訳した時代や国が変わると解釈が変わる」というやっかいな問題が含まれている。従って、中国で翻訳された漢語経典ではなく、原語のパーリー語経典を、または、最低でも原語から直接日本語に翻訳した書物を『読み込む』ことを勧めるよ。

また私の『悟り』を正しく理解するには、現代の人間世界に起こっている諸問題を、パーリー語経典の私の言葉をガイドにして、最新の『科学的知見』で裏付けながら、『人間の本質』問題として考えることが大切だ。

そこには、二千五百年前に私が説いた『悟り』が、現代の人々にとっても生き生きとした『真理』として現れるはずだ。そなたたちには、私が悟った『真理』を、現代に相応しい『真理の言葉』へと読み替えて欲しいのだ。

大介は理解が出来たが、最後の期待の言葉に戸惑いを感じた。

阿南　お釈迦さまが私たちに投げ掛けられた課題の重要さは分かります。ですが、それは大変難しいことだと思います。何を手掛かりにして進めれば良いのか、アドバイスをいただけませんか？

釈迦　そうだな、では、手掛かりになることを幾つか挙げておこう。

先ほども少し触れたが、まず経典の私の言葉を現代社会や自分自身の問題に置き換えて『読み込む』こと。次にそれらを『人間』と『人間が生きる』観点から、最新の科学的知見を加えて『深く考え』、その上で『徹底的に考え抜く』こと。そして、日常生活の中でたゆまず『修行を積む』ことの三つだ。

これらを手掛かりにしっかり実践をして、心と身体を徹底的に深めたならば、その先に私が到達した『悟り』が、現代的解釈の『人類共通の真理』として見えてこよう。

だが、『日々のたゆまぬ修行』は大変難しい道への挑戦だから、出来れば身近で正しく指導をしてくれる『師』を持つことが望ましい。即ち、善き『精神的指導者』を持つことは大きな助けになるだろう。

正岡　おっしゃられた善き『師』ですが、私は仏門に入ってお師匠さまから指導を受けたので、その大切さが分かります。しかし、一般在家の人が日常生活を送りながら修行を積む時に、善き『師』や善き『精神的指導者』を見つけることは難しいと思いますが、どうお考えでしょうか？

釈迦　その通りだ。『身近な善き精神的指導者の不在』。これこそが現代社会の基本的な問題だ。本来は世の人々の身近で、『人間とは何か？』『如何に生きるか？』を正しく指導する、善き『精神的指導者』が大勢居るべきなのだが、現実の世界ではそれがほとんど出来ていない。世界の宗教界と宗教家、そして知識人はこのことをもっと考え、その実現に努力しなければならないと思うよ。

正岡は宗教者が持つべき自覚と責任を強く感じ、大きく頷いた。

『考える』とは

釈迦　ところで、まだ大切な話が残っている。それは『考えるとは何か？』と言うことだ。私には、現代人は『考える』ことを止めようとしているように見える。情報技術とその機器が発達して効率やスピードを大切にするあまり、伝えられた情報に単に反応することで満足し、『考える』ことをしていない。また、物事の本質を知ろうとせずに、誰かが自信ありげに発言したり、同調者が大勢居れば、誤った内容であっても、それを真実と信じ込む危うさがある。

先ほども言ったように『考える』ことには、『考える』『深く考える』、そして『徹底的に考え抜く』の三つの段階があり、それぞれはまったく違うレベルなのだよ。

だが、ほとんどの人は『考える』ことを軽く見ていて、自分では『考えた』と思って直ぐに結論を出して行動をし、先で行き詰まる。それは、自分の頭の中の知識を簡単に組み合わせただけの『思いつき』レベルに過ぎないのだ。

『考える』とは、少なくとも『深く考える』段階でなければならない。

関係するすべての視点からの知識や情報を出来るだけ多く集め、整理し分析して絞り込み、何にも拘らず、捉われずに、問題の『本質』に近づくことだ。人間社会の殆どの問題は、少なくとも、この『本質』から導かれた考えや行動によって正しく解決されなければならないのだよ。

この上に最も大切な『徹底的に考え抜く』段階があり、ここでは、それ以上の知識や情報の入手を止めて、絞り込んだ問題だけを集中して考え続けることだ。大自然の中で独りになって『徹底的に考え抜く』時に、『宇宙エネルギー』の刺激を受けてヒラメキが生まれ、問題の本質が一気に明瞭になって、真に正しい解が見える瞬間が来る。

この『考える』プロセスは『悟り』のプロセスと共通しており、『悟り』を目指す『修行』の基本と通じているのだよ。

ところで、リーダーには瞬時に判断し決定をしなければならないことが沢山あるだろう。案件の一つ一つを『深く考え』『徹底的に考え抜く』ステップに時間を掛けられないわけだ。だから、リーダーはこの考えるプロセスを瞬時に貫く『感性』を身につけることが不可欠であり、この『感性』が備わった人がリーダーに就くべきなのだ。そのためには、日頃の『深く考え』、物事の『本質』を掴んだ上で判断をする積み重ねが訓練になり修行となるのだよ。

さて、いろいろ話をしたが、『悟り』は奥が深くて幅も広い。とかく説明が抽象的になり易いので、この後はそなたたちから具体的な質問を聞いて、それに私が答えていくとしよう。その中で『悟り』の全体像を掴むことが出来るだろう。

お釈迦さまが一息置かれた。

なぜ『苦行』を？

次の質問に入った。

阿南　お釈迦さまは『悟り』の修行の中で、断食などの『苦行』に入られました。その目的は王子時代に体験出来なかった人生の『苦』を、『苦行』を通して実感するためだと言われていますが、何故『苦行』に取り組まれたのですか？

釈迦　私が『苦行』に入ったのはそのような動機ではない。そもそも実社会から離れて『苦行』に専念したくらいで、人生の本当の『苦』が実感出来ることはあり得ないよ。

古代インドでは、『輪廻』から脱出する修行の方法が『苦行』とされていたのだ。だから、私もそれにならって、まず『苦行』を試みたわけだ。

正岡　えっ、世間の通例に従って『苦行』を始められたのですか？

釈迦　そうだよ、まず古来の修行方法を試みたのだ。

当時のインドで、バラモン僧は人々に対して「神を信じて沢山の捧げものをして、バラモン僧に熱心に祈ってもらいなさい。そうすれば輪廻の世界から脱出が出来て、苦しみのない世界へ逃れられる」と説いたが、その効果に疑いを持ち、バラモン儀式から離れようとする人々は、自分の力で『解脱』の道を見つけようと出家修行に打ち込んでいた。また、多くの人々が正しい『解脱』方法を教えてくれる真の『ブッダ』を待ち望んでいたのだ。

インドの思想では、人間は肉体と魂の二つから出来ていて、『苦行』で肉体を徹底的に痛めていくと、魂を囲う肉体感覚が失われて魂が自由になり、さらに苦行を突き進めると肉体は死に至るが、魂は静寂な境地に入るとされた。この魂の安定した状態を『涅槃（ニルバーナ）』、また『悟り』と呼んでおり、出家修行者たちはこの魂の状態を目指して『苦行』を重ねていたわけだ。実は、私はこうした時代風習の中に居たのだよ。

阿南　当時のインド世界で、人々は本物の『ブッダ』の出現を待ち望んでいたのですね。お釈迦さまが目指された『ブッダ』の位置づけが分かりました。

釈迦　だが、よく知っておいて欲しいのは、私が『ブッダ』を目指した理由は、人間世界の大きな目的を達成するためであり、来世でなく、この現世で人々が『心安らかに生きる道』を説き示し、『戦争のない平和で平等な世界』を実現させるためだったことだよ。

大介はここまでのお言葉が理解出来た。

阿南　『苦行』に入られた理由は分かりました。ですが、途中で『苦行』を止められたのは何故ですか？

釈迦　実はだね、私はすさまじい『苦行』を積んだのだ。人里離れた岩山に六年間籠もって断食を続け、肉体がほとんど死の寸前になるほど痛めつけた。そして、この方法を進めていき、確かに自分の身体の意識が抜け落ちて、遂には魂が肉体を離れた感覚にまで達したのだよ。

だが、まさにこの時に「苦行をこのまま続けてはならない」と分かったのだ。

正岡　それはどう言うことですか？

釈迦　うむ、それはだね、肉体を離れて完全に自由になった私の魂、即ち『何にも捉われない、何にも拘らない心』が二つの事を明らかにして、『苦行』を止める決心へと私を導いたのだ。

一つは、このまま『苦行』を続ければ間違いなく肉体は死ぬ。そして、自由になった私の魂は『ニルバーナ（涅槃）』の境地へと進み、『悟り』を得て『輪廻』からの解脱を果たせることが明らかに見えた。

だが、私一人が『解脱』を得て『天上界』に入ることに何の意味があるのか？　すべてを捨てて『修行』に励んだのは、私が人々の待ち望む真の『ブッダ』になり正しい教えを説き広めて、戦争がなく、全ての人々が平等で心安らかに人生を送れる世界を作ることではなかったのか？

自由になった魂は、『死んではならない』と私に意識をさせ、『生きた姿でニルバーナ（涅槃）に到達し、悟りで得た真理を人々に説き広めるべき』との新しい使命を突き付けたのだ。そして、『一旦は死の淵をさまよった肉体と、これからの人生を、広く他の人々のために使うべし』と気づかせてくれた。

ここで私には、『慈悲の心』と他人のために生きる『利他』の姿が見えてきた。

もう一つ明らかになったことは、極端な『苦行』の延長上に私が求める『真理』はないことだった。それまで極端な『苦行』に捉われて修行を続けてきたが、それは『苦行』のための『苦行』であって、そこへの強い『拘り』こそが『真理』の発見から私を遠ざけていたと分かった。

『真理』は極端な『苦行』の中にない。『拘り』も『捉われ』も無く、自然に生きる姿勢の中にこそ『真理』があると分かったのだ。

『苦行』の末に掴んだこの二つの発見が、私に『苦行』を止めさせてくれて、新しい道に向かわせたのだよ。

『中道』の思想

阿南　二つの発見の中でおっしゃられた『拘り』も『捉われ』もない『自然の状態』のお話は、『中道』を指しているのでしょうか？　私は企業経営の中で『中道』の思想を大切にしてきたつもりですが、十分に理解出来ていたかどうか分かりません。ここで、詳しく教えていただけませんか？

釈迦　そうだ。そなたが言ったように、『苦行』をした時の体験が後の『中道』の思想に繋がっていったね。だが、他方で、『極端な快楽の中にも真理がない』と確信したことを話しておこう。

実は『苦行』を止めると決めた途端に、私の身体は生きる感覚、いや、『生への執着』を取り戻したようだ。人間とは弱いもので、私の身体は眠気を耐えきれずに睡眠を、空腹に耐えきれずに食事を求めた。さらには、快楽を求める身体が『煩悩』を呼び起こし、王宮時代の快適な生活や、離宮で女性たちに囲まれて過ごした享楽の時までも想い出したのだ。だが、すぐに享楽生活の果てに味わった虚しさを思い起こして否定をした。そして、すべてを捨てて城を離れた時の強い決意が蘇り、私の心はすぐに考えを整え直したのだよ。

極端な『苦行』の中にも、極端な『快楽』の中にも『真理』はない。両極端を離れたその間の適切な位置に『真理』がある。この考えに至って、私の中で『中道』のイメージがはっきりと見えた。それは強い確信となった。そして、六年間の『苦行』を止めて修行の山から下りたわけだ。

それからナイレンジャー川で沐浴をし、『苦行』での汚れと新たな『煩悩』のすべて洗い流すと、私の心と身体は以前と比べられない程に清々しくなった。そして、スジャータ村で乳粥をいただいて元気を取り戻した。
新しく修行を始めようと川を渡ってブッダガヤへ行き、大きな菩提樹の下に静かに座して、それまでの『苦行』とは正反対の、穏やかで自然な瞑想の中にわが身と心を委ねたのだ。

阿南 この瞑想の中で『悟り』を開かれた訳ですね。

釈迦 そうだ、この時に『悟り』を開いたのだ。
ところで、この『中道』は人が生きる上で基本になる思想であって、先程の説明で取り上げた『苦行』や『快楽』はひとつの事例に過ぎない。
承知の通り、人生は選択の連続で、常に何かを判断し選択して行動をしている。だが、人は無意識に自分の考えや主義に拘って判断をし、『右だ、左だ』『白だ、黒だ』と決めつけて、問題の『本質』から離れたところで対立や抗争を引き起こしている。そもそも、世界の本質は『無常の真理』に基づいており、現実の世は常に変化して多様であって、一つの固定した正解などはあり得ないのだが、人はそうと知らずに自分の知識や経験に拘り、そこから離れられないでいる。この拘りが『我欲』や『過去の経験』に固執する『捉われの心』となるのだよ。

私がこうした内容をパーリー語で説いた言葉が『マジマー・パティパター』で、これが中国で『中道』と翻訳されたのだが、漢語の『中』は『正しい』の意味なのだ。だから、『中道』は二つの考えの『真ん中』で『どっちつかず』の意味ではなくて、その状況で最も『正しい』道に進むことを意味している。この進むべき真の正しい道は、『我欲』や『過去経験』などに捉われた判断の上にはなく、常に状況を『ありのままに観て』、その『本質』を掴んだ上に生まれる両極端の間の広いゾーン上の最適位置にあるのだ。

従って、私が悟った『中道』とは、どんな時、どんな状態にあっても、『何事にも捉われず』『拘りのない心』が根底に在り、『完全に自由になった心』で『あるがままの現実』を観て、その『本質』を掴み、進むべき真の正しい道を掴んだ状態を指す。

何か問題に直面した時には、その表面的な事柄に惑わされて悩むのでなく、『本当の問題は何か？』『その問題の本質は何なのか？』『その問題の本質的解決のために何をすれば最も良いか？』の三つの視点から、柔軟かつ、『深く考え』『徹底的に考え抜いて』、判断をすれば、正しい道が見えてくる。

『中道』は『人間の本質』に通じるものなので、人生で遭遇するどんな場面、どんな状況であっても最善の答えに導いてくれる。それは普遍的な『宇宙の真理』に繋がる答えであり、真に正しい答えとなるだろう。

こうして、人は『中道』思想を持つことによって、常に正しい判断が出来て『正しい人生』を歩むことが出来るのだ。

これが私が説いた『中道』の思想だよ。

安井　良く分かりました。でも、世の中では、まだ、『中道』はどっちつかずの日和見的な考えだから、積極的な意味に繋がらないと言う人が大勢いるように思います。

釈迦　それは誤解なのだよ。私の『中道』思想の正しい意味を知らないだけで、間違って批判する人が居ることは残念だね。

仏教界は世の人々に、私の説いた『中道』思想を正しく伝える努力をして欲しいね。

『輪廻転生』はありますか？

次の質問に入った。

阿南　先ほど『輪廻』の言葉が出ました。お釈迦さまは『魂』や『輪廻転生』が実際にあると思って居られたのでしょうか。お考えを聞かせていただけませんか。

釈迦　インド社会では古くから、『魂』と『輪廻転生』があると信じられてきた。私はこうした考えを当然とする風土の中で育ち、またバラモンの師から教育も受けていたので、それらを完全に否定してしまうことはなかった。逆に積極的にそれらを信じる態度も取らなかったよ。

何故なら、それは自分で体験して確認したことではないし、また、本当に死後の世界を知っている者は誰も居なかったからだ。だが、私が修行中に徹底的に『苦行』を突き進めて、『死』の寸前に至った時、私の身体から何かのエネルギーが離れていくような感触を持ったことがある。だが、それが私の『魂』だとは分からなかった。

だから、あるともないとも分からない『魂』や『輪廻転生』に拘って議論に明け暮れるよりも、今生きている現実の人生を大切に過ごした方が良いと皆に言ったのだ。そして、私は『真理』の追究に専念をして、人々が『平安な心で人生を送る道』を探し、『戦争のない平和』と『不公平と不平等のない世』を作る努力を続けたのだよ。

だがね、『魂』や『輪廻転生』を信ずる人は、それもまた「良し」と私は思っていたよ。人は誰も『死』への恐怖を持つが、それは死によって自分がこの世の全ての繋がりから切り離されて消滅することへの不安なのだ。だから、死後も自分の『魂』がなくならず、再び何かの姿を取ってこの世に生まれ変わる。そして、現世での善行の積み方でその姿が決まるとのイメージを持つなら、人は安らかに死につけると共に、来世のより良い転生のために、現世で社会や他人に善を積む生き方に結びつくからね。

但し、バラモン司祭が人々に対して、神への祭儀を強要して、その見返りとして『輪廻転生』からの脱出と来世の『魂』の救済があると説くことには同意できなかったのだよ。

阿南　当時のお釈迦さまのお考えは良く分かりました。ですが、お釈迦さまは涅槃に入られ、死後の世界を見た上で、こうして私たちの前にいらっしゃいます。その後、『魂』や『輪廻転生』についてのお考えは変わったのでしょうか？

釈迦　そうだね。分かったことが一つある。それは、死後に肉体を離れた『魂』は一つのエネルギーの姿を取って存在し、天上界で私の『魂』は様々な人の『魂』に接していることだ。しかし、私には、その『魂』が人以外の動物などに自動的に『転生』する仕組みは見えていないので、『輪廻転生』があるかどうかは今も分からない。

だがね、当人はまったく知らないことだが、エネルギーの形を取っている『魂』は、『生命エネルギー』として再び人の世に『再生』することはあるのだよ。例えば、いま目の前に居るアーナンダの阿南大介さんがそうだね。

三人は不思議そうな顔つきでお釈迦さまを見ていた。

真の『苦』とは？

大介は『苦』についても疑問があった。

阿南　初期の経典の中で、お釈迦さまが発見された『真理』は、人生の『苦』から脱却する道だと書かれています。

しかし、私には『苦』の克服が人生の一番大事な課題だとは思えないのです。人が生きる上ではもっと大切なことがあると思いますが、お釈迦さまは『苦』を具体的にどう考えておられたのでしょうか？

この質問を聞くと、正岡が大介に向いて再び教典の解説を始めた。

正岡　阿南さん、人生の最も大きな『苦』として、『生老病死』の四つの『苦』が経典に示されています。お釈迦さまはこの四つの『苦』を含む、人生全ての『苦』から脱却出来る道を見つけられたのです。仏典にはっきり書かかれていますよ。

お釈迦さまはそれを制するように穏やかに口を開かれた。

釈迦　正岡さん、そう結論を急がなくても良いよ。たしかに経典では、人生における『苦』として『生老病死』の四つを書いているが、それは私が直接言った言葉ではないのだ。その背景はこうなのだよ。

インドには古くから、『生老病死』は人間誰もが経験する身近な心配事で、これが人生の悩みや苦しみに繋がるとの考え方があったが、出家の仏僧たちが四つの『苦』を大きく取り上げ、はっきり言い出したのは、私が入滅してからかなり経った後のことなのだ。

先程も言ったが、『ブッダの悟り』を人々に話す時に、私が王子の身分を捨てて出家修行の道に入った明確な理由が必要になり、『生老病死』の四つの『苦』のストーリーが作られたのだよ。

その内容は、私がカピラ城の東・西・南の三つの門から外に出た時、『老・病・死』それぞれの『苦』があることを知って驚き、また、北門を出た時に出家修行者に出会って感銘を受けたとした。そして、人間の誰もが逃れることが出来ないこの四つの『苦』からの脱却の道を見つけようと、王子の立場を棄てて『悟り』を得る出家修行の旅に出たという話だ。

私が世間から離れた宮中で育てられ、現実の世の『苦しみ』をまったく知らなかったとする物語になっているが、実際の私は、『生老病死』の苦しみの他にも多くの世の中の事柄を知っていたよ。

大介はお釈迦さまの意外な裏話に驚きながらも、それが後世の創作物語だったことに納得出来た。だが、正岡は釈然としない顔をしていた。

安井　『老病死』の三つが人の苦しみに繋がることは分かります。でも、新しい生命誕生の『生』が何故『苦』に含まれたのでしょうか？　どうも想像できないのですが……。

釈迦　確かに、日本人のそなたたちには想像が出来ないかもしれない。だが、古代のインドは貧困と病気と戦乱のために『死』が人々の身近にあったのだよ。その上、インドには身分階級を厳格に区分したカースト制度があることを知っているだろう。圧倒的に大勢の人々が社会の最下層に位置づけられていて、貧しく厳しい生活から逃れることが出来ず、こうした人々にとっては生きること自体が本当に苦しかったのだ。

そして、当時の人々は『輪廻』の定めの中に居て、来世で再び人間に生まれたとしても、こうした苦しみが待ち受けており、成長してからは『老病死』の苦しみがある。『この世に生まれること自体が、大きな苦しみの出発点』だと考えていたからだよ。

安井さん、これで分かったかな？

幸子が頷いたのを見て、お釈迦さまは『苦』について別の角度から話を始められた。

釈迦　実は、私が考えていた『苦』は、『生老病死』の『苦』よりもっと奥深い内容だ。阿南さんが先程、『苦』の言葉は抽象的で分かりにくいと指摘したが、実際に私が説いたのはパーリー語の『ドゥッカ』で、『思いどおりにならない』の意味なのだよ。ところが、この『ドゥッカ』が中国で漢語の『苦』と翻訳され、その漢語のままに日本へ伝わったことで、日本人の間に誤解が生じ、私が説いた『真理』が分かり難くなったようだな。

この説明は意外だった。

阿南　えっ、『苦』のパーリー語本来の意味は、『思いどおりにならない』ということですか？ そう言えば、日本に『人生は苦』という言葉があり、今まで『何故、人生は苦しみなのか』と疑問だったのですが、『人生は思いどおりにならない』と言い換えると良く分かりますね！

釈迦　そうなのだ。人が生きることは『思い通りにならない』ことの連続なのだ。だが、人はそれを自分の『思い通りにしたい』と望み固執をするから、現実との間に悩みが生まれて『苦しみ』になる。これで人生の『生老病死』の『苦』の意味も分かり易くなるだろう。

安井　確かに『生』は『苦』であるとの言葉を考えてみても、人はどんな国のどんな家庭の、どんな両親の下に生まれるかを選ぶことが出来ません。本人は何も知らずに生まれてくるだけで、『生は思い通りにはならない』ことの一つなのですね。また、『老・病・死』のそれぞれも、自分は望んでもいないのに向こうからやって来て『苦』になります。すべての世の中のことは『自分の思い通りにはならない』ですね。

でも、私たちはその状況を受け入れることが出来ずに、『自分の思う通りになってくれ』と望んで葛藤して悩む。それが心の『苦しみ』を生むのですね。良く分かります。

三人の『苦』の理解が進んだのを見て、次のことを言われた。

釈迦　実はこの先にもっと大切なことがあるのだよ。

阿南　どういうことでしょうか？

釈迦　まず、『人生は思い通りにはならない』と知ったならば、次には自分の上に起こるどんなことでも、それを『あるがままに受け入れる』ことが大切で、『その状況の中で最善の努力をして生きる』ことが求められる。だが、人がこれを自然に実行することは大変難しく、その目標へ向けて日々に歩みを続けるしかない。それが『修行』であって、『悟り』への道を歩むことに繋がるのだ。

例えば『生』について言うと、貧しい家に生まれ育ったとしても、それを悲しみ、恨むのではない。その環境の中で一所懸命に生きることだ。その日々の積み重ねが、素直で平安な心を育て、知的で心豊かな人間を作っていく。

また、『老病死』についても、自分の『老い』や『病気』を悲しまず、また『死』が近くても恐れるではなく、その状況を『あるがまま』に受け入れて、今を『しっかり生きる』ことなのだよ。

安井　『あるがままに受け入れる』とすると、それは『状況に身を任せて流される』ようにも思えますが……。

釈迦　いや、そうではない。決定的に違うのだよ。

思い込みを捨てて『あるがままに観る』ならば、『物事の本質』が観えてくる。その上で、状況を『あるがままに受け入れる』ことで、問題を根本的に解決する積極的な力へと繋がっていくのだよ。

だから、私が説いた『ドウッカ』の教えは、漢語の『苦』のイメージが作る『ネガテイブ』な意味ではなく、正反対の『ポジテイブ』な意味であり、積極的な生き方を説いたものだ。

人が『生きる』とは、ことごとくが『思い通りにならない』と知り、その状況を『あるがまま』に受け入れて、『一所懸命に生き、最善の努力をする』ことの繰り返しなのだ。大事なことは、この『最善の努力』を続ける人生は、『他人のために生きる』、つまり『利他の心』による生き方を指していると気付くことで、ここに、『安らかな心を持って積極的に生きる人生』が見えてくる。この姿は『悟り』の状態の一つになるのだよ。

三人が頷いた。

釈迦　もう少し話しておこう。

人は生きていると実に様々な『苦しみ』に出会うが、それらは『浅いレベルの苦しみ』と『深いレベルの苦しみ』の二種類に分けられる。

例えば病気や怪我での『苦しみ』があり、また老いて衰え、身体の自由が利かなくなる『苦しみ』や、容姿が衰えて嘆く『苦しみ』もある。しかしこれらは痛いとか、身体の衰えという肉体の感覚であって、私が考える本当の『苦しみ』とは違うのだ。また、肉親や子供が死んで悲嘆にくれる『苦しみ』があるが、これは悲しみであって本当の『苦しみ』ではない。さらに自分の『死』がある。誰もが死にたくないと思うので、一番恐れる『苦しみ』だろうが、そうではない。

いずれの苦しみも実は『浅いレベルの苦』、つまり『思い通りにはならない』だけの『苦』なのだ。そして、このレベルの『苦』は、この世が『無常』で何一つ変わらないものはないとの『真理』を身につけることで脱却が出来る。つまり、人の心の持ち方によって克服できる個人レベルの『苦しみ』なのだよ。

正岡　そうしますと、何が本当の『苦しみ』なのですか？

釈迦　私が考えていた本当の『苦しみ』は、もっと『深いレベルの苦しみ』だったのだよ。

例えば、ここに極めて貧しい母親と子供が居るとしよう。子供がお腹を空かせているが、お米もそれを買うお金もない。日に日に子供の体力が落ちて痩せ衰え、死に向かって進んでいる。自分にはそれが分かっていてもどうすることも出来ず、ただ餓死する子供の姿を見守ることしか出来ない。

また別の例で、わが子が病気で苦しんでいるが、自分には医師に診てもらうお金も、薬を買うお金もない。苦しみながら死に行く子供を見守る以外に何も出来ない。

問題の解決には、他所からお金やお米を盗んでくるのか、或は死にゆく子供を殺して早く安楽にしてやることしかないが、盗みは罪であり、わが子にも手を掛けられない。ならば、子供と一緒に自分も死ぬべきなのか……？

これらの例えで言った『苦しみ』は、問題の原因も解決の方法も分かっているのに、自分の力では何もしてやれない悲痛の『苦しみ』なのだ。人にとって最も大切な「自分の生命（遺伝子）を引き継ぐ子供」でありながら、その我が子の命を救えない母親の自分がここに居り、何もしてやれない不甲斐なさと虚しさから生まれる『深い心の悲しみ』と『悲哀の苦しみ』なのだ。

これが私が考えていた本当の『苦しみ』であり『深いレベルの苦しみ』なのだよ。

阿南　私にはお話が良く分かります。私が五歳の時、家族が飢死寸前のところを伯母に助けられました。また、私が肺炎で死の寸前にあった時に、祖父と伯父が良い医師と薬を施してくれて、辛くも生命が救われました。この状況下の母の気持ちや苦しみを想う時、生涯忘れてはならないことだと考えています。あの時に母が抱えた『悲痛な苦しみ』『悲哀の苦しみ』が、お釈迦さまがおっしゃられた『深いレベルの苦しみ』なのですね。

釈迦　だがね、当時のバラモン僧は、こうした『苦しみ』を抱えた母親に対しても、ただ『捧げものをして神に祈れ』と教えた。また、私の入滅後に起こった大乗仏教の僧侶は、『阿弥陀如来や薬師如来、また観音菩薩や地蔵菩薩などを心から信じて救いを求め、それらに向かって一心に祈りなさい』と言ったが、宗教儀式や『祈り』で、この『深いレベルの苦しみ』の本質的な解決が出来ないことは明らかで、私はそれらを消極的行動と位置づけた。『ブッダ』の私が第一番に取るべき行動は、『正しい政治』と『分かち合い・助け合いの風土』を実現するために、国王や長者など社会のリーダーたちへ向けて積極的な啓蒙活動を続けることとしたのだ。こうした人々に手を差しのべて具体的に救済するのは、政治であり社会の仕組みの問題だからね。

正岡は納得が出来た。

正岡　お釈迦さまが国王たちリーダー層への啓蒙と指導に力を入れられた意味が良く分かりました。

自分は今まで日本の仏教学校で、『生老病死』による四つの『苦』とそれを克服する道を学んできましたが、それは表層レベルの『苦しみ』への観念的対応であって、人間世界にはもっと深い『本当の苦しみ』があることに気がつきました。

私たち僧侶は、『深いレベルの苦しみ』を抱えている人々に直接向き合い、その問題を根本から解決するための具体的活動をしなければならないと分かりました。有難うございました。

『慈悲』

大介に次の疑問が生まれていた。

阿南　いま言われた『深いレベルの苦しみ』は、個人の心の持ち方や、『無常』の真理を説くことでは救済出来ないものですね。もっと積極的な行動が必要だと思いますが、お釈迦さまがなされた行動についてもう少し詳しく教えていただけませんか?

釈迦　この『深いレベルの苦しみ』は個人が作る『苦しみ』ではなくて、不平等で不公平な社会が生み出す構造的な『苦しみ』であり、また、戦争が引き起こした悲惨な結果による『苦しみ』でもある。

だから、私は『ブッダ』になって国王や富豪たちに身近で接し、彼らの考え方に直接影響を及ぼして、政治を正し、社会制度を変え、戦争を止めさせて、『深いレベルの苦しみ』を抱える人々を救済すること。そして、新たにこうした苦しみを生み出さないようにと指導をしたのだ。

他方で、深いレベルで苦しむ人々を広く救う新しい道、即ち『分かち合い・助け合いの風土』作りを世の人々に説いたのだよ。それは、他人の苦しみを見た周りの人々が『慈悲』の心を持って、積極的に救済の手を差し伸べる『利他』の行為だ。

普段、人は自分が生きることに精一杯で、他者を助ける心はうしろに隠れている。だが、本当に必要な時には、他者を救う『慈悲の心』が目を覚まして、『利他』の行動を起こすことが出来る。それが人間だ。

だから、日常的に『慈悲』に目覚めて、『利他』の行動を取るように人々を導くことが大切なのだ。実は、人々へのこの教育と啓蒙活動こそが、出家し修行を重ねる弟子たちに対して、私が求めた真の役目だったのだよ。

出家修行者は自らが優れた『精神的指導者』となって、私の『真理の法』を人々に分かり易く説いて、『自分よりも他の人々を優先する生き方』を植え付けることを本来の役目とした。

特に、国王やリーダーたちが『慈悲』と『利他』の心を身につけて、『善政』を敷くことが最も大切なのだ。貧しい人々や病人に救いの手を差し伸べ、貧困から抜け出すための新しい仕事を与える。さらには、新しい医術や産業を生み出すなどの『智慧』に導かれた政治を実践することだ。『慈悲』の心に満ちた社会の実現は、高潔な心を持って国を正しく治めるリーダー層の意識と行動に掛かっているわけだよ。

阿南　お釈迦さまは『ブッダ』になられると直ぐに、国王やリーダーたちを直接指導する行動を起こされましたが、その意味が良く分かりました。

釈迦　そうだ。私は『ブッダ』として、彼らが『慈悲』の心を身につけて正しい政治をするようにと、彼らの啓蒙の努力を続けた。そして、もう一つ大切なことを進めたが、それは『智慧』を持つ優れた『精神的指導者』を大勢育てるために、出家修行者の教育の場であるサンガ（僧団）充実の支援を、国王や富裕なリーダー層に強く求めたことだ。

この二つが、『悟り』を得た後の私の最も大切な使命であったし、また、『ブッダ』としての人生だったと考えている。

三人は、お釈迦さまが心の底からの気持ちを吐露されたように感じていた。

『無常』

阿南　先程のお話の中に『無常』の言葉がありました。これはお釈迦さまの『悟り』の大切な『真理』の一つだと考えますが、ここで詳しく教えていただけませんか？

釈迦　私が説いたのはパーリー語の『アニカム』だが、後に中国に入って漢語の『無常』と翻訳され、日本ではこの言葉がかなり違った意味に使われているようだね。例えば『栄華を誇った名門も、やがて衰え消えていく』などの『虚しさ』や『わび』、『さび』などの感傷的な意味に捉えているのではないかな。

実は私が言った『アニカム』は、もっと深い自然界や宇宙の『真理』についての言葉で、『宇宙も自然界も、人間世界も物質の内部構造までも、全てが常に変化しており、そのままの姿を永く留めるものは何ひとつない』という、『世界の成り立ち』に関する基本的な考えのことなのだ。『世界全てがアニカム（無常）である』と分かったことが、私が『悟り』に達して『真理の法』を発見する出発点になったのだよ。

話を続けられた。

釈迦　ここで『アニカム（無常）』について、新しい科学知識も入れて分かり易く話しておこう。

我々が住んでいる地球にも、時の経過と共に変化する事象が沢山ある。季節は移り、常に自然は変化している。また、気候変動によって緑溢れた森はいつしか荒野や不毛の砂漠と化し、川や湖も消える。あるいは地震や津波で一瞬にして全てが壊され、押し流されて地上の姿が変わる。その中で人類の文明も一時は栄えるが、やがて衰えては消え、また新しい文明が生まれてくる。

この他に、実は誰もが不変だと思っていた宇宙でさえ、百三十七億年前に誕生してから常に膨張を続けて変化しており、その中で無数の星が誕生と消滅を繰り返して宇宙は姿を変えている。太陽の内部では、核融合反応が絶え間なく続き変化していて、七十億年後には燃え尽きて寿命を迎える予測であり、地球も一緒に消滅するかも知れないし、残ったとしても暗黒の中で寒冷化し、太陽という求心力を失って宇宙をさまようだろう。

また、この地球は今から約四十八億年前に形が出来たが、以来火山の爆発と大陸プレートの移動で変化し続けている。数億年単位で氷河期が現れ、また小惑星の衝突もあって生態系や自然界は大きく様変わりをする。その中で、三十六億年前に生まれた生命は、こうした大激変を乗り越え、さまざまな生物の姿を取って生命を引き継いできた。その変化を繰り返してきた結果が現在の多様な生物種になっており、この生物進化の一つの姿として私たち人間が居るわけだ。

人間の一生でも、幼児から子供へ、青年へと成長をして、自分の子孫を残すとやがては死んでいき、肉体を作っていた物質は分解されて元素となり、再び地球と宇宙の中に戻っていく。


お釈迦さまの話に力が入ってきた。


釈迦 もっと細かく見ると、人間の身体は凡そ六十兆個の細胞から出来ているが、この細胞は刻々と古いものが死に、新しいものに生まれ変わっていて、一人の人間の身体は二週間ほどで全部の細胞が入れ替わり、誰一人として同じ姿を留めることはない。これは細胞一つ一つの核の中にある遺伝子の働きなのだが、全ての細胞に「生」の働きをする遺伝子と、「死」の働きをする遺伝子の両方があり、身体を作り成長させると共に、或る時間を過ぎると細胞の再生を止めるのだ。

そして最後には、身体の老化が進み死に至る遺伝子のプログラムに沿って進む。

人には死すべき定めがあり、人は生まれては死んでいく存在。いや、死を前提にして生まれてくる存在だと言う方が正しいかな。これも、『この世のどんなものも常に変化し、何一つ同じ姿を留めることはない』という『アニカム（無常）』の真理なのだよ。

次に、極めて小さなミクロの世界を考えてみよう。物質を構成する最小単位の素粒子は、粒子と波動のエネルギー状態としてあり、その姿や位置は不確定で決して観測が定まらない。常に動き変化しているので、そこに『確かにある』とも、『確かにない』ともはっきり言うことが出来ないのだよ。

この世はすべてが変化をする『アニカム（無常）』の世界であって、永久に同じ姿を留めるものは何もないのだ。
大介の関心を持っている分野であり、お釈迦さまの言葉は心に強く響いた。
阿南　私は学生時代に物理学を専攻していたので、お釈迦さまが今おっしゃられた宇宙のこともミクロの世界のこともよく分かります。目の前で不変にあるように見えるモノも、それをミクロレベルで観ると何一つ同じ姿を留めることはないですね。
また、細胞の再生を止めて死を引き起こす遺伝子情報は、『プログラム化された死、アポトーシス』のことですね。細胞レベルで考えると、人間は生まれた時から死に向かって進む存在だということがよく分かります。それなのに人間だけが、『自分は死にたくない』と願うのはおかしいのですね。
釈迦　そうだよ。全ての生物が共通してこの生命の基本遺伝子を持っていて、永遠に肉体や固体を維持することは無理なのだ。だが、人間だけが脳を発展させて心を持ったために、自分は年を取りたくない、死にたくないと考える不合理さを持つ存在になっている。
全てが生成と消滅を繰り返して変化する『無常』の存在なのに、自分が望むものはそのままであって欲しいと願う。この人間の無理な願いは、欲望の源である『我欲』から発しており、生への強い執着となって心が乱れて苦しむのだ。
阿南　そうですね。歳を取りたくないと『老い』を嫌う気持ちや、『生』への強い執着が『苦しみ』を生むのですね。
釈迦　また、父親と母親から受け継いだ遺伝子の組み合わせによって、人間は一人ひとりが身体の特徴も性格も違い、地球上に誰一人として同じ人間は居ない。現在はもちろん、過去にも未来にも居ない。

だから、他人の考えや行動が違って当たり前なのに、自分と意見が違うと言っては腹を立て、言うことを聞かないとして他人に暴力を振るう。これが『苦しみ』を作り出しているのだ。

そもそも『他人は自分の思うとおりにはならない存在である』こと。そして『一人ひとりが違う価値観を持って生きている』こと。これが分かることが大切で、全ての人間理解の出発点なのだよ。

また他人が富を手に入れると自分も欲しくなり、それを断られると恨んだり、時には殺してでも奪う。逆に自分が富を蓄えると、他人にそれを奪われないかと心配をし、他人を疑っては悩む。これがまた『苦しみ』を生んでいるね。

これらは『無常』を知らないことから、誤った苦しみを作り『苦』を生んでいるのだ。

そなたたち現代人は、最新の科学的知見を基にして『無常』の理解を進めるのが良い。もっと『アニカム（無常）』の意味と重要性が分かるだろう。

お釈迦さまが次々とおっしゃられる新しい言葉を、不思議な感じで聞き入っていた幸子だった。

安井　『無常』の意味は分かってきました。しかし、すべてが変化してこの世に何一つ同じ姿で留まることがないとすると、いくら努力をしても仕方がないとの『あきらめ』の気持ちや、『適当にしておこう』などの消極的な姿勢が生まれるのではないでしょうか？

釈迦　そうではない。『無常』が本当に分かった人は、その後の生き方が良い方向へ変わるものだ。『世の中は常に変化し、いっときも同じ姿を留めない』ことが分かると、過去に捉われて悩んだり、また未来を心配して不安になっても仕方がないと分かる。そして、今を『大切に生きる』『より善く生きる』ことの大切さが分かるのだ。

安井　『より善く生きる』とは、どう生きることでしょうか？

釈迦　簡潔に言うと、『他人のために生きる』ことだ。だがね、『他人のために生きる』ことは、実は、『自分のために生きる』ことでもあるのだよ。

安井　どうしてですか？

釈迦　それはだね、純粋な気持ちで他人に手を差し伸べることが出来れば、きっと相手の人は感謝して喜んでくれる。その姿を見ると、自分の心も嬉しさと満足感に満たされて心が成長するのだよ。

正岡　ですが、その行為は『自己満足』に過ぎないのではないですか？

釈迦　そう、最初は『自己満足』で良いのだよ。些細であっても構わないから、相手の人の立場に立ち、その人の気持ちを考えて手を差し伸べる。するとその人は喜んでくれるだろう。これを繰り返すことが大事で、『利他の心』に到達する『修行』になる。

他人が喜んでくれる姿を見ると、自分の脳の中でアドレナリン酵素が分泌されて心に快感を与える。このアドレナリン酵素の放出が繰り返されて習慣化すると、精神的・肉体的に自分を一層健康な状態へと押し上げ、全身を生き生きとさせて、常に『他人のために生きる』喜びへと導いてくれるのだよ。

こうして、『他人のために生きる』ことが習慣化し自然な振る舞いになることが大切で、『他人のために生きる』ことは自分を成長させてくれ、人生を好循環のスパイラルに乗せてくれるのだよ。

幸子と正岡は大きく頷いた。

釈迦　もう少し詳しく言うと、『無常』を知り、『苦』の本質の『人生は何一つ思うようにならない』こと知るならば、肩の力が抜けて気持ちが楽になり、欲張ることも思い悩むこともなく、安らかな心であるがままに生きられ、さらに進んで『他人のために生きる』のが自然なことになる。

このように『無常』は、決して人を消極的な生き方へ向かわせる思想ではなくて、人を『他人のために生きる』という最も積極的な生き方へと導く、人が生きる上の根本思想なのだよ。

生きる本質

お話が続いた。

釈迦　さてと、そなたたちの『真理の法』についての理解をもう一段階上に進めようかな。

先程、『あるがままに受け入れる』ことの大切さを話したが、実はこれは大変難しいことで、私も修行中に考え続けたのだよ。私の体験だが、『あるがままに受け入れる』基本として、物事を『あるがままに観る』ことが出来ていなければならない。何にもとらわれずに素直な心と素直な目で観て、他人の目や世間の風評、欲や名誉、地位などへの執着を全く持たずに、また妄想や何ものにも拘らずに観る。そうすれば自然に、すべてを『あるがままに受け入れて』いけると分かった。そして、『あるがままに観る』ことで『物事の本質』が観え、どう生きれば良いかの『人生の道』が見えてきた。

さらに、自分は今ここに生きているが、『なぜ、この世に生まれてきたのか？』『なぜ、この世で生かされているのか』、その意味を考え続けた。深く考え、徹底的に考え抜いた結果、遂に人間の『生きる本質』が見えてきた。

『善き人生』とは、この『生きる本質』に基づいて生きることだと分かったのだ。

大介には初めて耳にした言葉だった。

阿南『生きる本質』とは、人間の最も大切なことのように思えます。どんなことなのでしょうか？

釈迦 そうだな、人間の『生きる本質』には二つの内容があるのだよ。分かりやすくするために、ここで科学知識を交えて話すとしよう。

人間は約六十兆個の細胞から出来ており、それらは主に生殖機能を持つ『生殖細胞』と、個体を作る『体細胞』の二つに分かれる。これが人間の基本構造なのだ。

まずこの中で、『生殖細胞』の役目は『生命をつなぐ』ことにある。

つまり三十六億年前に地球上で生命体が発生して以来、様々な姿を取ってずっと引き継がれてきたこの生命、即ち、生命の基本になる遺伝子を、これからも子孫の個体を代々乗り継ぎながら、未来に存続させることだ。

したがって、子供を作り、自分が両親から受け継いだ遺伝子を、次の世代にしっかりと引き継ぐことが、生物の一種である人間の大切な使命だと言うことだ。

もう一つの『体細胞』から出来ている個体の役目は、自分の遺伝子を引き継ぐ子供を作り、育てることだ。つまり、子供を作るだけでなく、その子供がさらに次の世代の子供に遺伝子をつないでいけるようにしっかり育てることで、次世代を担う子供を健全な成人に育成することが、親としての個体の大切な使命なのだ。

ところで、ほとんどの生物は、子供を作ると親の役目が終わり直ぐに死んでいくが、人間は子育てが終わった後にも長く生きる特徴がある。では、子育て後の『体細胞』、即ち個体の役目は何だろうか？　人間が長い寿命を授かっていることには、別の何か大事な役目があるはずだ」

息を詰めて聞いていた幸子が、ここで声を発した。

安井　それは、どんな役目なのですか？

釈迦　実は、私はその「何か」を考え続けて、ついに答えを見つけた。それは、自分の後の子孫たちが永続して繁栄するための、『より良い生存環境を作って子孫に残すこと』だと分かった。

自分自身が生きるためのことではなく、まして自分の欲望や名声を欲してすることでもない。また、自分の子孫や自分の国の子孫だけでなく、人類の種の存続と繁栄という、大きな使命感に基づく働きであり、人類全体の子孫とその将来も視野に入れた環境づくりなのだ。

従って、人と人、民族と民族、国と国との間で争っていてはならないのだよ。

さらには、地球上に人間だけが生きるのではなく、他の植物や動物とのバランスが取れた共生での生態環境づくりへと、人間の視点が広がることが求められている。

生物の一種である人間が持つ本質的な二つの役目、即ち『生殖細胞』と『体細胞』の両方の役目をしっかり果たすことが、人間の『生きる本質』だと分かったのだよ。

この『生きる本質』の役目を果たすためにこそ、人間に『生命』と『人生』が与えられていると確信が出来た。これも私の『悟り』の内容の一つだ。

阿南　今のお話は、全く新鮮で刺激的です。

この『生きる本質』は、出家修行者が『精神的指導者』として在家の人々に説かねばならない重要な『真理』であり、また、在家の人々もしっかり持つべき人生の基本思想のように思います。

先ほどのお話にも出ましたが、インドでは昔から、人生を『学生期』『家住期』『遊行期』『林住期』の四つの時期に分けて、人々はそれぞれの年代時期を大切にして生きていたと聞きました。

その中で、結婚して子供を産み、育て、その子供に家督を譲った後は、家を離れて各地を遊行して歩き、さらには林住して修行を積む人が尊敬されたそうですね。

『生きる本質』はインド古来の風習とどう関係づければ良いのでしょうか？

釈迦　私の『悟り』はインド古来の風習と関係はするが、内容は相当に違っている。

まず、私は『家住期』に結婚して子供を作ることが大切であり、その子供を自分以上に立派な次世代を担う若者に育てることをさらに大切とした。

このために、『自分の仕事に励んで家族を養い、家庭を安定させなさい』と、在家の人々に対して強く求めたのだ。そして、私の『真理の法』に従って『正しい生活』をすること、そして自分の仕事を通して『より良い社会や環境を作る』ようにと私は説いて歩いた。

次に、『家住期』の役目を果たした人が、人生後半生の『遊行期』と『林住期』に入って、『人生とは何か』『輪廻転生からどうすれば解脱できるか』などを考える修行生活があるが、私の考えはここから大きく違ってくる。

当時の『シュラマナ（沙門）』は、自分個人の輪廻からの解脱が目的だったが、私の考えは、一旦『遊行期』に修行を重ねて或る正しい考えに至ると、その人は再び現実社会の中に帰るべきとした。そして、修行で掴んだ『人生の本質』の観点から、次世代の人々とその子孫のためのより良い社会や環境を作り、それを後世に残す役目を果たすことを求めた。即ち、人生の後半に再び実践活動に入ることを求めたのだよ。

これが私の考えで、四つの時期の過ごし方と、修行生活の目的や方法を正すために、『悟り』の中の『人生の本質』を、在家の人々に対して分かりやすく説いて回ったのだよ。

阿南　先程の『苦行』のお話の中で言われた、お釈迦さまは、「『悟り』の寸前まで到達されながら、そのまま天上界へ向かわずに、地上界に引き返して、現世で人々に『悟り』の教えを説いてまわられた」の意味が良く分かりました。また、後の大乗仏教において、修行の後に『悟り』の域に達しながらも、現世に留まって、苦しむ人々を救う誓願を立てて活動する『観音さま』や『お地蔵さま』などのさまざまな『菩薩』が生み出されましたが、お釈迦さまの今のお話にもとづいているのですね。

釈迦　人生の後半期を迎えた人々が、残りの人生を自分のために楽しむ考え方を否定するものではないが、現実の世でさまざまな苦楽を体験をし、『人生とは何か』を掴みかけている人々が、『生きる本質』をもう一段深く考えて、より良い社会づくりのために活動することは大切だと思う。

『家住期』に居る青年や壮年の人々とは、生きるために、家族を養うために全力投入をして生きている。これら若い世代が強い欲望を持ってギラギラした行動を取ることは当然であり、これが文明を進展させる力にもなっているわけだ。だが、この方向をチェックし、正すのは、人生経験を積んだ世代の役目であろう。若い世代の善き『精神的指導者』、『人生の師』になるのだよ。

日本は高齢化社会を迎えているが、自分が身につけた専門性を活かして若手を指導する道もあるし、またボランティアの教師の道もある。さらには、国会や地方議会の議員がすでに職業化しすぎた弊害も見える。これからの議会の半数は無報酬の議員であっても良いのではないかな。長い間世の中の善悪を体験し『悟り』に近づいた人々が議会で活動して、チェック機能を果たす時代に来ていると考えるよ」

誰が「ブッダ」と認定したのか？

大介には、この機会に聞いておきたい事がまだ残っていた。

それはお釈迦さまが『悟りを得てブッダになった』ことを、誰がどんな方法で認定したのかという素朴な疑問だった。この問いは仏教の原点に関わる事であり、また二千五百年の間、特別な疑いを持たれずに認知されてきた事柄なので、さすがに遠慮がちに問いかけた。

阿南　お釈迦さま、極めて素朴な発想で大変失礼かもしれませんが、お聞きしておきたいことがあります。

釈迦　いいよ、アーナンダ。せっかくここで会えたのだから、遠慮しないで何でも聞いて良いよ。

大介は少し気持ちが楽になり、率直に切り出した。

阿南　お釈迦さまの時代には、修行僧が『アラハット（阿羅漢）』に達したとの認定は、その師と長老の僧たちが判断して決めたと学びました。しかし、『ブッダ』の場合は、それを認定出来る師や長老は誰も居なかったと思います。

お釈迦さまが『ブッダ』になられた認定はどのように為されたのでしょうか。当時の世の中に、特別な『悟り』の判定基準とか、『ブッダ』認定の基準があったのでしょうか？

竜三が飛び上がらんばかりに驚いた。

正岡　阿南さん、大変失礼な質問ではないですか。取り消してください。

正岡を右手で制しながら、あっさりと言われた。

釈迦　その疑問は当然かもしれないな。私の前に『真のブッダ』と認められた人は居なかったのだから、私を認定する師は居なかったわけだ。また、『ブッダ』を決める基準など何もなかったよ。せっかくの質問だから、私が『ブッダ』になった時のことを話しておこう。

阿南　よろしくお願いします。

釈迦　六年間の苦行を離れてブッダガヤで独り静かに座って瞑想を続けていると、私の中で『ついに悟りを得た』と心の奥底から自覚出来る時が来た。

その確信をするために、さらに七日間考え続けて検証をし、間違いなく自分は『悟り』に達したとの確信が出来た。そこで私は人々に向かって、自分が『悟り』を開いたことを宣言して、『真理の法』を説き始めたのだ。

私が語る言葉は人々に感銘を与え、私の姿と態度は自ずと『ブッダ』の尊厳をかもし出していた。だから人々は深い感動を覚えて、私を『真のブッダ』として尊敬し信頼してくれたのだ。

阿南　そうしますと、厳しい修行を積み、自分で『悟り』を得たとの絶対的な自信が持てた場合は、誰でも『ブッダ』を宣言することが出来るのでしょうか？

釈迦　その通りだ。だが、形の上で宣言は出来るが、その宣言を人々が認めるかどうかは別だね。まず、自分が『ブッダ』になったと宣言をすると、各地から大勢の修行者や思想家がやって来て、『悟り』の思想について論戦を挑み、また『ブッダ』になる修行方法を問い質すだろう。これらをすべて論破して『ブッダ』の尊厳を保ち得るだけの、ゆるぎない『悟り』の確信がなければならないことだよ。

最も大事なことは、その修行の実態と『悟り』の内容が本当に正しいかどうかであり、『ブッダ』になった人の言葉や態度、行動の中に、宇宙や大自然に通じた者だけが持つ、深い『ブッダ』の本質が現れていなければならない。

また、言葉でつくろうことが出来ても、日常の態度や行動に現れる姿は、世間の人々の「心の目」を騙すことは出来ないだろう。したがって、『ブッダ』宣言に対する真偽の判断は、厳しい修行を経た本人の深くゆるぎない『ブッダ』の自覚と、世間の人々の『心の目』が決めることになる。

大介はもう少し詳しく聞きたかった。

阿南　日常の態度や行動に現れる、『ブッダ』の本質の姿とはどんなことですか？

釈迦　それは、全ての行動や態度の中に、次のような『ブッダ』の本質の姿が現れることだ。『我欲』がなく、何にもこだわりのない『中道』の心を持って判断をし、穏やかに行動して、接するすべての人々に心からの安心感や信頼感を与える。また、何事もすべて『他人のために』を優先させる『利他』の行動があり、人間はもちろん、すべての生き物に『慈悲』の眼差しを投げ掛ける。こうした姿が誰の目にもしっかり認められることが『ブッダ』の本質の姿だよ。

阿南　それは、お釈迦さまが発見された『悟り』、即ち『真理の法』を体現している姿でしょうか？

釈迦　そうだ、その通りだね。

大介は人々から認められる『ブッダ』の姿について納得が出来た。だが、正岡は怪訝な顔つきでお釈迦さまと大介を見比べていた。

三、リーダーたちの啓蒙

阿南　お釈迦さまはブッダになられた後、人々に分け隔てなく接して、教えを分かり易く説かれました。特に、国王や重臣、富豪など、大きな影響力を持つリーダーたちを重点的に啓蒙されたと伺っています。このお考えについて改めて教えていただきたいと思います。

釈迦　これは私が出家修行に入る決心をした時からの大事な思いだよ。

戦争を起こして人々の生命や平和な生活を奪い、高い税を科して苦しめる首謀者は、間違いなく国のリーダーたちだ。逆に、戦争を止めて善政を敷き、国民が安心して暮らせる平和な世界を作れるのも、また、国のリーダーたちである。

こうした国王や重臣、富豪たちのリーダー層が、どんな『価値観』を持って世の中を治め、リードするかに掛かるのだが、ほとんどのリーダーはこのことを自覚していないし、また強大な力を持つだけに傲慢で他人の意見を聞こうとしない。だからこそ、私自身がそれまで世に居なかった『ブッダ』になって、国王や重臣、富豪たちの『師』となり、彼らを身近で啓蒙することにしたのだ。

阿南　お釈迦さまが直接啓蒙をされた国王として、二つの大国の王が知られています。一人はマガタ国のピンビサーラ王です。お釈迦さまに帰依をして身近で指導を受けた最初の王様で、武力ではなく『真理の法』を以って大国を治めたとされます。もう一人はコーサラ国のプラセーナジト王で、ある時からお釈迦さまに帰依をし、それまでの武力による統治を止めて、『法』による政治へと転換したとされています。私にはこの二人の国王はお釈迦さまの啓蒙が成功したケースのように思えます。

しかし、両大国でこの二人の王様が亡くなると、すぐにそれぞれの王子が王位に就き、お釈迦さまの『法』による政治を止めて、再び武力の統治に戻しました。そして、強大な軍事力で周辺の国々を次々と吸収し、最後は両大国間の激しい戦闘となり、マガタ国の勝利で終わりました。この間には大勢の人々の命が失われており、新しい二人の国王にはお釈迦さまの教えが効果的に働いていなかったように思えます。

偉大な父王と比べると、後継の二人の王が取った行動はあまりにも違いが大きいのですが、なぜ、このようなことになったのでしょうか？　過去の歴史の中でも、リーダーの交代時にこうした事が度々起こっており、これは現在にも通じる大事な課題だと思っています。

この理由を教えていただけませんか？

釈迦　今の質問は、私の教えで啓蒙が出来た場合と、出来なかった場合の違いについてのことだね？

はっきり言うと、啓蒙成否の違いは教えの内容にあるのではなく、啓蒙する相手が既に自分の人生に問題意識を持ち、私の教えを真剣に求めていたかどうかの違いと言える。
リーダーたちが自分の人生に問題意識を持っておらず、他人の話を聴く耳を持たない段階では、どんな啓蒙の努力をしても改心させることは難しい。結局この場合は、身近で啓蒙を続けながら、彼らの身にその時期が来るのを待つことになるが、その間は争いが続くだろうし、世は乱れて人々の苦しみが続く。

阿南　なぜ父王たちの『真理の法』による善政が、次の王子たちに引き継がれずに一代だけで終わったのでしょうか？

釈迦　それはだね、本来は、二人の王子が国王の地位に就く前に、『人間としての基本』を整えておかなければならなかったのだが、それが出来ていなかったことが原因だよ。
どんなに善政を敷いた立派な国王にも死は必ずあり、その後の政治の良し悪しは次の国王の資質に掛かってくる。だが、同じ性格や資質を持った人間は居ないわけで、善政が先代の王から引き継がれることは難しい。古くから『善政も一代限り』の言葉がある通りで、人類に戦争が絶えない原因の一つである。それだけに、リーダーには事前の長期にわたる『人間教育』が大事になるのだ。
三人は黙って肯いた。

釈迦　結論を話すと、世の中は人の集団であり、集団にはリーダーが不可欠なことをみんなが承知している。だが、そのリーダーに誰が就いても良いわけでなく、リーダーとしての資質を持った人物がつぐべきなのだ。
この資質の中で最も大切なのが『正しい判断力』を生む『価値観』だが、その基本となる『中道』の思想と『人間理解』の両方をしっかり身につけることは大変難しくて時間を要する。従って、リーダーとなるべき人には、心が生まれる幼少の時から、人格が固まる青少年期までの間を継続して、この基本を身につける教育をしっかり為さなければならない。逆に言えば、この基本教育が為されておらず、資質に欠ける人間がリーダーになってはならないのだよ。

この原則は人類の正しい進歩を支える基本であるべきだが、残念ながら現実は、我欲や武力の強い者がリーダーに就くことがほとんどで、世の中は常に乱れる。また、一時期に良きリーダーが現れて善政が敷かれたとしても、次のリーダーにその資質が欠けていれば再び世は乱れる。これは人類が抱えてきた根本問題で、戦争や貧富の差、不公平や不平等がなくならない根源には、リーダーの資質欠如の問題があるわけだ。

ピンビサーラ王

阿南　私もそう思います。ここで。お釈迦さまが国王たちをどう啓蒙をされたのかについて話していただけませんか？

釈迦　では、先ほどの二人の国王との関わりを話そう。

まず、マガタ国のピンビサーラ王だが、私と同年代ということもあって親しく接してくれた。彼は人間的に立派な人物で、実に優れた国王だったよ。

私がカピラ城を出て間もない頃、修行のためにマガタ国へ行ったことがある。この時に王は『釈迦国の王子が地位を捨てて修行の道に入った』との噂を聞きつけて、私をお城に招いて親しく話をしてくれた。これがピンビサーラ王との最初の出会いだったね。

この時に王から、私に『軍隊を与えるのでマガタ国に居て欲しい』と要請があったが、その意志が全くないと分かると、『このままラージギル（王舎城）に留まり、王の近くで修行をするように』と強く望んだ。それでも私が王の要望を断って『別の地で修行に努めたい』と言うと、『修行成功の暁には教えをいち早く聞きたいので、すぐにマガタ国を訪ねて欲しい』と言ってくれた。

当時新興勢力の雄マガタ国にあっても、日常の政治判断はバラモンの教えと儀礼が重視されており、まだバラモン僧の影響力が強かった。しかし、ピンビサーラ王は新しい時代の到来を見通しており、バラモンの教えに従うだけでなく、新しい合理的な思想を政治に生かそうとする先見力と柔軟性を持っていた。『大国を統治するための思想基盤を何に置くべきか』『自分は国王としてどのような政治を行い、どんな生き方をすれば良いのか』の答えを探していたのだ。

王は既に、マガタ国に集まった様々な思想家から話を聞いていたが、満足する答えを見いだせず、私からも新しい思想を学ぼうとしていたわけだ。

だが、修行途中の私はピンビサーラ王の勧めを断って、南方の地ガヤへと向かった。

阿南　その地でしっかり修行を積まれたのですね。

釈迦　そう、六年後に私は修行を完成させ、『悟り』を開いて遂に『ブッダ』になった。

そして、ブッダガヤに近いサルナート（鹿野園）で初の説法『初転法輪』をした後、次に『真理の法』を説くべき人として、私の頭の中にピンビサーラ王があった。そして、直ぐにマガタ国へと向かったのだ。

王は、ラージギル郊外に『ブッダ』になった私が留まっていることを知ると、自らやって来て

『真理の法』の教えを乞うた。私が説く『法』を聞いた国王は、捜し求めていた答えに出会ったと心からの感動をして、すぐにその場で私に帰依をし、マガタ国で国王と国民を永く導いてくれるようにと頼んだのだ。

私が霊鷲山の頂を修行の場所として使うことを望むと、王はすぐに許可を出してくれ、自らもこの山頂に度々私を訪ねては教えを乞うた。

王は『ブッダ』の私を『精神的指導者』として信頼し、身近な『師』と仰いでくれたのだ。そして、私が説いた『真理の法』に基づいて善政を敷いたので、マガタ国は当時のインド世界で最も平和で安定した大国として栄えた。これがマガタ国のピンピサーラ王と私の関係だよ。

阿南　お二人の間には、しっかりした師弟関係が出来ていたのですね。

釈迦　そうだな、ピンピサーラ王は大国を治める責任を強く感じていたので、私を『師』として信頼し尊敬してくれて、しばしば私の教えを聞きに来てくれた。だが、この王も初めからこうした善政を敷いていたわけではないのだよ。

阿南　えっ、そうなのですか？　元々優れた王様だったと思っていましたが……。

釈迦　王の過去について話そう。

かつてのマガタ国は、ガンジス川中流域にある一つの国に過ぎなかった。

だが、前王が亡くなった機に、王子の一人だったピンビサーラはいち早く兵を挙げて、大勢いた兄弟や従兄弟を武力で排除して王位に就いたのだ。そして、国内基盤を固めた後は、周辺の小国を次々と武力で吸収して富を集め、ついに大国の王となったが、この過程でピンピサーラ王は、国内では反逆者の大量粛清を行い、他国に対して戦闘と殺戮を繰り返したことでの血に汚れた過去を作っていた。大国の王となったけれども、彼の心は安らぐどころか、逆に、いつ敵国が攻めてくるかの心配と、王位を脅かす親族や重臣たちへの猜疑心が強くなった。その上に、過去に多くの人の命を奪ったことへの強い自責の念が湧いており、自分は死後に良い来世を望めないだろうと悩んでいたのだ。

阿南　人は誰でも『悪行の果てに深い反省』をし、『権力の頂点に立つと猜疑心と孤独な寂寥感』にさいなまれ、また、『輪廻転生』の定めに居る自分の死と来世への不安に気がつくと言われます。こうした経験を経て初めて、自分の過去の行為に恐れおののき、救いを真剣に捜し求めることになるのでしょうか？

釈迦　そうだよ。『過去の過ちを反省し、改心して後に善の道に入る』。つまり、人間は善も悪も諸行すべてを経験して初めて『真理』を見る位置に立てる。それが人間の性（さが）なのだ。

それまでのピンビサーラ王は、バラモン司祭を通じて神々に救いを求めていたが、心は落ち着かずに悩みが続いていた。こうした中で私『ブッダ』が説く『真理の法』に出会い、大きく心を動かされて私への深い帰依に進んだのだ。

安井　バラモンの教えと、お釈迦さまの『真理の法』の間に、国王はどんな違いを感じたのでしょうか？

釈迦　それはだね、自らの精神を徹底的に鍛えて『自己を確立』した上で、リーダーとして『真の正しい生き方と政治』をするべきと説く私の教えに、王は新鮮で本質的な思想を感じ取ったわけだ。そして、今まで従ってきたバラモンの教えは、神にすがる『他力依存』の弱い考え方で、現世を『積極的に生きる』強い姿勢ではないことを知ったのだ。国王は私の『真理の法』に出会って目覚め、すぐに、バラモンが説く儀式を否定した。

新しい意識を持って、『人生をどう生きるべきか』を考え続け、『真理の法』の実践を続けたことで、王の心は安らいでいった。

これがピンビサーラ王の統治が武力から善政へと変わった経緯だが、『人は誰しも自分の心を作り変えて、正しい人生を歩むことが出来る』との、『人間の本性』を実現させた事例と言える。

プラセーナジト王

もう一つの大国の王への啓蒙についても知りたかった。

阿南　コーサラ国にプラセーナジトと言う王様が居ましたね。釈迦国は大国コーサラの属国の一つでしたが、この王は属国の元王子だったお釈迦さまに帰依をし、『真理の法』を学んで『法』による政治に変えたと聞いています。

なぜプラセーナジト王がお釈迦さまに帰依をして政治を変えたのか、その背景について教えていただけませんか？

釈迦　プラセーナジト王の場合は少し状況が違っていたね。私に出会う前は、政治判断の全てをバラモン司祭に頼り、バラモン式祭儀を熱心に執り行っていたので、私の『真理の法』には全く関心がなかったようだ。

だが、武力で周辺国を次々と吸収して大国になった過程で、多くの戦闘と血塗られた事件があり、国王は自分が作った悲惨な過去に捉われて悩んでいたのだ。

他方で、王妃のマリカー―は早くから私を尊敬し、度々私のもとへ来ては教えを乞うていたのだが、ある時に王妃の強い勧めによって国王は独りで私を訪ねてきた。そして、抱えている深い悩みをすべて打ち明けて私に教えを求めた。

私が説く『真理の法』を聞いた国王の心は安らかになり、すぐに私に帰依をしてバラモンの教えから離れた。そして、以降は『真理の法』による正しい政治に変えていったのだ。

その後も国王の私に対する信頼は変わることなく、大国コーサラに平和が訪れた。

阿南　プラセーナジト王がお釈迦さまに帰依をした背景にも、やはり血塗られた過去への反省があったのですね。

釈迦　そうだ、この王にも過去への強い反省の心があったのだよ。

大国による小国の吸収が当然とされたインドにおいて、当時の世界を二分した大国の王が、共に、自分の過去を反省して武力行為を否定し、新たに『真理の法』に依る政治に変えたことは画期的なことだと思う。

この両王の行動を考える時、表面的には反省と改心が大きいように見えるが、その背後にあった、人が本来潜在させている『人間の本性』を見落としてはならない。

二人の国王には、過去の自分の行為を反省し、そこから改心するという人間的な基礎が出来ていたわけだ。その上で私の『真理の法』に出会い、深く考え、徹底的に考え抜いたことで、潜在していた『人間の本性』が顕在化して、大きく政治を変えることが出来たのだ。

この二つの大国のリーダー、ピンピサーラ王とプラセーナジト王の善き改心は、これからの人類に希望を与える善き事例として、そなたたちには語り継いで欲しいものだね。

阿南　二人の国王のお話を伺っていますと、本人が気づき、改心をして正しい道を歩むには、身近に善き『師』を持つことの大切さを感じます。特に、責任が大きいリーダーは優れた『師』を身近に持って、常に正しい精神的指導を受ける必要があるように思えます。どうなのでしょうか？

釈迦　そのとおりだ。『真理の法』との出会いはもちろんだが、それを指導してくれる善き『師』との出会いも同じく大切なのだよ。人間とは弱いもので、誰もが過ちを犯し易い。しかし、人間はそこからの再出発もまた出来るわけで、この為には優れた『師』を身近に持って、厳しくも正しい指導を受けることが大事だ。その師は過ちが軽いうちに気づかせてくれるし、また、大きな過ちを犯したとしても、正しい道に戻るように導いてくれる。

　特に、人の上に立つリーダーが犯す過ちは甚大な影響を及ぼすので、何としても避けなければならない。だから、リーダーには身近で常に正しい精神的指導をしてくれる『人生の師』が不可欠である。これは大事なことだよ。

アジャータシャトル王子とヴィドゥーダバ王子

阿南　話は最初のマガタ国に戻りますが、ピンビサーラ王が王子のアジャータシャトルによって幽閉されて亡くなる悲劇が起こりました。そして、この王子が国王に就くと一転して武力で国を治め、また軍事力を重用して周辺国を攻めて、結局はお釈迦さまの『真理の法』による平和な政治に再び戻ることはありませんでした。

　またコーサラ国でも突然プラセーナジト王の不審な死が起こり、ヴィドゥーダバ王子が王位を継ぎましたが、それを契機に王国は武力での統治に戻りました。
先ほど少しお話がありましたが、この二つの大国で、なぜ『真理の法』による政治が続かなかったのか、その理由を詳しく教えていただけませんか？
釈迦　マガタとコーサラ両国の王は、自分の息子の手で死に追いやられたのだが、実は両方共に王子の出自に原因があったのだよ。ある時にそれぞれの王子が『自分は正当な血統の王子ではない』との秘密を知り、側近にそそのかされて誤った行動を起こしたのだ。出自への激しい恨みに加えて権力への欲望も強く、ついに父王を殺して王位を奪ってしまった。
既に話したが、父親はともに立派な大王だった。自分が犯した過去の過ちについて深く反省をした上で、私の『真理の法』を素直に学んでそれぞれの大国に善政を敷き、戦争のない平和な世界を創ったわけで、大王が共に早すぎる死を迎えたことは残念だったね。
阿南　そうしますと、お釈迦さまの『真理の法』を以ってしても、新しい二人の国王の武力政治には無力だったということですか？
釈迦　そうではない。新国王の二人が共に、自分の武力政治が間違っているとは全く思っていなかったことが問題で、その責任は両国の父王にもあるのだ。
二人の父王は共に自らは立派に善政を敷いたが、王として強い力を持っている間に、次期王位を託す王子たちの『人間教育』をしていなかったことが問題なのだ。その結果、人間性が歪んだままに成長した我が子によって、二人は命まで奪われてしまった。
阿南　お釈迦さまが両大国の都のラージギルの竹林精舎と、シュラーバスティの祇園精舎に居られた時、この二人の王子たちへの教育に直接携わることはなかったのですか？

釈迦　なかったね。それぞれの王子が私を訪ねて説法を聞くことはなかったし、また、両国王から『王子に教えを与えてほしい』との要請もなかったので、私の方から王子教育に踏み込むことはなかったよ。

阿南　王子の教育が大事と分かっていて、なぜお釈迦さまの方から踏み込まれなかったのでしょうか？

釈迦　実は、この姿勢は『真理の法』を説く時の私の基本的な態度だよ。仏法を求めて私の下にやって来る人は拒まずに迎え入れる。だが逆に私の方から、『ブッダ』の私と『真理の法』に帰依をするように強要をしなかったのだ。

正岡　そうですね、『悟りを求めるには、自主性が前提である』と、お釈迦さまはいつもおっしゃっておられたそうですね。

釈迦　そうだよ。仮に私の方から両方の王子教育に手を差し伸べたとしても、『真理の法』へ向かう気持ちが全くないのだから、彼らを帰依に導くには相当の時間が掛かったであろう。

阿南　ところで、お釈迦さまと二人の新国王との間に次のようなことがあったと聞いています。

　マガタ国でのことですが、アジャータシャトル王子が国王に就くと、さっそく隣のヴァルジ国を攻めようとしました。そこで、お釈迦さまの所に重臣を三度も送って意見を求めましたが、お釈迦さまが三回共に反対をされたので、新国王はこの国への攻撃を控えたとのことです。これはどう言うことでしょうか？

釈迦　ヴァルジ国は実に良い国だった。四つの小ヴァルジ族が一つにまとまって国を作っており、当時としては珍しい共和制を取って、各部族の代表が話し合って温和な政治を行っていた。

だから国内には自由闊達な雰囲気があり、都のヴァイシャリには他国からも多くの人々が集まってきて、商業が盛んで国は栄えていた。

私はこの美しいヴァイシャリの町が好きで、しばしばここを訪ねたものだ。

アジャータシャトル新国王はこの国が欲しかったに違いない。だが、私がこのヴァルジ国をいつも誉めており、またよく訪れることを知っていたので、私の了解を取ろうとしたのだろうね。

新国王は私に帰依をしていなかったが、『ブッダ』に逆らうことで不運が起こることを心配し、攻撃を避けたのだと思うよ。

しかし、私が入滅すると直ぐにヴァルジ国を攻めて併合してしまった。大国のマガタとヴァルジ国の間には、共存出来る方法があったのだが、新国王はこの美しい豊かな国を早く自分のものにしたかったのだろな。残念なことだった。

阿南　ところで、コーサラ国の新国王と釈迦国の間には、もっと悲劇的な出来事があったと聞いています。

ヴィドゥーダバ王は、恥ずかしい自分の出自の原因が釈迦国にあると知って、お釈迦さまの出身地カピラ城を攻めようと軍を出しました。しかし、お釈迦さまが国王軍の行く道の中央に座って進軍をさえぎり、三度も攻撃を止めさせましたが、四度目にはついに進軍を許したので、釈迦国は大国コーサラの猛攻撃を受けて完全に滅びたとのことです。何故、四度目の進軍を許されたのでしょうか？

この質問に、お釈迦さまは苦しい胸のうちを抑えておられるように見えた。

釈迦　私には大変悲しい出来事だったが、四度目の進攻を止めることは出来なかったのだ。前にも話したように、まだ私がカピラ城に居た頃から、近い将来必ずや大国が攻めてきて、釈迦国は滅びるだろうと予想した。だからこそ、私が早く『ブッダ』になって、このような戦闘に走る世の中の動きを止めたかったのだが、十分ではなかった……。

私がカピラ城を出て修行を続けている時に、また『ブッダ』になってガンジス川中流域の国々を回った時、激しい戦争の起こる現実が見えていた。マガタとコーサラの両大国はインド全土支配を狙って互いに武力を強化しており、小国の王や王族たちはそれに対抗するべく守りを固め、兵力を強くしていた。

だから、大国を前にして、小さな釈迦国が攻め落とされる日は遠くないと覚悟をしていたのだよ。

そこで、私は『ブッダ』になった後にカピラ城へ行く度に、あえて周りの人々の反対を押し切っても王族や貴族の若者を大勢連れ出して、私の下で出家修行をさせた。一回目にわが子のラーフラと従弟のナンダを出家させた。二人はまだ子供であり、父王はじめ大勢の重臣たちが強く反対して嘆いたが、私は本当の理由を告げることが出来ずに彼らを強引に連れていった。二回目には王族や貴族の青年層を大量に出家させ、彼らは私の下に来てビシュー（比丘）になった。その中に私の従弟であるアーナンダとその兄のデーブダッタが居たね。次いで、母上のマハーパージャパティ王妃が自ら出家を志願してきたので、最初のビシューニ（比丘尼）として許可をし、続いて妻のヤショーダラ他大勢の女性たちが出家して城を離れた。

コーサラ国の釈迦国攻撃を私が三度にわたって阻止している間も、この行動を続けていたのだよ。

やがてカピラ城で高齢の父シュットダナー王が寂しく亡くなり、もはや城には年老いた王族や重臣、高齢の貴族しか残っていなかった。一方で、ヴィドゥーダバ王が抱えていた出自の苦しみは、過去に釈迦国が自ら種を蒔いたもので、私はこの王が釈迦族に対して強い恨みを抱いていることを十分に承知していたからね。

そこで四度目の進軍の時はもはやこれまでと決心し、国王軍のカピラ城進攻を見過ごしたのだが、かつて王子時代にやさしく接してくれた王族や貴族の長老たちの顔が脳裏に浮かんで悲しみが募った。また、一般国民の殺戮まではしないだろうと望みを掛けていたが、新国王の恨みは激しくて釈迦族を根こそぎ虐殺してしまったのだ。

三人は無言で聞いていた。

釈迦　私は『ブッダ』になり、マガタとコーサラ両大国の王を啓蒙して、一時的には戦乱の世を止めることが出来た。だが、戦争を永遠になくする活動は未完成のままで、両大国で次の世代の王が取った武力の政治によって、インド世界の平和はすぐに崩れてしまったのだ。

お釈迦さまが心を痛めておられると感じたが、大介はこの機会に聞いておきたかった。

阿南　強い怒りから発した行動の前では、『ブッダ』の存在も『真理の法』も無力なのでしょうか？

釈迦　いや、無力ではない。ただ、『真理の法』に意識を持たない者が起こす悪の行動を止めることが難しいだけだ。だから、リーダー層に対しては、日頃から『法』を説く機会をしばしば作り、彼らに意識をしっかり持たせることが大切なのだ。

二つの大国を継いだ新しい王たちは、『真理の法』を学ぼうとの意識が出来る前に誤った行動を起こしたわけだ。もし、彼らの身近に善き『師』が居て、若い時から『師』の指導を受けていたならば、このような事態は起こらなかったと考える。
ところで、アジャータシャトル王は周辺国を武力で統合した後に、大国コーサラと最後の決戦をした。そして、遂に勝利してガンジス川中流域を平定すると、彼は仏教に帰依をして穏やかな政治に変えたのだよ。新国王がやっと私の教えの大切さに気が付いたのだが、自ら反省して気が付くには相当の時間と環境が必要だったのだ。

阿南　そうしますと、やはりリーダーには、身近な『人生の師』が大切なのですね。

安井　ところで、釈迦国が滅亡した話に戻りますが、お釈迦さまの一族はまったく途絶えてしまったのですか?

釈迦　先ほど話したように、王族や貴族の青年と子女の多くは既にカピラ城を離れており、私の下で修行の道に入っていたので命を落とすことはなかった。だが、出家修行者は生涯結婚をしない掟だったので、次の世代を継ぐものは居なくなり、釈迦族の王族や貴族の血統はすべて途絶えたね。だが、カピラ城が崩壊し殺戮が行われる中で、わずかな国民が生き延びて北のヒマラヤ方面へ逃れ、今もネパールのカトマンズ盆地の一角で釈迦族としての文化と伝統を守って暮らしている。

それにしても、カピラ城の悲劇は今でも忘れられない出来事だな!
話し終えたお釈迦さまは遠くへ目を移された。
世の『無常』を知り尽くし、全てに『悟り』を開いたお釈迦さまだが、二千五百年前の攻撃で廃墟となったカピラ城址に生い茂る草むらを前にして、悲しい過去を想い出しておられるようだった。

しばらく沈黙が続いた。

アショーカ王

阿南　次に、お釈迦さまの教えに強く影響を受けたとされるインド史上最高の王、アショーカ王についてお話を伺いたいと思います。お釈迦さまが入滅されてから三百年ほど後に、マガタ王国が衰退して新しくマウリア王朝が興り、その第三代目アショーカ王がインド世界の統一を完成させました。そして、お釈迦さまの『真理の法』を以って広大な国土を治め、現在につながる国の基礎を作ったとされます。インドの長い歴史の中で、『ブッダの教え』を基盤にして政治を行った王は少ないと聞きますが、アショーカ王がお釈迦さまを尊敬し、その教えを大切にして国を治めた理由はどこにあったのでしょうか？

釈迦　アショーカ王が仏教を大切にするようになった背景事情は複雑だが、大きな理由の一つに、先のビンビサーラ王やプラセーナジト王と同じく、自分の過去の行いに対する強い悔悟の心理があったことに間違いはない。

王子時代のアショーカは豪胆で荒い気性だったようだ。それを恐れた父王は、反乱の気配があったインド西北部タクシーラにアショーカを派遣して鎮圧を命じた。程なく軍事力で敵対勢力を平定したが、アショーカを遠ざけておくために太守としてその地に留まるよう命じた。

アショーカは都から離れたこの地を統治する中で政治経験を積み、次第に強い指導者へと成長していった。やがて父王が重病に陥ったとの知らせを聞くと、すぐに軍を率いて都に駆け戻り、先手を打って兄弟や親族とその臣下を大量に処刑し、自らが王位に就いたのだ。

正岡　アショーカ王は血で王位を奪って表舞台に登場したのですか？

釈迦　そうだ。かくして王となったアショーカだが、その前途には父王がやり残した敵対する国々の完全な平定があり、インド全土を統一する大仕事があった。特に、最後まで抵抗を続けたインド南部の強国カリンガとの間では、長期間にわたって大規模な戦闘が行われて、最後にアショーカ王の軍がカリンガ国を亡ぼした。

インド世界の統一を成し遂げたアショーカ王は、大きな満足に包まれていた。

しかし時間が経つにつれ、反動としての強い反省と深い悔悟の念に襲われ始めた。カリンガ国平定の戦いで敵兵と市民十万人を虐殺し、十五万人を奴隷として都パトナに連れてきた。そして、味方側の兵士にも十数万人の死者が出ていた。この大規模な戦闘と殺戮の光景はアショーカの脳裏を離れず、王の心を苦しめた。

また、アショーカ王には統一後の広大なインド世界を、戦乱や飢えのない平和で安定した国土として治める責任があり、どのような政治をすれば良いのかを悩んでいた。全国各地に王の代理人となる統治者を置き、今まで通り武力による支配を続けるのか？　武力で治めるならば、膨大な数の兵力をインド全土に配備しなければならないだろう。それに対抗して武力の反乱が各地で起こる可能性がある。多くの血を流した上で統一出来たこの国土が、再び戦乱の地に戻ることは避けねばならない。

武力に代わる統治の方法はないのか？　もし、武力以外の方法で平和に治められるとしても、広大な国土と人民の求心力となる統一的思想が要るが、その思想は何に基礎を置けばよいのだろうか？　アショーカ王の悩みは続いていた。

正岡　アショーカ王は偉大な聖王だと思っていましたので、おびただしい血を流した過去や、広大なインド世界を統治する方法に悩んでいたとは知りませんでした。

釈迦　インド世界を統一したものの、王は悩み苦しんでいたのだ。しかし、幸いに一人の出家修行僧に出会った。彼はアショーカ王の義弟の一人だが、軍事活動を嫌って出家していたので殺されることを免れて、既に優れた仏僧になっていた。アショーカ王はこの穏やかながらも凛とした僧から、私が遺した『真理の法』についての教えを受けた。僧の説く言葉一語一語に感動をし、たちまちにして目覚めて、国王として進むべき道を見つけた。

それまでの反省と悩みが深く切実だっただけに、仏僧が説く『教えの本質』をいち早く掴み、進むべき正しい道を悟ることが出来たのだった。

アショーカ王は、過去に流した多くの血の代償として、再び血で争うことがない平和な世界を作るには、武力の統治ではなくて、『仏法』を以って政治を行うことだと分かった。そして、私『ブッダ』の『真理の法』をインド世界を治める思想基盤に据え、私の教えを国王の精神的基礎、即ち、自身の『価値判断基準』としたのだ。

かくして王の心は鎮まり、王は救われた。そして、新しい大きな目的を実現するための勇気と明るさが戻ってきた。

これが、アショーカ王が『ブッダの教え』に深く帰依することになった背景のあらましだよ。

阿南　世に言われる『法輪聖王』になろうとしたのでしょうか？

釈迦　そうだ、『法輪聖王』を目指したのだ。王は『師』となる仏僧の指導を受けて『真理の法』を熱心に学び、その『法』をインド世界に定着させようと努めた。各地に派遣した王の代理統治者が守るべき基準を律令として明確に示し、それらを岩壁や石板に刻んで、誰にも見えるようにして知らしめたのだ。

そして、自らは『仏法』守護の王として、これらの律令が守られているかどうかを確認するために各地を巡って徹底させ、私の『真理の法』をインド世界に遺す努力をしたのだよ。

阿南　具体的にはどのように、お釈迦さまの『法』を広めて遺していったのですか？

釈迦　例えば、王は私の誕生の地ルンピニから入滅の地クシナガラまで、私が足跡を残した重要な場所を次々と訪れ、そこを『真理の法』の記念すべき大事な場所として整備をし、私の存在と教えが人々に分かるようにと、具体的な形で示したのだよ。

私の記念場所に柱塔を建て、その頂上にアショーカ王を象徴するライオン像と、私の『真理の法』を象徴する『法輪』を置いて人々に見えるようにした。また、私の遺骨を納めたストゥーパーを全土に約四万八千基作り、そこにも『法輪』を飾ったのだ。

このようにして王は、私『ブッダ』と仏法『真理の法』への尊敬を、そして『法輪聖王』アショーカの存在を一緒に示して、人々に知らしめる努力をしたわけだ。実はこの『法輪』のシンボルは、近代に英国から独立したインド国旗の中央に描かれており、インド政治理念の象徴になっているのだよ。

正岡　インドのお札にも『法輪』が国のシンボルとして印刷されていますね。アショーカ王は現在のインド世界にも大きな影響を与え続けていることが分かります。

釈迦　アショーカ王は人類史上で初めて、武力に依らずに『仏法』、即ち、私の『真理の法』を以って国を治める新しい理念を掲げて、自らその基盤作りをして定着させ、広大なインド世界で王朝六代に亘る平和を実現した人物だ。さらに彼の偉大な所は、この他に人類へ二つの大きな貢献をしていることだ。

安井　人類への二つの貢献とは、どんなことですか？

釈迦　王は『仏法』が人類にとって大切なものと理解していたので、後世にも私の教えを正しく残そうと努力をしたことと、世界中の国々に広く伝える努力をしたことだよ。

一つ目の貢献は、私の指示で教えを文字で書き記さずに、口で語り継ぐ方法を取ったこともあって、私の入滅から三百年ほど経ったアショーカ王の時代には、本来の正しい教えから離れたさまざまな言葉が『法』の中に混じっていた。また、王が仏教を大事にしてサンガへの寄進と仏僧を優遇したので、その利益に預かろうとする不正な仏僧が大勢現れて、誤った『法』を説いたために『ブッダ』の教えは混乱をしていたのだよ。

こうした不正と混乱を一掃するため、アショーカ王は全ての仏僧を呼び集めて一人一人に自ら質問をし、不正な僧を排除してその質を改める処置をした。そして、教えを正すために、私の『真理の法』と『戒』と『律』を正しく理解した主要な出家修行僧千人を一堂に集めて『第三回結集』を開き、正しい『仏法』に整え直したのだ。

安井　アショーカ王はこの時に、お釈迦さまの教えを文字で記録させたのですか？

釈迦　いや、王は文字で書き記すように命じていない。私の教えが文字で仏典として書き遺されるのは、それから約二百年後のことだね。

実は、教えを文字にして書き遺すと、記録としては重要な価値が生まれるが、その代わりに言葉の解釈が読み手側に任されて誤解を生む恐れがある。アショーカ王は、教えを正しく伝える方法として、師と弟子が対面し、弟子のレベルに応じて具体的な比喩を入れ、師の口から弟子へ向けて直接語るように定めた私の考えをよく理解していたのだ。

そもそも他人に話を伝えるには、『言語的メッセージ』と『非言語的メッセージ』の二つの方法があるが、私は前者に加えて、後者の『非言語的メッセージ』をより一層大切にした。必ず相手と対面して、表情や態度を示しながら『法』を説くのだ。これは師から弟子への『魂』の伝達であり、『魂』止揚の場でもあるからだ。

阿南　アショーカ王の時代に第三回目の結集があったことは知っていましたが、不正な仏僧と間違った教えを一掃するという、王の強い意志が背景にあったことは知りませんでした。アショーカ王の行動は、その後の仏教に大きな貢献をしたのですね。

釈迦　次に二つ目の貢献だが、聡明なアショーカ王の行動がインドだけでなく、人類世界に広く影響を及ぼしている話だよ。王は、私の『真理の法』は『人が生きる基本の教え』なので、他の地域の王たちがそれを『統治の基本思想』に取り入れるようにと考え、世界に広める努力をしたのだ。

例えば隣国スリランカの国王のもとに、既に出家僧になっていた自分の王子と王女を中心とする仏教伝道師を送り、私が説いたパーリー語の『真理の法』を伝えて広めたのだ。現在でもこの教えは『テラワーダ仏教』としてスリランカの人々の生活にしっかり定着している。

そして、スリランカからミヤンマー、タイ、ラオス、カンボジア、インドネシアなどの国々に伝わっていき、私の教えは南アジアと東南アジアの国々で、王族から一般の人々に至るまで広く浸透したのだ。

これが『上座仏教』、または『南伝仏教』と呼ばれるもので、二千五百年たった現在も私の教えがこれらの国々で守られている。

また、アショーカ王は西方のバクトリアやペルシャの他に、遠くシリア、ギリシャ、マケドニア、エジプトなど、交流があった国々の王のもとへ仏教伝道師を何度も送っているのだ。

正岡 えっ、西方のマケドニアやエジプトにも伝道師を派遣していたのですか？ 驚きです。

釈迦 そうだよ。実はこれより百年ほど前に、マケドニアのアレキサンダー大王の軍がインド西部まで攻めてきて、そこに逗留したことを知っているだろう。結局、大王の軍はインド中央部への進攻をあきらめて退却したが、この時にバラモン文化やインドの風俗を持ち帰ったので、西方の人々にインドの存在は知られていた。

また、大軍が本国へ帰還する途中で、中央アジア各地に住み着いた兵士たちがギリシャ文化の国々を作っており、そこが東西交易の中継地になったので、先進的なアショーカ王は西方各地の国王とも交流していたのだよ。

かくして王が派遣した仏教伝道師たちは、西方の人々に『ブッダの教え』と『真理の法』を伝えて、その後の中東文化やヘレニズム文化に影響を与えたわけだ。

正岡 西洋や中東の歴史の中に仏教の話は出てきませんが、アショーカ王の仏教伝道師たちは実際にどんな影響を与えたのですか？

釈迦 例を挙げると、当時、世界で最大の国際都市だったエジプトのアレキサンドリアには、大きな仏教サンガが作られていた。そこでは、インドから派遣された仏教伝道師たちの下に、西方各地から大勢の修行者や学者たちが集まって盛んに『ブッダの思想』の研究をしており、ギリシャ哲学を引き継ぐポスト・プラトン派の人々の思想に影響を与えた他、サンガで研究をしていたユダヤ人学者たちによって私の思想がパレスチナへ伝えられ、若きイエスに強い刺激を与えた。そして、ユダヤ教社会の中で、まったく新しい『愛の神』思想を生んでいくことになったのだよ。

お釈迦さまの話はここで終わった。

次に、以前から疑問に思っていたことを大介が尋ねた。

阿南 アショーカ王は仏教に帰依をし、お釈迦さまの教えを大切にして殺生も嫌ったとされますが、王は何故、大虐殺までをしてカリンガ国を滅ぼし、インド全土の統一を目指したのでしょうか？ 単なる欲望からでしょうか？ 王の行動変化が余りにも大きいのですが、心の奥底に何があったのでしょうか？

釈迦 そこだよ。アショーカ王がインドで傑出した『法輪聖王』と称される所以がそこにある。私とは違う方法で、インド世界に平和を創り出したのだ。

私は『ブッダ』と呼ばれ、人類の主要な『精神的存在』に位置付けられているが、人間世界には精神的指導だけでは解決出来ない、武力や暴力による直接的な問題が沢山あり、多くの人々が現実にそれで苦しんでいる。アショーカ王の上には色々な経緯があったが、結果としてこの問題解決に現実的な挑戦をしたと言うことだ。

大介はお釈迦さまの話についていけなかった。

阿南　それはどう言うことでしょうか？

釈迦　アショーカは心の奥に、領土を拡大して巨大な富と権力を手にする欲望を超えた、大きな目標を秘めていたと言うことだよ。遠隔の地タクシーラに滞在していた王子アショーカは、父王が全土支配の戦を進める戦乱に明け暮れた現実から距離を置いて、インド世界を客観的に眺めることが出来たわけだ。この洞察の時間が、後の大王アショーカの思想を形成する土壌になったようだね。

隣接する国と国の間には常に争いが起こる。互いに相手を滅ぼして国土を拡げようとするので、国が乱立している間は世界に平和が来ない。従って、全ての国を併合して全土を統一し、一人の傑出した大王がしっかりした政治を行うべきなのだ。途中で多くの血が流れるが、それは大きな目的を早く達成するための一時的な問題として許される。『戦争のない平和な世界』を実現する方法はこれ以外にないとの考えだった。

アショーカは王位につくと、最後まで抵抗したカリンガ国を大きな犠牲の上で陥落させ、ついにインド世界の統一を成し遂げた。そして、私の『真理の法』に出会って人間として大きな飛躍を遂げ、インド全土に善政を敷いたのだ。

王は、かつて、私が誕生した時にアシタ仙人が予言した『法輪聖王』への道を実現したわけだよ。まず、強い大王になって強大な軍事力でインド世界を統一し、次に『法輪聖王』として全土を『真理の法』を以って統治し、戦争のない平和な世界を実現したのだ。

そして、王が敷いた善き政治制度の上で、仏教思想を学んだリーダーたちにその政治姿勢が引き継がれ、アショーカ王が亡くなった以降も六代の王による平和な時期がインド世界に続いていった。
これは人類にとって初めて、長期間の『戦争のない平和な時代』を生んだ偉業と言えよう。
だが、大事なことはここからだ。アショーカ王の努力と願いにもかかわらず、インド世界に『永遠の平和』は生まれなかった。これが『法輪聖王』の道の限界で、『ブッダ』の道との大きな違いなのだ。

阿南　そうしますと、同じ『永遠の平和』の達成において、最初に武力を用いて、まず全体を統一し、その後に平和を実現していく現実的な道と、最初から全く武力に頼らず、人間の思想を高めて平和へ導く理想の道の二つがあると言うことですが、現実と理想のどちらの道が良いのでしょうか？

釈迦　もちろん後者だ。確かにこちらは格段に難しいが、私が進んだ『ブッダ』の道の方が正しいことに間違いはない。たとえ時間が掛かっても、人類は『真理の法』を以って『永遠に平和な世界』を作る道を進むべきなのだ。

阿南　はい、私もそうだと思いますが、この理想を実現するには、世界中の人々がお釈迦さまの教えをしっかり身につけない限り達成が難しく、相当の時間が掛かると思います。
しかし、現実世界には、貧困や飢餓、富や資源の偏在などの戦争を引き起こす原因が沢山あって、これらを早く解決しなければ、世界は混乱を繰り返すばかりだと思います。
『永遠の平和』は人類の夢ですが、夢のままで終わるようにも思えます。お釈迦さまは、どのような手を打てば、地球上に恒久的な平和が実現出来ると思われますか？

釈迦　確かに、『永遠の平和』は人類の夢と言われるかもしれないが、私は希望を持っている。

これを実現させるキーポイントは次の二つだ。
一つは、地球上の全ての人の『人間の質』が向上して、争いを好まず、互いに助け合い、平和に共存することを当然とする『正しい風土』を作ることで、それに向けての人類全体の意識改革、つまり、『教育』がポイントになる。
もう一つは、政治を改善し、経済活動を正し、科学技術を人類の幸福のために有効に使って、現実の社会問題を具体的に解決することだ。地球上の富を世界中の人々へ公平に分配することであり、これを実現させる『リーダーの質』がポイントになる。
この二つの中では、人類の目標実現に向けて積極的に行動するリーダーの存在とその質が大事であり、高い『人間の質』を持った国家や大組織のリーダー層が、世界各地に大勢居なければならない。これが早く実現出来なければ、一部の人々の努力も水泡に帰してしまうだろう。

阿南　おっしゃられることは良く分かります。ですが、その実行は大変難しそうで……。

大介の言葉に構わず話を続けられた。

釈迦　現代世界を見ると、一部の人には富が有り余るほど集まり、その一方で極めて沢山の人々が貧困の中で生きていて、そこには極端な富の偏在がある。この問題の根源には『自分だけのものにしよう』とか、『自分だけ良ければよい』とする人間の利己的な欲望があり、この『我欲』の放置こそが問題なのだ。
だから、個人的に巨万の富を持つリーダーたちと、政治や経済活動で問題解決が出来る立場に居るリーダー層が率先して変わるべきなのだ。彼らが不公平や不平等な人類世界を許さない厳しい考えを身につけるのだ。

『我欲』を離れて『足る』を知り、『慈悲』の心を持って「自分を大切に思うと同じ位に他人を大切に思い」、『利他』の行動を為すのだ。

世界の各界のリーダーたちが真っ先に『目覚め』て、自分たちの責任の大きさを自覚しなければならないわけだよ。

お釈迦さまはリーダー層の責任の自覚と、正しい行動への転換について熱意を込めて話された。

そして、小さなため息をつかれた。

二十世紀の『ブッダ』アンベードカル

阿南　インドの仏教はアショーカ王の時代をピークにして次第に変質を始め、やがてインド世界から姿を消したと聞いています。その後、インドでお釈迦さまの教えを復活させた人は居たのでしょうか？

やや俯いて考えておられたが、顔を上げて言われた。

釈迦　インドの仏教変遷について話しておこう。これは私の教えの解釈が変わっていった歴史でもあるからね。

まず、私が亡くなると直ぐ、私の教えを正しく伝承するために大勢の阿羅漢たちが集まって第一回結集を開き、私の言葉を整理してくれた。だが、それから百年ほど経つ間に、修行僧たちの中で、『ブッダの教え』について色々な考えが生まれて解釈が拡がった。その状況を案じたサンガの長老たちは第二回目の結集を開いて、私が遺した教えを正しく戻す努力をし、さらに、アショーカ王も第三回結集を開いて『ブッダの教え』の原点に返るべく努力してくれた。
だが、マウリア王朝滅亡の頃には、仏教僧団が二十ほどの部派に分裂して多様化していった。この部派への分裂と多様化が、仏教が衰退に向かった最初の原因と言える。
さらには、在家の信者が増加し、サンガを支援する主要な勢力になったことから、彼らの要望に沿うように教えの解釈が変わり、大衆の心の救済を重視する『大乗思想』が現れてきた。そして、この頃に生まれた仏像崇拝と一緒になって仏教の大衆化が一層進み、その後、『大乗仏教』の主流がインド本来の民族宗教であるヒンズー教の思想や儀式を取り込んだことで、呪術的な『密教』へと変質をした。この『密教』は私の『ブッダの教え』から大きく離れたもので、やがて、類似するヒンズー教と同化してインド社会の中に埋没してしまった。これが第二の衰退の原因だな。
その後、十二世紀にインドへ侵入してきたイスラム軍によって、仏教寺院や仏像が徹底的に破壊され、大勢の僧侶が殺された。一部の僧はチベットへ逃れて仏教を伝えたが、これがインドにおける仏教衰退の決定的な原因となったのだよ。
仏教はインドから完全に姿を消して、二十世紀を迎えるまで表舞台に出ることはなかった。

正岡　と、言いますと、二十世紀に入ってからインドで仏教が再興されたのですか？

釈迦　そうだ。そなたたちはアンベードカル博士を知っているかね？

三人は互いの顔を見たが、誰も知らない様子だ。

阿南　いいえ、存じていません。どんなお方なのですか？

釈迦　知ってのとおり、インドには『ヴァルナ』、或は『カースト』と呼ばれる身分階級制度があって、人を四つの階層に区分し、身分や職業差別の複雑な社会構造を生む原因になっている。だが、この『カースト』枠にさえ入れられず、人として扱われない『不可触民』が大勢居るのだよ。

アンベードカル博士は『不可触民』出身ながら、法律学者にして卓越した政治家で、また宗教家であり、英国からの独立に尽力して、新生インド国の基礎作りに大きな貢献をした人物だ。その一方で、三千年の永い歴史に根差したインド最大の悪しき課題『カースト』と『不可触民』の問題を徹底的に考えて、政治的改革行動を起こした人物なのだ。だが、大多数を占めるヒンズー教徒の反対を常に受けて成功を見ず、大きな挫折の中に居た。

そして、博士はついに、身分差別と偏見のないインド社会を作る道を、私の『ブッダの教え』に見出したのだ。

正岡　アンベードカル博士は、その後、インドでの仏教再興と仏教社会の実現に成功したのですか？

釈迦　いや、彼は改革の道半ばで亡くなり、大きく進展させることが出来なかった。だが、彼の力強い行動は、それまでインド社会の底辺に沈んだままに居た大勢の『不可触民』の意識を変え、彼らに自信と勇気を与えたのだよ。

私は博士を尊敬しており、彼は、今後の人類に必要な優れたリーダーのお手本となる人物と考えている。

三人はお釈迦さまの話に強く関心を抱き、声を上げた。

アンベードカル博士についてもう少し話していただけませんか？

釈迦　そうだな、彼についてもう少し詳しく話しておこう。

アンベードカルは十九世紀末のインドに『不可触民』の子供として、強い身分差別がある環境の中で生まれた。

聡明な父親のお蔭で地元の小学校に通うことが出来たが、近寄ってくる友達は居らず、教室では机を他の生徒から遠く離され、昼食を取る場所も水飲み場も、トイレも別にされるなどの徹底した差別と迫害を受けた。しかし、理解ある担任教師の助けもあって、彼は熱心に勉強を続け、成績は常にトップクラスで中学校にも進学が出来た。

その後、ムンバイ（ボンベイ）のイギリス系高等学校を最優秀の成績で卒業すると、地元マハラジャの支援を受けて留学生としてアメリカへ渡り、コロンビア大学で法学博士の資格を取った。

そして、帰国後はガンジーたちと一緒にインド独立の交渉を英国との間で重ね、その傍らで『カースト』と『不可触民』差別廃止運動の先頭に立って活動をしたのだ。

ガンジーは独立を最優先課題としており、対立するヒンズー教徒とイスラム教徒の融合した新生インドを誕生させることに集中していた。一方のアンベードカルは、最大の国内問題である『カースト』と『不可触民』差別の廃止を、宗主国である英国の力を借りて実現させ、併せてインド独立を勝ち取るべきと主張していた。

インドの両雄、ガンジーとアンベードカルの間で路線対立が決定的になり、ガンジーは国民世論に訴えて断食を始めた。危篤状態に陥ったことを知ったアンベードカルは、ガンジーと和解せざるを得ず、インド長年の悪習打破を後回しにして、英国からの独立交渉に集中をした。

インドは独立を獲得した。しかし、イスラム教徒による分離独立運動は激しさを増し、その中でガンジーが暗殺され、やがて、インドから分離したイスラム国の東西両パキスタンが成立していく。

こうした混乱の中で、アンベードカルは初代首相のネールに請われて法務大臣に就任し、インド共和国憲法の起草を全面的に任された。彼は憲法の中で、古代インドのバラモン支配時代から三千年間続いてきた『マヌ法典』を完全に否定し、『カースト』制度の廃止を宣言した。併せて『不可触民』の社会的地位向上を法律で明確にした。

この共和国憲法が発布されたことで、インド社会から『カースト』と『不可触民』差別はなくなるはずであったが、それは建前上に留まり、依然として伝統的社会風土として残り続け、現実はまったく変わらなかったのだよ。

その理由は、インド社会に影響を及ぼす人々のほとんどが上位『カースト』に属しており、優位な立場を自ら手放すことはあり得えなかったからだ。憲法や法律が変わっても、現実社会の中で、人々の心理状態は元のままにあり、『カースト』差別と『不可触民』への偏見が続いた。

一般的な理解では、ガンジーもインド独立前の時期に、この差別解消に一応の理解を示したとされる。だが、問題の複雑さから解決に時間が掛かると考え、まずインドを独立させた後に国民の手で解決をする方針とした。そして、この問題以上にガンジーを悩ませたのは、ヒンズー教徒とイスラム教徒の対立であり、両者が融和し共存するインド社会の実現に奔走したとされる。

だが私はそうは考えない。ガンジーは上位『カースト』に属していたので、人間として扱われない『不可触民』の真の苦しみにまでは考えが及ばず、問題の本質を体感していなかった。これがガンジーの判断に大きく影響したと考える。彼は『カースト』を黙認し、インド社会の身分差別問題に楽観的過ぎたのだ。

阿南　インドの『カースト』制度は英国の植民地統治に便利だったと聞いたことがあります。少数のカースト上層階級を上手く使えば、大多数の下層階級は彼らの指示に従って働き、安定した統治が出来るとのことでした。英国が『カースト』制度廃止に協力する可能性は小さかったのではないでしょうか？

いつになく強い口調で、

釈迦　英国が植民地を安定統治した時代はそうだろう。しかし、第二次大戦で疲弊して国力を落とした英国は、海外植民地を次々手放す覚悟が出来ていた。この英国に新生独立国インドの抱える差別問題の解消について人道的な見地から協力を頼めば、政治家とは別の分野の人々の支援が得られた可能性があっただろう。

インドが独立を果たした後に差別の解消を始めたとしても、上層階級に対して長年の既得権を自ら手放すように要求する『内部からの改革』は不可能に近い。解決の道はアーベンドカル博士が主張したように、宗主国の強力な力を使って国民を強引に従わせて、インド社会を改革する道しかなかったのだ。インドは独立を急ぐあまりにその機会を逸したと言える。

三人はお釈迦さまの強い言葉を驚きながら聞いていた。

釈迦　インドがヒンズー教社会である限り、『カースト』と『不可触民』の差別問題は解決できないことを痛感したアンベードカル博士は、ヒンズー教徒であることを止めて、改宗する方法を考え始めた。キリスト教からの誘いもあったが、これはインド自身の問題であるとして、インド思想の中で差別意識が少ない『シーク教思想』の研究を始めた。さらに、かつてインドにあった平等で差別のない仏教思想『ブッダの教え』へと研究は向かった。

彼は『ブッダの思想』の中で、『世界すべては変化するもので絶対的存在は何もない。世のすべての事柄には原因と結果があって、それぞれがつながり合った関係性から出来ている』との合理的な考え方に心を引かれた。そして『ブッダの教え』の研究を深める中で、一人一人の人間には神が定めた身分差や階級などはなく、人は平等で他者を尊重し、互いに助け合って生きることの大切さと、その基礎になる、『慈悲』の心と『利他』の行動の思想を知るに至った。さらに、『釈迦ブッダ』はこの理想社会を実現するために、『サンガ』を作って優れた弟子を育成し、世の人々の考えと生き方に影響を及ぼすべく、生涯にわたって努力を続けたことに強く感銘を受けた。

アンベードカル博士は私の『ブッダの教え』に確信を持った。そして、この思想を基盤にして、差別のない、人々が平和で心安らかに暮らせるインド社会を作る決心をしたのだ。彼は、私の『ブッダの教え』を現代に適した解釈と表現に改めて、『ブッダと仏教』として本を出版し、その思想をインド社会へ向けて発表した。この本はヒンズー主義を正面から攻撃する思想であったが、国民全体の関心は薄く、一部のインド人が反発しただけだった。

だが、社会の底辺に在って日々苦しんでいる『不可触民』の反応は大きく、博士に対してインド各地から、『ブッダの教え』を学ぶ機会を増やすように求めてきた。

不可触民はインド人口の約三十％に近い多数である。社会の除け者で最も力の弱いこの階層の人々が、『ブッダの教え』に目覚めて自立した強い個人に変わるならば、その結集した力はインド社会改革の起爆剤になり得る。そう確信したアンベードカル博士は、自らが生まれながらに属していたヒンズー教を棄てて仏教に改宗することにした。

「私は『不可触民』の出自によって、人と見なされなかったインド国民である。今日より、ヒンズー教徒を止めて仏教徒に改宗をする。今までヒンズー教徒の私を縛っていた『マヌ法典』の定めから完全に解放されるのだ。そして、只今から『ブッダの教え』を基に、差別や偏見のない平等な社会の実現に向けて行動を開始する」と、力強く宣言をした。

著名なアンベードカル博士のこの宣言にインド社会は驚きを持ったが、それは一時的なものに留まり、政治・経済界のリーダー層や知識人の中で同調の意を表わす者は出てこなかった。

しかし、『不可触民』の中では、博士にならって仏教への改宗希望者が相次いだ。そこで、紀元二世紀に、著名な仏教学者ナーガルジュナ（竜樹）が仏教を広めた記念すべき地、インド中部の都市ナグプールで、アンベードカル博士は仏教への集団改宗式を執り行い、各地から集まった三十万人の『不可触民』ヒンズー教徒たちが一斉に仏教徒へと改宗をした。

インド社会の中には、依然として強い差別や偏見意識が残っているが、三千年の永きに亘り続いてきたヒンズー教の『カースト』と『不可触民』の縛りから解放された彼らは、晴れて心に自由と自信を蘇らせていた。そして、仏教精神を持つ尊厳ある個人として、強い自覚を持って地域社会の中で生き、近隣の『不可触民』の人々に次々と影響を与えていったのだ。

高齢とかねてからの病気で体力を消耗していたアンベードカル博士は、この集団改宗式から二か月後に八十三歳の生涯を終えた。だが、博士の亡き後も『不可触民』を中心に仏教への改宗者が続き、仏教徒数が百万人を超えるまでになって、インドの歴史の中で仏教は再び顔を現したのだよ。

だが、アンベードカル博士の死後に非常に残念な事があった。博士が『不可触民』出身のために汚れるとして、公共の火葬場が受け入れを拒んだのだ。氏の亡骸はすぐ近くの海岸に移されて、『不可触民』出身の仏教徒たちの手で荼毘に付され、アラビア海に散骨をされた。

安井　インド独立に貢献し、法務大臣まで務めた著名な博士が、公共の火葬場で拒否をされたのですか？

釈迦　そうだよ。これがインド社会の現実だ。憲法によってインドでは『不可触民』への差別はないことになっているが、それは建前上に過ぎず、実際には、今も根強い差別意識が残っているのだよ。

以上がアンベードカル博士についての紹介だ。

阿南　私たち日本人にはガンジーの方が有名で、近代インドの偉大な人物として尊敬をしていました。しかしその陰に、『不可触民』という人間扱いされない身分差別や迫害と闘いながらも、ここまで大きな活動をしたアンベードカル博士が居たことを初めて知りました。

インド独立に当たってガンジーとの路線対立で、アーベントカル博士が止むを得ず一歩譲った話は印象に残りますが、独立後にはお釈迦さまの『ブッダの教え』を復活させて、ヒンズー教の『カースト』制度に縛られて身分差別が強く残るインド社会を、根本から変えようと立ち上がった行動力に感動しました。

ところで、博士が亡くなった後、インドで仏教はどうなったのですか？

釈迦　アンベードカルという強い求心力を失ったことで、仏教徒集団の活力が落ちて、インドで仏教はそれ以上に大きく広がることはなかったが、ヒンズー教から改宗した『不可触民』仏教徒の中でしっかり守られ続けていったよ。

ところでそなたたちは、アンベードカルの死から十三年後に、博士の偉業を引き継いだ一人の日本人が居ることを知っているかね？　インドのナグプールに現れて、博士の遺志を継いで仏教の復活を図り、『不可触民』出身者を中心とする仏教徒の精神的主柱となって、彼らの社会的地位向上のために心血を注ぎ、インド仏教界の最高指導者として今も活動している人物が居るのだよ。

正岡　その日本人は何と言われるお方ですか？

釈迦　佐々井秀嶺師だよ。

正岡　お名前は聞いたことがあります。たしか、日本では日蓮宗の僧侶だったようです。

釈迦　佐々井秀嶺師は、最初はインドのラージギルで日本寺院の建立に当たっていたが、その仕事をほぼ終えた時、夢に現れたナーガルジュナ（龍樹）から『南へ行け』と指示をされたそうだ。そこで、彼は仏教徒が大勢住んでいる南方の町ナグプールに一人で移り、アーベントカル博士の存在と彼の意志を知った。そして、『不可触民』ヒンズー教徒から改宗し社会の底辺で苦しんでいる人々に対して、改めて仏教を通しての正しい生活と精神的自立の指導を始めて、次第にインド仏教復興運動の中心的リーダーになっていった。

こうした活動の中で、仏教徒の増加を危惧したヒンズー教徒らによって佐々井師は不法滞在の罪で訴えられ逮捕された。だが、人々の嘆願で釈放されると、彼はすぐにインド国籍を取り帰化をして、さらに活発に活動を続けたのだ。

以来、佐々井師のインド滞在は四十年を超え、彼の仏教徒への指導と影響は全土に拡がっており、仏教徒数はインド人口の約一割、一億五千万人にまで増えた。そして、佐々井師はインド政府のマイノリティ委員会仏教徒代表に任命されて、インド仏教界の最高指導者として現在も活動している。さらには個人的にも、日本のＩＴ企業と連携を取って『不可触民』出身の優秀な若手人材を日本へ送りこんでおり、この二十年間で約五十人がエンジニアとして日本で活躍しているのだ。

佐々井師についての話はこれくらいにしておくが、大切なことは、アンベードカル博士も佐々井師も、私の『ブッダの教え』を基にして、社会の中で現実に苦しんでいる人々の問題を解決する活動をしていることだ。

現代インドに再生した仏教は、生きている人々に対する『活きた仏教』であり、決して『死者のための仏教』ではないのだよ。


お釈迦さまのお話は力強かった。

仏教思想を根底に置いて、矛盾に満ちたインド社会の改革に尽力したアンベードカル博士と、それを引き継いだ日本人僧侶の佐々井秀嶺師の活動は強く三人の心を打った。

そして、八百年の空白の後に、仏教の原点である『お釈迦さまの思想』から再出発をして、現代社会に復活しつつある『インド仏教』の姿と、千五百年間綿々と続いてきた『日本仏教』の現在の姿とを比べていた。そこには、お釈迦さまが期待されている『仏教本来の姿』が改めて明らかに見えていた。

ブータン王国

釈迦　ここで、そなたたちの参考になる国として、『ブータン王国』について少し触れておこう。この国は別名『幸福の国』と呼ばれていて、仏教を国教とするユニークな国なのだ。

阿南　名前は聞いたことがありますが、良く知りません。どんな国なのでしょうか？

釈迦　かつて、ヒマラヤ山脈の南麓にチベット仏教を国教とする王国が五つあった。だが、現在、唯一残っているのは『ブータン王国』だけで、この国は独立王国として存続するだけの優れた特徴を持っているのだよ。

九州ほどの国土に約七十万の人口を持つ小さな王国で、中国（チベット）とインドに国境を接し、北の高い急峻な山脈と南の深い密林が天然の要塞となって永らく鎖国状態にあった。

しかし、一九六〇年代に中国のチベット支配が進んだ時、ヒマラヤ越えの軍事圧力の強まりに国家の危機を感じたブータンは、南のインドに接近をして開国した。そして、国連に加盟して独立国としての立場を明確にし、水力発電の電力と農産物輸出で国の経済基盤を固めながら、観光立国を目指している国だ。

阿南　中国とインドの大国に挟まれたヒマラヤの小国が、独立国として発展するのは相当に大変でしょうね。

釈迦　それだけに、国家リーダーの正しい判断と優れたリーダーシップが大切になるのだ。

この国の特徴の一つが優れた王室の存在で、中でも、開国後の第三代と第四代の名君の活動が大きい。世界に先駆けて『国民総幸福』思想を国家方針に掲げて、着実に国の発展を進める姿は世界のリーダーたちの参考になると考えるよ。

開国によって厳しい経済競争と軍事的脅威にさらされる中で、国王と国家リーダーたちはヒマラヤの小国が進むべき道を懸命に模索したのだ。世界の国々の実態を研究して、経済発展の陰に残された大きな貧富格差や開発による環境破壊など、負の遺産を詳細に把握すると共に、ブータン王国の持つ優れた特長を注意深く分析して、国と国民が持つべきアイデンティティを確立し、国の目指すべき方向を明確に定めて憲法に規定をした。

世界のほとんどの国が経済発展至上主義を取り、『GNP（Gross National Product）』指標の向上を最重視するのに対して、ブータンは『国民総幸福・GNH（Gross National Happiness）』の追求を優先するもので、「我々は『国民の幸福』を最重要として、これを向上させながらの着実な『経済発展』を目指す」と、第四代国王が世界に向けて宣言したのだよ。

そして、ブータン国民の幸福は、『王国が持つ豊かな自然環境の中で国民生活の安定的維持』と、『仏教思想を基に国民が身につけている高い精神性の維持』の二つにあると考え、全ての国家活動はこの『GNH』思想に合致することを憲法で保証し、利益追求だけの過激な経済活動や国土開発を厳しく禁止している。

阿南　国の発展を進める中で『国民の幸福』を最優先に掲げ、それを憲法に定めて国を運営するのは貴重なことでしょうね？

釈迦　そうだ。私も永らく人間世界を見てきたが、こうした明確な考えを打ち出した国は今までになかったね。人類史上初めてのことで、日本が『戦争放棄』を憲法に定めたのと並ぶ、世界史上画期的なことであり、常に、百年から二百年先を見据えて国家の運営をしている国だ。こうした思想を打ち出した第四代国王は素晴らしいリーダーだと私は評価しているよ。

また、国王は『仏教の守護者』と憲法に位置づけられており、仏教思想に基づく『慈悲』と『利他』の心を持った政治が実施されている。そして、国の精神的支柱としての仏教僧団を国家予算で保護しているのだ。

ブータンは小さな王国だが、仏教精神に基づき、『GNH思想』を持って統治する優れた国家リーダーと、「自分だけが幸せになっても本当の幸せではない。周りのみんなが幸せになって初めて自分も幸せを感じる」という穏やかな国民性、その傍らで人々を正しく導く『精神的指導者』の仏教僧集団、この三つの存在がしっかりあるのだ。人類が今後目指すべき現実モデルの国とも言えて、世界のリーダーたちがここから学ぶことは多いと思うよ。

お釈迦さまからの『ブータン王国』の紹介は簡単に終わった。だが、仏教思想に基づく風土の中で、『国民の幸福』を最優先にして運営する国が身近なアジアにあることを知って三人は驚いた。

阿南　お話いただいた『ブータン王国』に大変興味を持ちました。早速、日本に帰って勉強をして、機会があれば訪ねたいと思います。ありがとうございました。

第三章　人類への提言

「我には子があり　我には財がある」と
愚かなる者は　こころを悩ます
されど、我はすでに　我のものでない
なんで、子があり、財があろうか
（ダンマパダ〈法句経〉六二）

ブーダストゥーパとアショーカ王柱塔
（ヴァイシャリ）

一、人類への提言

頭上に輝いていた太陽は、既に西の空へと移っていた。

時間の経ったことに気がついた大介は、今回の面会の目的を改めて切り出した。

「お釈迦さま、今日は長時間にわたってお話を聞かせていただきありがとうございました。最後に、私たちがここへ参った目的を改めてお話し、お願いをさせていただきます。

それは、お釈迦さまにこの世にお出ましをいただき、世の人々に語り掛けて、正しく導いていただくお願いです。特に『世界のリーダーたちへの啓蒙と指導』をお願いいたします。また、これに向けて、私たちが事前に準備する事があれば教えてください」

お釈迦さまはそれまでの穏やかな表情を引き締められた。

「そなたたちの望むところは分かっている。だが、それを実現するには幾つかの難しさがあるのだよ。

文明が発達して、私の時代に比べると世界の情勢や社会環境がすっかり変わっている。だから、私がこの世に突然現れて、二千五百年前の『ブッダの教え』を世界のリーダーたちに説いたとしても、彼らは私の言葉に関心を持たないだろう。現代人に対しては、今の時代に合った内容と言葉で語らなければ意味がない。

そこで、私が登場する前に幾つかの準備をして欲しいのだ」

肯定的に受け止めてくださっていた。大介はほっとして、直ぐに尋ねた。

「どんな準備をすればよろしいでしょうか？」

お釈迦さまが言われた。

「そうだな。大きくまとめると、次の三つになる」

人類共通の思想

釈迦　その一つは『人類共通の思想』を創ることだ。聞きなれない言葉である。
阿南　どんな思想なのですか？
釈迦　人類は国家や民族はもちろん個人も、それぞれが単独に生きるのではなくて、地球規模で互いに影響を及ぼし合って繫がっている。従って、自分の国や民族、企業などが、自分だけの利益を追求する勝手な行動は許されないのだよ。
今までの文明が『善』としてきた『力の政治』と『資本主義経済』自由競争の下では、もはや六十億人を超える人間が公平で平等に生きることは難しくなっている。
だが、世界のリーダーたちは、未だ過去の歴史や宗教などに捉われた独善的な『価値観』で動いており、武力と経済力の強い者が『正義』を作り、富を独占する不平等が地球を覆っている。人類は国家や民族、宗教の壁を越えられず、個人は『我欲』や『過度の欲望』を克服出来ずにいるわけだが、その根本には人間が真の正しい『価値観』を持っていない問題がある。

今まで人々は、それぞれの民族や地域の宗教が示す個別の『価値観』の下で生きることが出来た。しかし、人間の活動がグローバルになった現代と未来に於いては、個別の『価値観』を超えて世界の全ての人々が共感できる『人類共通の思想』が大事になる。即ち、『人間』を深く掘り下げて、最新の科学的知見で裏付けた新しい思想が要るのだ。

世界中の人々がこの新しい『人類共通の思想』を身につけ、お互いを理解し尊重し合って、平和な共存を当たり前とする世界を目指すべき時代に居るわけで、そのために必要な基本の思想なのだよ。

阿南　私も現代世界の状況を憂いていますので、こうした思想の必要性が良く分かります。

釈迦　では、ここで、新しい『人類共通の思想』の基本になる大事な点を話しておこう。

まず、『人は生物の一種である』ことの意味をしっかり踏まえることだ。

人は脳の知的活動によって文明を築き、大きな発展を見たが、この過程で謙虚さを忘れてしまった。『人は生物を超えた存在』で『他の生物を支配する特別な存在』の考えを当然としている。もっとも、これは近代文明をリードした西洋世界の根底にある、ユダヤ教の聖典やキリスト教の『旧約聖書』が与えた影響が大きいのだが……。

改めて言うと、『ヒトは生物進化の流れの中に現れた一つの種』に過ぎず、三十六億年前の原始の地球で生命が誕生して以来、生物絶滅の危機を何度も乗り越えながら、綿々と継がれてきた生命の流れの一つとして現在の『人』が居る。この意味は、全ての生物が共通の『遺伝子』と呼ばれる蛋白質を先祖から受け継いでおり、遺伝子構成の違い、即ちゲノムの違いで、それぞれ固有の生物形態が作られ、固有の活動を生み出していると言うことだ。

人も同じ遺伝子を受け継いでいるわけで、生物が持つ生理的ダイナミズムから離れることが出来ないのだよ。

このダイナミズムには、生物の本質となる二つの大事な活動がある。

一つは『何が何でも生き続ける』、即ち『自分の遺伝子が作る生命を最大限に守る』ことだ。もう一つは、生きる中で『子供を作り育てる』、つまり、自分が受け継いだ生命の遺伝子を次の世代につなぎ、未来へ向けて繁栄させることなのだ。人間においてもこの二つが『生きる基本』なのだが、実は、この実現を図ろうとする本能が、自分中心の『我欲』や『過度の欲望』を生む根源になっているのだよ。

もう少し詳しく言うと、生物はこの最大の目的である『生き続ける』を実行するために、体内に侵入してくる病原菌などの異物を殺して排除する『免疫システム』を備えているが、この本性は身体の外部においても同様に発揮されて、他人が自分の『縄張り』に侵入すると力で追い出し、時には殺して排除をする。

こうした自分の生命を保護する行動を司る遺伝子を『利己的遺伝子』と呼び、生物進化の長い歴史の中で日常的にスイッチ・オンが繰り返されたことで、この『利己性』は自然に発現する『本能』となっている。

人も先祖からこの『利己的遺伝子』を引き継いでいるので、元来、人の本性は自己中心的であり、他者と平和に共存することの方が異質なのだ。

他方で、人は共同生活を営む中で、「反目するよりも仲良くする方が良い」と知り大脳を発達させて他者と共に生きる『社会的知性』を身につけた。この『知性』で『利己的遺伝子』が生む本能的な行動を抑え込み、さらには、利他的行動を促す『利他的遺伝子』を獲得したのだよ。人間誰もが、この『利他的遺伝子』も先祖から受け継いでいるのだが、進化の中でこの遺伝子を獲得してからの生物的時間が短いために、まだ自然に発現する本能レベルに至っておらず、個人の脳の中で眠ったままにある。従って、この遺伝子を発現させる刺激を、外部から繰り返し与えることが必要なのだよ。

そこで、世界中の人々がこの『人類共通の思想』をしっかり身につけ、それぞれの脳に内蔵する『利他的遺伝子』に刺激を繰り返して与えることで、自然にスイッチ・オンして発現するように訓練を積まねばならない。

この『利他』の心が定常的に現れて初めて、人類は同じ同胞として地球上で共存する道を歩むことが出来る。

先程、『人類共通の思想』が最初に必要だと言ったが、これが全ての出発点になるからだよ。

三人は頷いた。

世界共通のテキストと共通の言語

釈迦　二つ目の準備は、今話した『人類共通の思想』を分かり易く書いた『世界共通のテキスト』

を作ることだ。

いま世界各国で使われている教科書は、それぞれの国や民族固有の歴史と思想を基に作られているので、その思想基盤は各国バラバラであり、人類全体の視点での『普遍性』が欠けている。

この状況を改善するために、各国の既存の教科書を補い、また、それぞれの世界宗教が大切にしている『聖典』や『聖書』の教えを補うための、新しい『人類共通のテキスト』が必要になるのだ。

世界のどの地域、どの国においても、すべての子供たちが『世界共通の教科書』から『人類共通の思想』を学び、それを精神的支柱にして成長していく。また、責任ある立場のリーダーたちも謙虚にこのテキストの思想を学んで、深く考え、新しい人類的な『価値観』を持って国や企業組織を正しく運営するのだ。

これは人類が国や民族、宗教の壁を越え、より善い世界作りに向けて建設的に語り合う基盤となるテキストであり、グローバル時代を生きる人類が、『真の人間の時代』を建設するための精神基盤となるテキストなのだ。

そこで、日本人への頼みだが、まずは日本語でこのテキストを作って欲しい。次に、それを世界中のすべての国や民族の言葉に翻訳をして、共通の内容と価値観を持つ『世界共通のテキスト』を整えるリードをして欲しいのだよ。

だが、まだ問題が残っている。

それは、世界の民族や国々が使う言葉の問題だ。現在、約八千の言語があるとされるが、この言葉の違いこそが、世界の人々の相互理解と信頼を難しくしている根本的原因なのだよ。

確かに情報技術が進歩して、今まで以上に他国の人々の情報や知識を入手出来るようになった。また、翻訳技術が大幅に進歩し、コミュニケーション時の強い助けになるだろう。しかし、これらは人類が理想の世界に到達するまでの補助的手段であって、人間同士が本当に分かり合い心から信頼し合うには、相手の顔を見ながら、同じ言葉で深く語り合うしかない。これが人間の本質なのだから、世界中の人々が生まれながらに語る統一の言語が大切であり、どんなに時間が掛かろうとも、人類は共通の『地球言語』を持つ世界を目指すべきなのだ。

先ほど、暫定的に日本語から各国や各民族の言葉に翻訳をして、個別のテキストに発展させるように頼んだが、翻訳にはそれぞれの文化や民族性が影響して微妙な誤解を生む問題が残っており、最終的には、世界で統一された『地球言語』で書かれた真の『人類共通のテキスト』が必要になる。

また、併せて、世界中の人々がこの共通語を自由に操るための教育システムを完成させなければ、活動は完成しないのだよ。

ところで、世界統一言語として英語を推す声も多くあろうが、人類の将来からみるとそれは不適切と考える。何故なら、英語は世界の一部の人々が使っている言葉に過ぎず、長期的には英語圏の人々が世界をリードし続けるとは限らないし、むしろ英語圏の人々に対して誤った優越感を与えて、彼らに他の民族を謙虚に正しく理解する妨げになる恐れがあるからだ。世界統一言語は、『エスペラント語』のような人類の新しい共通語『地球言語』であるべきだろう。

他方で、言葉は民族固有の文化や伝統に根差したアイデンティティの基盤になるものだから、それぞれ固有の言葉は尊重されて残されるべきと考える。これからの地球時代を生きる人間は、それぞれの国や民族の母国語と、『地球言語』の二つに幼少時から馴染み、自由に操れて深く考えることが出来る言語教育に進まなければならないのだ。

安井 人間は二つの言葉を同じようなレベルで自由に操ることが出来るのですか？

釈迦 そうだ、出来るのだよ。人は本来どんな言葉も話せる言語遺伝子を持っていて、胎児の段階で既に脳の中に言語神経ネットワークが準備されている。出生後に、複数の言葉を聞き話す環境の中で育つならば、その潜在的な言語脳が刺激されて多数言語能力が発現されるのだ。三歳児位までを日常的に二つの言語環境の中で過ごせば、母国語の他にもう一つの言葉くらいは同じレベルで扱え、十分に深く考えられるようになる。ただし、四歳を過ぎるとその能力が消失して、学習知識として記憶をするために、言語反応に時間が掛かるし、深く考える脳が形成されなくなる。

従って、家庭で両親が話す言葉の一つが『地球言語』でなくてはならず、この実現には何世代もの長期的計画となるが、人類の意志として、未来を生きる乳幼児を『地球言語』環境の中で育てる仕組みを作ることが大切だ。

阿南 旧約聖書の創世記の章に『バベルの塔』の物語がありますね。人間が力を合わせ、神の世界に届くような高い塔を作るのを防ぐために、神は人々の言葉をバラバラにして、互いに協力出来ないようにしたとの記述です。また、新約聖書の『黙示録』の章に、すべての『民族』『国民』『種族』と並んで、すべての『言語の異なる人々』の記述が二か所もあります。

これらの記述は、遠い昔から言葉の違いが人類における問題として意識されており、言葉の壁を越えることの大切さを早くから示しているように思えます。

釈迦　その通りだ。人は二千年以上も前から、人間が対立して争う問題の背景に、言葉の違いがあることを意識していた。だが、人類はそれを根本的に乗り越える努力をしてこなかったのだよ。

これからの地球規模で生きる人類は、今までの国や民族の個別的で独善的な考えを離れて、地球規模の発想と普遍的思想固めに共同で取り組むべきであり、ここには人類の統一言語が不可欠なのだ。

精神的指導者の輩出

釈迦　三つ目は、世界中の人々に『人類共通の思想』の真髄を語り、正しく導く大勢の優れた『精神的指導者』の存在がある。これには二つの異なった役目の指導者が要るね。

一つは各国の学校教育を通して子供たちを指導する『優れた教師』であり、もう一つは、国や民族、企業のトップリーダー層に直接影響を及ぼすことが出来る『精神的指導者』、即ち、彼らの身近な『師』である。

このためには、世界中で『優れた教師』や『質の高い精神的指導者』を大勢育成する組織が必要になり、しかもその仕組みは、人類が世代を超えて永続的に優れた『精神的指導者』を生み続けるものでなければならないわけだ。

一世代や短期間の平和な世界は実現出来るかもしれないが、これを永続させなければ人類にとって意味はなく、この困難な課題を達成する恒久的な仕組みも必ず作らなければならないのだよ。

以上の三つの事柄が私の『人類への提言』で、そなたたちにはこの準備を頼みたいのだ。

だがこれには、世界の国々が積極的に参加して活動する国際機関が必要であり、また、世界の国々のトップリーダーたちがその大切さを理解することが不可欠なので、準備活動は広く大きな展開を考えて欲しい。

お釈迦さまから壮大な『人類への提言』を聞かされて、三人の心に戸惑いがあった。

それを承知されているかのように、お釈迦さまは別の視点から話を始められた。

釈迦　人類がこの三つの内容を完全に達成出来るまでの道のりは長いだろう。何世代、いや、何世紀も掛かる。だが、これまでに人類が費やしてきた長い歴史と比べれば、それはわずかな時間に過ぎない。この目標実現に向けて早くスタートを切り、それを着実に継続することが大切なのだ。逆にこれが実現出来なければ、人類は自らが生み出す文明の罠の中で、必ず滅亡を迎えるだろう。

人は脳を発達させて進化してきたが、この先も脳をさらに発達させ続けることは明らかだ。特に、過去三百年という生物学的にわずかな時間の中で、人間の脳が作り出した『科学・技術』と『自由資本主義経済』の両活動は、いまや凶暴な姿を取って地球上を覆っている。

既に人類絶滅に十分すぎる核兵器があり、その使用を核保有国のリーダー判断に委ねる危機的状況がある他に、通常戦争はロボット兵器が常態化し、今まで以上に悲惨な状況を生むだろう。

また、遺伝子操作によるクローン人間が創作され、人工知能（ＡＩ）による人間社会支配が進む中で、「人間とは何をするものか？」の『人間存在意義』が問われている。そして一層の富の偏在が常態化した社会の出現が予測され、人間がこれらをコントロールするのが不可能なところまで迫っている。

生命誕生以来、三十六億年の間に七回の生物絶滅の危機があったとされるが、それらはいずれも地球環境の大激変によるものだった。しかし、いまや人間は自らが生む文明の手で人類滅亡の道をつき進んでいる。

こうなった理由は、それぞれの活動が既に自己目的化して一人歩きしていることだ。その基本にあるべき『誰のための活動か？』『何のための活動か？』の視点が完全に欠落しているのだ。本来は『人類共通の思想』が先頭に立って、両者をリードしなければならなかったのだが、人類はこの大切なコントロールを放置してきた。

敢えて言う。『人類は一度立ち止まるのだ！』

そして、徹底的に考え、『深い智慧』を持って、『真の知性』が作りだす『人類の新しい道』へと歩み直すのだ。

そなたたち日本人が中心になって、新しい『人類共通の思想』作りをスタートさせ、日本の中でそれを着実に展開して欲しい。その上で、世界中にそれを広め定着させるために、国際的運動の端緒を開いて欲しいのだ。

私はこれらの準備が進む様子を見ながら、適切な時に地上へ登場するとしよう。

大介は真剣だった。大きな渦に引き込まれる不安で目まいを感じたが、大介の精神はお釈迦さまの言葉を噛みしめていた。そして、自分の考えを言った。

阿南　お釈迦さまは、いま、人類に向けて大切な課題を授けてくださいました。

この中で最も基本となるのは『人類共通の思想』です。私はこの思想の根幹にお釈迦さまの『ブッダの教え』の本質を置くべきと考えますが、どう思われますか？　またこの他にも大事だと思われる点をアドバイスしていただけませんか？

釈迦　そうだな。私の『ブッダの教え』は二千五百年前に明らかにした『真理』だが、その根底に『生物としての人』と『社会生活を営む人間』の両面からの思想を置いており、その上で『人生をどう生きれば良いのか』を説いたものだ。だから、私の思想は大自然はもとより『宇宙の真理』にも繋がっているので、いつの時代のどの地域、またどの民族にも通じる『人類普遍の真理』に相当すると考えている。けっして大昔の古臭い思想ではないので、そなたが言ったように、私の教えを『人類共通の思想』の根幹に据えてもらって良い。

お釈迦さまの言葉は明確だった。

二、アドバイス

釈迦　少しアドバイスをしておこう。

まず、この『人類共通の思想』の表現には工夫が要ることだ。それは、現代人の心を強く引き付けて、その意味の大切さが分かってもらえる言葉でなければならないわけで、かつて私が説いたパーリー語の言葉を、そのまま翻訳して使うのでは不十分だよ。

現代人に頼みたいことは、私の『ブッダの教え』の本質をしっかり理解した上で、宇宙物理学や量子力学、物理化学、生物学、発生学、生命科学、細胞科学、脳科学などの最新成果を使って私の思想を裏づけし、現代人の納得がゆく表現に焼き直すことだ。

例えば、『宇宙誕生』から『宇宙構造の成立』、そして『地球誕生』と『生命の誕生』、また『遺伝子と生物の進化』、その中での『ヒトの誕生』、さらに『人の脳の発達』などについての豊富な知見があるだろう。また、地球上各地への人の移動と拡散に始まる『人間の歴史』についても、最近は沢山の新しい科学的知見が得られており、これらを使って『人間とは何か?』、また『人間のより善い生き方とは何か?』を新しく描き出すことで、二千五百年前の私の教えは現代人の身近な思想として蘇るだろう。

今までの仏教界は、『法』や『真理』を唯心論的立場で説いてきたが、それだけでは科学的知識が増えた現代人には不満足であり、宗教離れを引き起こす。現代科学が明らかにした知見を以ってそれを裏づけて、唯物論的立場でも説き示し、現代に相応しい『法』と『真理』に位置づけ直すことが大切なのだ。

大介にはアドバイスの内容がよく理解出来た。

三人の様子を見て、さらに話を続けられた。

釈迦　もう一つアドバイスをしておきたいが、そなたたちは『イエスの思想』や『ムハンマドの思想』も勉強しているかな？　新しく作る『人類共通の思想』を世界中の人々に受け入れてもらうためには、私の『ブッダの思想』と併せて、これらの思想もしっかり学んでおいて欲しいのだよ。

阿南　それはキリスト教やイスラム教の思想とは違うのですか？

釈迦　違う。違うのだ。聖書や聖典に書かれた言葉は、イエスやムハンマドが亡くなった後、教会や教団組織が固まった頃の人々によって書かれ編纂されたもので、『人間イエス』や『人間ムハンマド』が考えて行動を起こした当初の純粋な言葉とは違うのだよ。

そなたたちには、『人間イエス』の『深い人間愛』や、『人間ムハンマド』がイスラム聖典に遺した『高い倫理思想』を学んで欲しい。二人の思想家の根底を貫く『真理』を抽出すれば、私の『ブッダの思想』につながる普遍性を見つけることが出来るだろう。それらは『人類共通の思想』の根幹に触れる大切な内容だと私は考えている。

実は、私は天上界でイエスとムハンマドに時々会っているのだよ。

私たち三人は共に、『言葉や表現が違っても、基本の思想は一緒だ』と考えており、お互いを尊敬している。それは、彼ら二人が地上に居た時に主張した『人間の正しい生き方』の中で、『人間の平等と公平』、そして『人間愛での助け合い精神』を大切にしており、私の説いた『慈悲』と『利他』の心や、『中道』の精神と共通するところが沢山あるからだよ。

阿南　私はキリスト教とイスラム教についても勉強したのですが、分からないことが沢山あります。お釈迦さまがイエスとムハンマドから直接聞かれた内容をぜひ教えてください。

釈迦　そうだな、イエスの言葉や行動はキリスト教の『新約聖書』の中に、また、ムハンマドのそれは『コーラン』の中に書かれているが、これらの内容を正しく理解するには、紀元一世紀前後のユダヤ社会と、六世紀のアラビア社会の状況を知っておかなければならない。なぜなら、イエスとムハンマドが行動を起こした背景に、どうしても放っておけない社会状況があったのだからね。

イエスを語る

釈迦　先に、イエスから聞いたことを話そう。

イエスが誕生した当時のイスラエルはローマ帝国の支配下にあって、人々は圧政と重税で苦しんでいた。

その中でユダヤ人社会はすべて律法に支配され、人々はユダヤ教の律法通りに生きることが正しいとされた。そこでは弱者への差別は当然とされており、社会から見棄てられた沢山の人々が、貧困と重い病に苦しむままに荒野へ放置されていたのだ。

そして、ユダヤ人は『ユダヤ教』聖典に書かれた言葉を根拠にして、自分たちは『神に認められた民族』であるとの強い選民意識を持ち、周辺に住む他民族や異邦人を卑下していた。

また、社会の指導的立場にあるユダヤ教聖職者や律法学者たちは、社会の弱者や異邦人を『ユダヤ社会からの除外者である』とみなし、救済はおろか一緒に住む意識を全く持っていなかった。

イエスの目に映る聖職者たちは、世襲の特権的地位を守ることのみに熱心で、ローマ帝国から派遣された総督に迎合する堕落した姿であり、また学者たちは律法の一語一語を大切に解釈して説くが、悩みを訴える人々に対しては単に、『律法を守って生き、神に生贄を捧げて祈れ』と指導するだけの形骸化した学者に過ぎなかった。

イエスはこうした現実を深く悲しみ、社会の底辺で悩み苦しむ弱い立場の人々を救うために、不平等と不公正と欺瞞に満ちたユダヤ教社会を中から変えようと立ち上がったのだよ。

正岡 イエスは純粋な宗教者だと思っていました。しかし、実際は堕落した宗教界の改革を目指したとのことで、中世ヨーロッパで宗教革命を起こしたマルティン・ルターのような存在だったのでしょうか？

釈迦 そうだな、少し違う活動だが、まあ近いイメージを持っておいても良いだろう。

イエスは硬直したユダヤ教の聖職者や指導者を強く批判しただけでなく、『神』に対する姿勢にも変革を促して、ユダヤ社会を頑なに縛っている宗教の面から変えようとしたのだ。

律法が教えるそれまでの『神』は、「ユダヤ民族を守る代わりに、すべてを忠実に従わせる『契約の神』」で、人々にとって『怖れる神』であり、また、預言者を通してしか『神の言葉』を知ることが出来ない『遠い神』だった。

しかし、イエスが考えた『神』は、ユダヤ人弱者も他民族も全ての人々を公平に導く『父なる広い愛を持つ神』であり、いつも人々の身近に居て見守ってくれる『優しい神』だった。

正岡 全く正反対の『神様』だったのですね。でも、これを主張することは危険だったでしょうね？

釈迦 そうだよ。だが、イエスは人々に呼び掛けた。

「聖職者や律法学者たちが言うことに、盲目的に従うのを止めよ！」と。

そして、『神』を身近に感じて『心から信頼』をし、『神』が望む生き方である『すべての人を愛する』を日々に実践するならば、その人は『神』に直接繋がることが出来て、終末の日には『救われる』と説いたのだった。

イエスは社会の底辺に居る人々に優しい目を向け、励ましの言葉を投げ掛けた。そして、上流階級に対して彼らの具体的な救済を求めたが、世の中に変化は起こらなかった。

逆に、イエスに希望を託す大勢のユダヤ人は、イエスが目指すユダヤ教社会改革の意味を理解せず、イエスに対して、ローマ帝国の圧政からイスラエルを解放するユダヤの王、『救世主（キリスト）』としての力の行動を期待した。また、師イエスに付き従ってきた弟子たちさえも同様で、唯一の理解者は弟子のユダだけだった。

状況を嘆いたイエスは、ついに自らの生命を懸けて人々を目覚めさせようと決心をしたのだ。すべての計画をユダに話して、自分の行動をユダヤ教聖職者に伝えるように指示をした。その後、他の弟子たちが危険だと止める言葉を振り切ってエルサレム城内へ入り、自分の存在が目立つように神殿の前で騒動を起こして聖職者たちに挑戦をしたのだ。

かねてより、イエスの活動につき従う人々の数が増える状況に脅威を感じていたユダヤ教聖職者たちは、この機にユダが伝えた情報を基にしてイエスを捕らえた。そして、ローマ総督に引き渡して社会騒乱の罪で強く死刑を求めた。

ローマ総督からは要請通りに死刑判決が出されて、イエスはユダヤ式の石打ち刑でなく、ローマ式の十字架刑に処せられた。イエスは十字架の上で、この上なく信頼していた『父なる神』に向けて最後の救いを求めたが、『神』は沈黙したままで何も奇跡は起こらなかった。

かくしてナザレ人のイエスは、ユダヤ教社会の変革を目指す途中で死んだのだった。

こうした行動を取ったイエスを表現すると、『父なる神』の広い『人間愛思想』を基にして、ユダヤ教改革を図り、より善い人間社会の実現を目指した『行動する思想家』だったと言えるね。

三人は引き込まれるようにお話を聞いていた。


釈迦 実は、そなたたちの知っているキリスト教は、イエス自身が起こしたのではなくて、十字架刑で死んだイエスの『復活』物語からスタートしているのだよ。このことも少し話しておこう。

イエスの死刑を知った弟子たちは驚き慄いて身を隠したが、師が自ら望んで死に赴いた意味を深く考え、師の存在の大きさを知った。師を思う中で、イエスが何時も直ぐ傍らに居られるように感じて、死したイエスは弟子たちの心の中に復活をしたのだ。

そして、「イエスはこの世に遣わされた『神の子』であり、人類すべての罪を背負って死に赴かれ、一旦は『神』のみもとへ帰っていかれた。そして、再び人々の救い主キリストとして復活をし、いつも我々の身近で願いを受け止め、神の道へ導いてくださる」との物語を創作して、それをイエス・キリスト信仰の基本思想としたのだよ。

しかし、弟子たちがこの思想を掲げて開始した『初期キリスト教』の活動は、ユダヤ教への反抗とみなされて弾圧を受け、エルサレムを離れざるを得なくなった。ペテロたち弟子を中心にしたキリスト教の布教活動は異邦人の地シリアへと移り、さらにパウロも活動に加わって、ギリシャやエジプトなどの多神教地中海世界へと拡がり、帝国の都ローマに達した。

ここでも、居留していたユダヤ教徒と多神教に慣れ親しんだローマ人や皇帝から激しい圧迫と弾圧を受けたが、弟子たちは地下に潜って布教活動を続け、信仰者が増えていった。

この時期のローマ帝国は、版図が拡大したことで多様な民族を包含しており、強い求心力となる思想を必要としていた。そこで、時の皇帝コンスタンティヌスは、信者を増やし続けていた『キリスト教』信仰を公認し、その後に、ローマ帝国の国教に定められていった。そして、他の全ての神々への信仰が禁止され、『キリスト教』の教義の中に『神の子』イエスが救世主として明確に位置づけられた。ここに『ローマ・キリスト教』が確立したのだ。

また、それまでに流布していた『イエス・キリスト』と弟子たちの様々な言葉や行動の書物が集められ、ローマ教会は意図を持って選択した文書で『新約聖書』を編纂し、キリスト教の『聖典』として権威づけた。

そして、キリスト教徒の中核組織とされたローマ教会は、皇帝の庇護を受けて強大な権力と財力を持つに至り、壮大な建築と儀式による権威化を進めて立場を固めていった。そして、千五百年後の現在まで、世界で最大の信者を持つ宗教『キリスト教』として続いている。

そなたたちはここに、ユダヤ教社会を改革しようとした一人の『行動する思想家』ナザレ人のイエスから、人類の救世主である『神の子　イエス・キリスト』へと大きく姿を変えた経緯と、世界宗教へと発展していったキリスト教の原点を見るだろう。また、『神』の姿として、『旧約聖書』が教えるユダヤ民族の『畏れる神　ヤウエ』から、イエスが説いた『父なる広い愛の神』、さらには後の優れた弟子たちが思い描いた『母なる深い慈愛の神』を合わせ持つ、『人類全体の神』への変貌を見ることが出来るだろう。

ところで、イエスは大変残念なことがあると言っていたのだよ。

彼はユダヤ教社会の改革を目指したが、ユダヤ民族が『唯一の神』として信仰していた『ヤウエ神』を否定することはなく、むしろ尊重をした。その一方で、他の民族がそれぞれに持つ神を信仰するのは自然であるとして、他の神々も否定をせず、イエス自身は『一神教』主義者ではなかったのだ。

だが、後に、ローマ皇帝がキリスト教を国教と定めた時に、帝国領土のすべての民に対して、この『唯一の神』とその『神の子キリスト』への信仰を命じ、他の神々への信仰を禁止した。帝国統治の求心力として、『唯一の神』と『唯一の思想』への信仰は必要だったとしても、この決定がカトリック教会に引き継がれてさらに厳格化したことで、人類世界に大きな問題を残している。

『唯一神』の『キリスト教』は、十六世紀の大航海と植民地獲得競争で世界に広まる中で、各地に土着する民族信仰を禁止して改宗を迫り、多くの現地人の血が流される歴史を作った。

また、ユダヤ教とキリスト教の『一神教』思想は、後にムハンマドによってイスラム聖典『コーラン』の中に取り入れられたが、同じ『神』を戴きながらも、互いに排他的信仰のキリスト教徒とイスラム教徒との間には、聖地エルサレム巡る十字軍などの戦が繰り返された。さらに、現代でも世界各地で複雑な宗教間対立と抗争が続く原因になっている。

イエスは自分の死後に形作られた、排他的なキリスト教会の姿を非常に残念としていたよ。

そもそも『宗教』は人の心の問題で、地域や民族で多様な姿を取る方が自然なのだが、世界中の人々が同じ対象の信仰に至るには、そこに人為的な力、即ち、権威や権力が働いて組織化された歴史があることを忘れてはならない。これが教会や教団の姿だよ。

お釈迦さまから聞いた『イエスの話』は刺激的だった。

阿南　キリスト教はイエスが作った宗教だと思っていましたが、現在私たちが見る『キリスト教思想』は、イエスの弟子たちの布教活動と、ローマ帝国の政治事情の中で出来上がったもので、イエス自身が考えていた思想とは違ったものなのですか？　これは驚きです。でも、ローマ帝国の国教として出発した宗教思想が、千五百年を経た今でも、世界のキリスト教徒の考えを支配していることに不思議さを憶えます。なぜ、その後の時代変化の影響を受けずに、しっかり守られてきたのでしょうか？

釈迦　それはローマ教会、後にカトリック教会と呼ばれる宗教組織が保守的な行動を取り続けた結果だよ。

キリスト教はローマ帝国の政治力を背景に世界宗教の地位に就いたわけだが、カトリック教会はこの基盤の安定を図るために、『旧約聖書』や『新約聖書』に書かれた言葉や内容に関する新しい解釈と理論を、『異端』として完全に否定して、頑迷なまでにキリスト教の伝統的思想を守り続けたのだよ。

人類の視点からこれを見ると、キリスト教会の頑迷なまでの保守性は、人々の思考に大きな問題を残している。

お釈迦さまの話に聞き入っていた幸子が尋ねた。

安井　それはどんな問題なのでしょうか？

釈迦　実は、その後の人類進歩の中で獲得した科学による『新しい知』や『新しい真理』と、『聖書』に書かれたキリスト教思想の基本的内容の矛盾が明白になったが、この事実をキリスト教会組織が認めない為に、世界の大勢のキリスト教徒が旧来の信仰内容に基づく思考のままにいるのだよ。

人間世界には、『権威や権力の後ろ盾があれば、偽の創作物語でも真理や正しい歴史観になる』ことは度々あるだろう。

阿南　カトリック教会を中心とするキリスト教組織の保守性が良く分かります。また、日本にも、神話的な『古事記』や意図を以って書かれた『日本書紀』が作る『皇国歴史観』を強く主唱する人々が居ますね。別のアメリカの話ですが、ダーウィンから出発した『進化論』を否定して、『旧約聖書』通りの『神が人間を作った』と書いた教科書で教える学校が多くあると聞いたことがあります。一方で、こうした実態を知って、最近のヨーロッパやアメリカのキリスト教徒の若者の間で、教会離れや信仰離れが多く出ていることも耳にします。

お釈迦さまは大介の言葉に黙って頷かれた。そして、ゆっくり水を飲まれた。

釈迦　ところで、イエスが教えた父なる神の『広い愛』と、母なる神の『深い慈愛』から成る『人間愛の思想』は、ユダヤ教の聖典や律法の中に示されていないし、当時のユダヤ社会と全く無縁の考え方だが、なぜ、イエスの中にこのような思想が芽生えたのかが分かるかね？

正岡　先程のアショーカ王の話の中にあったと思いますが……。

釈迦　そうだね。アショーカ王の話の中で少し触れておいたが、ここで直接イエスから聞いた話を伝えておこう。

イエスが生まれ育ったガリラヤ地方は都エルサレムから離れた一地方ながらも交易の要所で、外国人たちとの交流が多かった。イエスは若い時から異国の様々な思想や宗教に触れる機会が多くあり、彼の中には柔軟な考え方が養成されていた。そうした環境の中で、イエスはユダヤ教支配の社会に疑問を抱いていったのだ。

当時の世界最大の国際都市で、学問の中心地でもあったエジプトのアレクサンドリアには、インドのアショーカ王が派遣した仏教伝道師たちによって大きなサンガ（僧院）が作られており、私の説いた『ブッダ思想』に関心と共感を持つ数千人もの人々が集まって、修行と研究に励んでいた。この中にユダヤ人学者たちも居て、彼らは『ブッダの思想』をパレスチナに持ち帰ったが、ユダヤ教思想に根本的に反するとして排除されて、荒野で共同生活を営むユダヤ教エッセネ派の人々の間で密かに守られていた。

ユダヤ教社会の改革を目指して荒野で修行を始めた若きイエスは、この人々に接して『ブッダの思想』を知り、その新鮮さに感銘を受けた。そして、エジプトのアレクサンドリアへ行き、禁欲的なユダヤ人共同体『テラペウタイ』で生活をしながら、サンガの仏教徒たちに混じって修行を積み、私の『真理の法』を身につけていった。

イエスは、『周りはダルマ（真理）で満ちている』の私の教えを全身で受け止め、『宇宙のエネルギー』、即ち、宇宙を統べる『神』から発振されたと信じる『生命のエネルギー』を感じて、『宇宙の心』と繋がった。そして、『神』は人々の身近に居られ、『周りは神の愛（真理）で満ちている』ことを悟って、イエスの体内に私の『人間の思想』が染み込んだのだよ。

ついに、彼に『ユダヤ教社会の変わるべき方向』が見えた。それまでユダヤ民族が信じた遠くに居る『怖れる神』を否定し、人々のすぐ近くに居られる『愛と慈しみの神』への転向だった。

パレスチナに戻ったイエスは、この思想を掲げて行動を起こし、硬直したユダヤ教『律法』が支配する社会の改革活動へと突き進んでいったのだ。

これがイエスが話してくれた内容だよ。

阿南　私が新約聖書の記述を基にイエスの歴史を研究した時、十二歳から二十九歳まで十七年間の空白があることに気が付きました。この時期にパレスチナの荒野で仏教思想に触れてエジプトへ行き、アレクサンドリアで修行を積んだのですか？　そうすると、イエスには『ブッダの教え』を詳しく学ぶ機会があったのですね。

ですが、このことはキリスト教の歴史の中には全く出てきません。都合が悪いので一切触れていないのでしょうか？

お釈迦さまは大介の言葉に構わず話を続けられた。

釈迦　さて、『仏教』と『原始キリスト教』の間には、今の話とは逆の交流があったことも言っておこう。

イエスの登場の二世紀程前に、マケドニアのアレクサンダー大王の東方遠征があったが、その帰途に中央アジアに残ったギリシャ兵が幾つかの王国を作っていた。これらの都がギリシャとインド交易の中継基地となって、既に当時から東西交流が盛んに行われており、イエスの『神の愛』と『人間愛』から出発した『原始キリスト教』の思想が、この国々を経て陸路でインド西北部にもたらされたのだ。また、古くからインド西岸の南端に近いコーチン付近にユダヤ人社会が出来ていたが、エルサレムを追われたイエスの弟子のトマスが海路でここに来て、『原始キリスト教』の布教活動を進めていた。

折しもインドは新しい仏教への変革期にあり、この両方のルートで伝わった原始キリスト教思想は、インド西北の地タクシーラを経てガンジス川中流域の仏教中心地へともたらされ、新しい仏教思想に影響を及ぼしたのだ。

特に、自由な雰囲気の商業都市ヴァイシャリーには裕福な商人の仏教在家信者が沢山居て、仏教改革運動が盛んに起こっていた。具体的な信仰対象であり、自分たちを救済してくれる『大いなる存在』を求める風潮の中で、『原始キリスト教』の『愛の神』がヒントになり、『ブッダ』を絶対的な存在『仏（ほとけ）』とする『大乗仏教』の『救済思想』が生まれたのだ。

新しい『大乗仏教』はインド社会に広まり、出家僧でない在家信者に対しても、『仏』を熱心に信仰するならば輪廻の苦しみから救済されるとの望みを与えたわけだ。

この歴史から分かる通り、イエスに起源を持つ『原始キリスト教』思想が、『大乗仏教』の『仏への信仰』と『仏による救済』の思想に、大きな影響を及ぼしたのだよ。

正岡　お釈迦さまの教えがイエスに影響を与え、またイエスの教えを基にした『原始キリスト教』思想が『大乗仏教』に影響を与えたと言うことですか？　仏教とキリスト教の東西二大思想の成立時に、それぞれが影響し合っていたとは驚きです。

釈迦　正岡さん、これは驚く事ではないよ。ただ歴史が正しく伝えられていないだけだ。

一般に、インドとパレスチナは地理的に遠く離れていて、それぞれの思想は独立して生まれた固有のものだと信じていたわけだが、地球はそれほど広くないのだよ。古代の東西両世界の間でも、陸路や海路を使った交易が行われており、文化や思想の面で互いに影響を及ぼし合って人間社会が発展してきたのだ。

ただ、交通手段や情報技術が進んでいない時代には、互いの文化が到達する時間が少し長かっただけで、数百年単位の人類的時間軸で見ると、地球上のどの地域間の距離と時間の差は無視できる範囲なのだよ。

文化や思想は重層構造を取っているので、時間軸で分析しながら過去に遡っていくと、民族や地域間の交流の様子が見え、互いの文化と思想の共通点が分かってくる。

大切なことは、別々と見られる東西二つの宗教、即ち、仏教とキリスト教の根底にある思想は共通しており、それぞれの内奥に『人間愛』と『慈悲の心』を秘めていることだ。これを、しっかり頭に留めておくように！

ところで、そなたたちはキリスト教の宣教師、フランシスコ・ザビエルの名前を知っているだろう。

阿南　はい。十六世紀にインド南部のゴアを拠点にして、アジアにキリスト教を布教させた人ですね。

釈迦　そうだね。だが、ザビエルは単なる宣教師としてキリスト教の布教に努めたのではなく、インド南部で『イエス』の行動を実践した人なのだよ。前にも話したが、かつてアーリア人の侵入時に大勢のインド原住民がインド南部に逃れたが、人間枠に入らない『不可触民』と位置付けられたために、その子孫たちは職にもつけずに貧困の中に放置されていたのだ。ザビエルはその実態を知り、『イエズス会』の根本理念に従って、『イエス』と同じ心を持って『不可触民』の救済に打ち込んでくれたのだよ。

正岡　近年でも同じような話がありますね。インドのコルコタ（カルカッタ）で、社会の最底辺で苦しむ人々の救済に当たったキリスト教徒の女性、マザー・テレサが居ますね。

釈迦　そう、マザー・テレサも同じように、貧困と病気と孤独に苦しむ人々に対して、『イエス』が説いた『無償の愛』を持って活動をしてくれたね。コルコタでの彼女の前には困難が沢山あったが、その度に『イエス様ならどうするだろう？』と、いつも『イエス』に成り代わって活動をしたと言っていたよ。

フランシスコ・ザビエルとマザー・テレサの二人は、キリスト教徒でありながら遠くインドに来て、ヒンズー教社会が見棄てていた不可触民を中心とする社会の最低層で生きる人々を、『イエス』の心を持って献身的に救済してくれた人たちであり、インドの人々は心から感謝をしなければならない。だが、本当は、インドの仏教徒が解決に当たるべき問題だったのだが、その力がなくて残念だったね。

二人の行動は『人間愛』からの『慈悲』と『利他』の実践であり、私『ブッダ』が説いた思想を基にする『仏教』と、『イエス』の思想を基に始まった『原始キリスト教』の底流に共通の思想があることは明らかだ。

だが、後世の人間がこの上に分厚い宗教的な衣を被せ、本質の共通思想を見え難くしてしまった。さらには、それぞれの宗教教団が自分たちの優越性を強調し、排他的な布教を続けたことで、教団も信者も自分たちの宗教だけしか見えなくなり、仏教とキリスト教の間にも現在見られるような大きな差異が生まれたわけだ。

だからそなたたちには、宗教教団支配が始まった以降の仏教やキリスト教の姿を観るだけではなく、それ以前の両宗教思想の原点にある私の『ブッダの思想』と人間『イエスの思想』を、しっかり学んだ上で『人類共通の思想』を構築して欲しいのだよ。

ムハンマドを語る

釈迦　次に、ムハンマドから聞いたことを話そう。

彼は六世紀半ばに、アラビアのメッカ近辺で遊牧生活をしていた有力部族の中に生まれたが、その生い立ちは幸せとは言えない状況だった。誕生前に父親が亡くなり、六歳の時に母親も亡くなって、以後は年老いた祖父に育てられていたが、その祖父も二年後に死亡してしまい、完全に孤児となったムハンマドは貧しい伯父に引き取られ養育された。

だが、厳しい境遇にあっても、部族の人々に助けられ可愛がられて、素直な心を持つ少年に育っていった。

ムハンマドが成長し社会に出た頃のアラビアは、ちょうど時代の変革期にあった。アラビア南部のイエメンとインド西岸を結ぶ沿岸航路が開かれて、インドとローマ世界間の貿易が盛んになり、メッカはイエメンで荷揚げされた物品を陸路運ぶ交易ルートの要所になる中で、多くの部族民が遊牧生活を離れて隊商や商人に転じた。ムハンマドが属していた部族も商売を通して富を手に入れ、大きな力を持つに至った。

こうした社会の中で、成人になったムハンマドは隊商に加わって度々シリアまで旅をし、見聞を広めて優秀な商人になっていった。

メッカは商人の町として栄えたが、個人の富と欲望が優先される社会になり、人々の心が変わってしまった。それまで部族社会の中で永く守られてきた『助け合い・分かち合い』の精神や、砂漠の中で訪れる見知らぬ旅人をも『友人として優しく受け入れる』などの良い伝統風土が消えてしまった。

貧富の差が大きくなり、孤児や寡婦、重病人など社会的弱者が省みられなくなった一方で、強い同族意識だけが残されて部族間の融和は進まず、不利な状況が起こると結束して他の部族を攻めて富を奪い取ることが常だった。

こうした中で、貧しい人々や孤児、寡婦、身障者などの社会的弱者が増えていき、幼少時から孤児の境遇でありながらも、部族社会の良き風土に育まれたムハンマドにとって、それは実に耐えがたく醜い社会の出現だったのだ。

真面目で正直な性格のムハンマドは、やがて、豊かな商家の夫人に認められて結婚をし、メッカで安定した生活を手にした。しかし、大きく変わったアラビア社会の実情を深く憂いて、毎日のように町外れの丘に登っては洞窟の中で考え続けた。精神を集中し深く考える日々の中で、或る時に突然、『神アッラー』の大きな声が響いたように感じた。

ムハンマドはそれを『神の啓示』だと直感して、「神は身近に居られて、常に人々の行動を見守っている」「神の意思は、真理として我々の周りに満ちているが、それに誰も気が付かない」「その真理を明らかにして、具体的に人々に示すのだ」との考えに到った。

神の命を受けたと感じたムハンマドは、アラビア社会改革に向けて行動を起こす意志を固めた。だが、具体的にどんな思想を掲げて、どんな行動をすれば良いか分からなかった。


メッカにはユダヤ人が古くから住んでいたが、後にユダヤ戦争でローマ軍によって国を追われたユダヤ教徒や原始キリスト教ユダヤ人が移り住んできて、大きなユダヤ人社会が出来ていた。ムハンマドは日頃彼らに接する中で、ユダヤ教と初期キリスト教の知識を得ており、また、シリアへ隊商で旅した折にエルサレムへ立ち寄る機会があったので、この二つの宗教についてある程度の理解をしていた。

ユダヤ人たちが守るべき律法として大切にしてきた『トーラー』の中に、『悪の行いを止め、善を行うことを学び、裁きをどこまでも実行して、搾取するものを懲らしめ、孤児を守り、寡婦の訴えを受け入れよ』の言葉があることを知った。正に、自分の目指すところと一緒だったのだ。

そこで、ムハンマドはユダヤ教と初期キリスト教の知識を自らの思想の下地とし、両方の聖典とされる『旧約聖書』の内容をその源流に位置づけて、彼の新しい思想の基礎とした。

また、ユダヤ民族には最初のアブラハムからモーゼを経てイエスに至るまで大勢の預言者が出たが、その中でアブラハムが『神』への最も完全で純粋な帰依者と考えられていたので、アッラー神に対する自分の姿を理想の預言者アブラハムに重ね、アラビア社会改革を実行する決心をしたのだよ。

阿南　旧約聖書の中で、『神』はアブラハムの信仰を試すために、彼の息子イサクを生贄に捧げるように命じました。アブラハムはその命に従って息子を祭壇に捧げ、刃物を振り下ろそうとした時に、『神』の使いが天から声を発して止めさせ、アブラハムの『神』への真の信仰を確認したと書かれています。私は今まで、この話が何故重要なのかが納得出来ていません。愛するわが子を殺すような無慈悲な行動を、なぜ『神』が要求したのでしょうか？　また、そうまでして試さなければ、『神』は自分の存在に自信を持てなかったのでしょうか？　疑問が残っています。

釈迦　その通りだね。イエスの話に戻るが、彼はユダヤ教を学んでいく中で、こうした『怖れる神』に疑問を持つようになったのだよ。そして、悩み、考え続ける中で、私の『慈悲の教え』に出会って目覚め、『愛の神』の思想を固めていったわけだ。

だがね、中近東の砂漠や荒野の過酷な環境の中で生きるには、自分たちをしっかり守ってくれる神であるなら、どんなに厳しい要求をする『神』であっても彼らは信仰して頼りにしたのだよ。だから、絶対的な信仰を約束すれば確実に守ってくれる『契約』が、『神』と人々の間大事にされた訳だ。

アラビア社会の改革に取り組むものの、砂漠の民であるムハンマドにとっては、やはり『厳しく、畏れる神』とその忠実な信仰の徒である預言者のアブラハムは大事に感じられたのだよ。

荒野に生きる人々の『神』の姿は、緑豊かな環境に生きるアジアの人々が抱く『神』の姿とは大きく違う。それだけに、アラビアと同じ環境のパレスチナの荒野で、イエスが思い描いた『愛の神』や『優しく受け入れる神』は画期的なことなのだよ。

阿南　そうなのですね。よく分かりました。

安井　ところでお釈迦さま、イスラム教とユダヤ教の『神様』は同じなのですか？

釈迦　そうだよ。ただ呼び方が違い、アラビア語で『神』という名詞が『アッラー』で、ヘブライ語で『ヤウエ』と言う。両方ともに『神』と呼んでいるだけで、それぞれの『神』に固有の名前が付けられているわけではない。また、キリスト教の『神』もユダヤ民族の『神』と同じだから、三つの宗教の『神』は同じなのだよ。

安井　同じ『神様』を信仰しているのに、三つの宗教の間に争いが絶えないとはおかしいですね？

幸子の言葉に頷きながら、さらに話を進められた。

釈迦　こうしてムハンマドはユダヤ教と初期キリスト教の知識の上に、かつてアラビア部族社会にあった善き風習や道徳的な習慣を加えて、『人間の正しい生き方』の構想を固め、それを乱れたアラビア社会改革の規範にしたのだ。

これは日常生活や商取引などのあらゆる場面で、人がそれぞれに自分勝手な判断で行動するのではなく、全ての人が『神』の定めた真理に従って正しく統一的に行動するべきとしたもので、後に編纂されたイスラム教聖典『コーラン』の基本になった内容だ。

ムハンマドはこの『規範』をメッカの人々に向けて語り、アラビア社会の改革運動に入っていったわけだ。

これがムハンマドが私に話してくれた事柄だよ。

阿南　以前、『コーラン』を読んだことがありますが、様々な内容がバラバラに書かれていて、お聞きしたような内容を読み取ることが出来ず、混乱だけが残ったような記憶があります。どうしてでしょうか？

釈迦　そうだな、読み取り難い原因に二つのことがあるようだね。

それは『コーラン』編纂時の編集順序の問題と、社会改革を進める中でムハンマドの立場が次々と変わり、発言内容が変わっていったことの両方が原因で読み難くなっているようだ。

一つ目の問題は、そなたたちも知っている通り、『コーラン』はムハンマドが社会改革活動に入ってから亡くなるまでの二十年間に語った言葉を、彼の死後に支持者たちが書き記したものだが、それを『聖典』としてまとめる時に、何故か年代順の編集ではなくて、文章の長さの順に並べたのだ。だから全体の脈絡が掴み難く、それぞれの言葉の意味も分かり難くなっている。

二つ目の問題を理解するには、彼の活動経過を知っておくと良いだろう。

ムハンマドがメッカで最初にアラビア社会の改革を始めた時、既得権益を失うことを恐れた人々の迫害によって、彼と彼の支持者たちの命が危なくなり、少数でメジナへと逃れた。

そして、メジナを改革の新しい拠点にしようとしたが、そこは永年に亘って二つの有力部族が抗争を続ける混乱の地だった。ムハンマドは両部族の調停に乗り出して、政治力と思想的指導力を発揮して成功を収め、メジナを安定した社会に変えることが出来た。

彼はメジナの人々から推されて、本来の『宗教指導者』に加えて『政治指導者』の立場に就き、アラビア社会改革運動を進めたのだよ。

しかし、この運動に対してメッカの部族や反対勢力がメジナに攻撃を掛けてきた。ムハンマドは『軍事司令官』として戦闘に明け暮れ、メジナの支持者たちを鼓舞する檄を沢山飛ばしたが、これらも『神から預かった言葉』として『コーラン』の中に書き残されたので、様々な局面の激しい言葉が入っている。

また、ムハンマドが説いた『規範』に反した者は罰を受けたが、それら処罰の内容も『コーラン』に書かれている。そのほとんどは、当時アラビア社会に広まっていた『ハムラビ法典』と、ユダヤ教の処罰内容を参考にして編み出した実用的な罰則であり、ムハンマドが本来目指した社会改革思想とは異なる言葉なのだ。こうした内容がコーランの理解を一層難しくしているのだよ。

だから、聖典『コーラン』から理想のアラビア社会を実現しようとしたムハンマドの『本当の志』や『真の言葉』を読み取ろうと思うと、戦闘や処罰などの激しい言葉に捉われず、メッカ時代の最初期の言葉を拾い出すことが大切になる。ここから、人類に共通する『人間社会を生きる根幹の思想』を読み取ることが出来るだろう。

正岡　『コーラン』では偶像崇拝が禁止されていますが、何故ですか？　ユダヤ教の影響を受けているからでしょうか？

釈迦　確かに、ユダヤ教にならって神の偶像崇拝を禁じたと言われているが、本当の理由は、ムハンマドがアラビア社会に『統一した倫理観』を植え付けようとして決めたことなのだ。

実は、世界の創造神『アッラー』は、アラビアを含む中東地域では古くから広く知られており、最高神として人々の心の中にはあった。他方で、当時のアラビア各部族はそれぞれが信仰する固有の身近な神を持ち、その神の像をメッカの『カアバ神殿』の中に祀ったので、神殿には沢山の神々の像が並んでいた。そして、各部族員は定期的にカアバ神殿を訪れては自分たちの神を拝み、部族それぞれの価値観と一体感を確認していたのだよ。

しかし、神が示す『規範』に従って、人々が正しく生きるアラビア社会を目指すムハンマドにとっては、神は唯一の神、最高神『アッラー』しかなく、部族神とその偶像の存在を許すことが出来なかった。

そこで、既にメジナで政治と軍事の両権力を持っていたムハンマドは、突如メッカの『カアバ神殿』を襲い、各部族の価値基盤である神々の偶像を全て破壊してしまい、唯一神『アッラー』の神殿へと変えたのだ。

そして、崇高な神『アッラー』は人に見える存在ではないので、その偶像を作ることを許さなかった。その代わりに『アッラー神』を拝む時は、全員がメッカの『カアバ神殿』に向かって礼拝するように決めたのだよ。

正岡　良く分かりました。

釈迦「さて、もう一度言うが、私もイエスもムハンマドも共に、それぞれの『社会の矛盾を解決して、人々みんなが平等で公平に、かつ平安に生きていける良き社会に作り変えたい』と願ったのだ。そして、三人が社会が抱える問題の本質を徹底的に考え抜いた末にたどり着いたところは、同じ『人間の根本思想』だった。そこで、三人はそれぞれこの思想を持って社会改革の行動を起こしたのだ。
ただ、行動のやり方が違っていた。

私はインドで大国の国王や富豪など、社会のリーダー層に直接影響を及ぼして、上方から社会を変革する方法を取ったが、イエスは逆に、パレスチナ社会の大多数を占める大衆、即ち、差別と貧困のままに虐げられていた底辺の人々を目覚めさせ、それを力にした下部からの社会改革運動をしようとした。だがムハンマドの場合は、当時のアラビア社会で行動を起こすには全くゼロからのスタートで、具体化させる方法が難しかったと言える。

阿南　困難な中で、ムハンマドはどのように行動したのですか？

釈迦　メッカは商業の町として繁栄をしたが、幾つかの部族が存立する構図はそのまま残り、自分たちの権益を守るために部族内の団結が強く保守的だった。また、他所から流入し定住した商人たちが増えていたが、彼らは富を増やし豊かな生活を願う個人的『欲望』だけに支配されており、メッカはムハンマドの新しい倫理思想を容易に受け入れる環境ではなかったようだ。

この町で商売では成功し評判を得ていたが、ムハンマドはまだ一介の商人に過ぎず、社会に大きな影響を及ぼす地位も名声もなかったので、身近な家族や従兄弟などから啓蒙を始めて、次第に周辺に支持者を増やしていったわけだ。

だが、町の大勢を占めていた同じ部族出身の豪商や商人たちの強い反対を生み、支持者の安全と本人の生命が脅かされる状況に至り、急きょメジナへと逃れた。その後のムハンマドは、メジナで自らの思想による社会実現のために『政治家』となり、また、他部族の武力襲撃に対抗するために『軍事司令官』になって活躍をした。そして、ついにアラビア全土を統一して、彼の思想に基づくイスラム社会の基礎を作り上げたのだ。

これがムハンマドが話してくれた概要だよ。

一般にムハンマドは宗教家として知られているようだが、彼の実像は、宗教だけでなく政治と軍事三つの分野の最高指導者になって、理想の社会を作る努力を続けた歴史上でも稀有な『行動する思想家』だったと私は考えている。

お釈迦さまが語るムハンマドの話を、三人は目を見開いて聞いていた。

大切な話

釈迦　ここで、大切な事を言っておこう。

今話したことからも分かるように、初期キリスト教の基礎になったナザレ人『イエスの思想』と、イスラム教の基礎にある『初期のムハンマドの思想』は、根本で私の『ブッダの思想』に通じていて、それぞれの地域や時代の状況に応じて異なる表現や行動をとったに過ぎず、根底を流れる共通思想をしっかり認識して欲しい。

ここには、『人がより善く生きる基本の考え』があり、世界のどの地域やどの民族の人々にも共感されるものだ。

もう一つは、三人の間で良く出た話だが、私もイエスもムハンマドも普通の生身の人間で、ただ、三人共に『世の中をより良くしたい』との志と信念が、他の人々より高かったのかもしれないということだ。しかし、その実現をする中にはさまざまな困難があったね。

正直言って、人里離れた山中や荒野に籠もるならともかく、町中に出て人々に『真理の法』を説き啓蒙をする中では、雑念や煩悩が起こったことは事実だ。そこで、私は常に座って瞑想に入り、平安な心を保つように努力をしたし、イエスは毎日夜半に弟子たちから離れて一人で『神』に祈り、一日の反省をしたそうだ。また、ムハンマドは一日に五回は『神アッラー』に祈って、心を常に正しく保つように努めたと話していた。

一般に、ある思想家や宗教家に共感して支持をする人たちが書き残した言葉には、しばしば誇張が入ることが常だが、私たちの場合は、後の教団や教会の指導者たちの中で、宗教組織として維持・発展をさせるために、信仰する人々の『求心力となる存在』が必要となり、三人を過大な超人的存在に祀り上げた物語を教典や聖典（テキスト）として広めたのだよ。

従って、残された経典や聖書、聖典などの文字を表面的に読むだけでは、私たち三人が考えていた本質を見出すことは難しいと思う。

だから、そなたたちにはテキストの言葉から、私やイエスやムハンマドが実際に生きて、考え、口にした『生き生きとした言葉と、その本質』を注意深く掴み取って欲しいのだ。

阿南　お話は分かりますが、そうするための参考になる方法を教えていただけませんか？

釈迦　それはだね、一般に、人は『何を（ＷＨＡＴ）』と『どうした（ＨＯＷ）』を知れば、全てが分かったつもりになるが、そうではない。『真理』は表面にはないのだから、『何故（ＷＨＹ）？』の疑問を繰り返して、問題を深く掘り下げなければ見つからないのだ。大切なことは、『何を』と『どうした』の知識から考え始める前に、『何故？』を掴むことだよ。

つまり、私たち三人が『何故、こうした考えを持ち始めて、実際の行動までをも起こしたのか？』の視点から、三人の『心』や『志』を掴むことだね。だが、一般に宗教指導者や信仰者は疑いを持たないで信じ、また信じさせるのだから、『何故？』の疑問は『教え』には不必要で、テキストに書き遺されないことが多い。

そこで、それぞれの地域の歴史や文化資料類を研究して、生まれ育った時代環境や社会情勢などの行動の背景をしっかり掴むことが重要になる。その上で、仏典や聖書、聖典のテキストから、『人が生きる』原点についての言葉を掘り出し、それらを追求すると良いだろう。そこに必ず『人間の本質』が見えてくる。

阿南　良く分かりました。今のお話を参考にしてさらに深く勉強をします。

遠い過去から学ぶ

釈迦　ところで、そなたたちが『人類共通の思想』を考える時に、分かり易くて参考になる方法があるよ。

それは、『何故、人はいがみ合うのか？』を考えてみることだ。その原因は色々あろうが、根源に『我欲』があることに間違いはない。

『生命体は本来が利己的で、生物の一種である人も本質的に利己的である』の真理のとおり、人と人の間でも、人の集団と集団の間でも、『我欲』の衝突が生む『いがみ合い』は避けられないことになる。

だがね、『我欲』を全て消し去ることは難しいが、それをコントロールして『欲望』を弱めることは出来るだろう。

ここで、人類の遠い祖先を振り返って見よう。みんなが血縁の大家族や小集団だった頃は、その内部には激しい『いがみ合い』はなかった。だが、それぞれが違う大集団を形成して別れて暮らすようになると、お互いの間に心の距離が出来て、『いがみ合い』や争いを始めた。何故だろうか？

阿南　難しい問題で、まだ人類は解決方法を見つけていませんね。

釈迦　この問題は、人間集団間の相互理解の程度、つまりは人と人の繋がり程度であり、解決方法は互いが家族や血縁集団のような親近感を持てるかどうかに懸かる。

一つの方法として、それぞれが自分の祖先をずっと遡って、人と人の関係をしっかり考えれば、みんなが繋がっていることが分かる。どの民族も国民も過去の同じ『ヒトの歴史』を引き継いでいて、今という時を生きている同胞であり、さらに進んで、それぞれの根底に潜在する『人間の本質』はみんな同じで、『生命の根源』や『宇宙の真理』に繋がる普遍性を持っていると分かる。

もう一つは、『生物進化の歴史』と『人類発展の歴史』をきちんと学び、そこから他者との、また、他民族との相互理解を深めることだ。

まず、初期の人類が生きた当時の姿を考えてみよう。

今から十五万年ほど前に『アウト　オブ　アフリカ』が始まった頃の人類は、比較的狭い地域で似たような共同生活をしており、彼らの心は『生きる原点に繋がる本質的な考え』を互いに共有していたと私は考えている。そなたたちも、この当時の人間が持っていた『原初の人の思想』を考えることは参考になるだろう。だが、こうした思想は何も形に残らないので、自分をそれに近い環境に置いて想像力を深めるしかないのだが、この『人が生きる原点の考え』に到達することは大事だよ。

その後、人間の数が増えたために、人類は食料を求めて地球上の様々な地域に分散していった結果、それぞれの地で固有の言葉や生活習慣、そして特有の『生きる考え方』が生まれて、土着の思想や宗教になっていった。このために、他の集団と遭遇しても、互いに理解し合うことが難しくて、争いを起こすことが常となったわけだ。

つまり、人類はバラバラの言葉と思想と宗教を持つ部族や民族集団を形成し、自分の集団を守るために暴力と戦争を正当化したままに現代に至っている。

これからの人類が地球規模で平和に共存するためのヒントは、人類の『遠い過去』の中にある。そこから大切な事柄を学び取るべきで、特に、『原初の時代』の人間の心を想い起こして、『人が生きる原点の考え』として、世界のみんなが共有することだな。

そなたたちには身近なところで、日本の『縄文人の生き方』が参考になるだろう。一万年以上にわたる長い平和な時代があったのだから、その時代の人々の考えや生き方から、『人間の本質に』通じるものが見つかるはずだよ。

お釈迦さまは話を終えられた。そして、水を口にして視線を遠くへ移された。

三人はそのお姿を静かに見ていた。

ぜひ伝えておきたいこと

やや間があって、静かな口調で話し始められた。

釈迦　そなたたちにいろいろ話してきたが、大切な事柄についてもう少し話しておこう。

その一つは、『人の寿命は高々百年』の厳然たる『生命の壁』があることだ。

人が一生をかけて身につけた崇高な『価値観』と行動は、その人の死ですべて終わる。他者に教え、書物で残したとしても、その人の『価値観』を正しく次世代に引き継ぐことは難しい。

新しい生命は何も知らずに生まれてきて、経験を積み、また先人に学ぶ中で、自分の『価値観』を作り上げていくだけで、これが生物である人の宿命だ。

だが、この定めを超えるために、人間は誰しも、過去の『人間の歴史』や『人間の言葉』を謙虚に学び、さらに、『生命の誕生』から『ヒトの誕生』を通した『生物である人の進化の歴史』を学ばなければならない。その上で、『自分の存在とは何か?』をしっかり認識し、『何のために生きる?』のか、『どう生きるべき?』を考えることだ。

だが、人は今と未来を生きることに懸命のあまり、過去を振り返って深く考えることを軽視するので、この思考プロセスを確実にするために、『人生の師』となる『優れた精神的指導者』を持つことが不可欠なのだ。

この師こそが、人類が時代ごとに生み出してきた『人間の思想と価値観』を、次の世代へ完全に引継ぐ役目を果たすべき人なのだ。

本来は、人類の永い歴史の中で、既に、優れた『精神的指導者』を継続的に輩出する仕組みが確立されているべきなのだが、未だにそれがないことを残念に思う。見かけ上は文明が発展しているように見えても、人類が一貫して持つべき『価値観』が世代毎に断絶を繰り返して右往左往するだけで、人類の真の進歩には繋がっていかない実態がある。人類の永い歴史を通して、人間世界に混乱が続く原因の一つは、『師』の不在にあるのだよ。

過去二千五百年間にわたり、人間の行動を見てこられたお釈迦さまがしみじみと話される言葉を、三人は真剣に聞いていた。

釈迦　もう一つは人類における『宗教』の役割の変化だ。

太古の時代から、人は大自然の中に何か『大いなる存在』を感じ、それを『心の拠り所』として生きてきた。そして、その存在を共同体の多くの人々が信ずるところとなって、人間は『宗教』と呼ぶ信仰と儀式の行為を生んだのだ。

その後、『宗教』が大きな力を持って人間の思想や行動を縛る時代が続いたが、文明が発展し、近代に入ってからは、『宗教』は相対的に後退しているように見える。

しかし、人が生物の一種である以上、『宗教』の取る姿は変わっても、普遍的に存在することに間違いない。

人以外の生物は与えられた自然環境の中で、そこにどんな変化があろうとも、あるがままにそれを受け入れて懸命に生き、子孫を残し続ける。一方で人は、脳を発達させて進化した中で、『合理性』を追求して文明を発展させた。そして、生態環境を人工的に作り変え、人工知能を使ってより便利さと快適さを生み出し、五感が生む『欲望』の満足のために、さらに『合理性』を追い求めて生きている。

人は生物の生理的制約から逃れられない『本性』を持ちながらも、実態は生物的な生き方からどんどん離れており、この生理的なギャップが、人に『非合理』なるものを求めさせる。昼間は『合理的』なモノを追求していても、夜になると、心の安らぎを求めて『非合理』なものへと向かい、現代人が抱える生理的ギャップを埋めようとする。

ここに於いて、人は、合理的日常から離れた大自然の中に『大いなる存在』を見つけて、そこに繋がっている自分を確認して心が安らぐ。従って、人類文明の発展につき進むほどに、人は『宗教』を必要とするのだよ。

だが、これからの人類は、『宗教』が持つもう一つの面、即ち、人がより良く生きるための『哲学』や、大勢の人々に影響を与えるリーダー層が持つべき『思想基盤』の重要性を真剣に考えなければならない。人間活動が地球規模に広がった世界に於いて、『宗教』は人類が進むべき方向を明確に示し、影響を及ぼして、人類を正しく導かなければならない使命を持っているのだ。

阿南 私は、前者の個人の心の安らぎも大切だと思いますが、後者の方が人類にとって、ずっと大きな問題を作っており、人間が持つべき『哲学』やリーダーが持つべき『思想基盤』を大事にするべきだと考えます。

それだけに、このことを重視して、国王などリーダー層への啓蒙を続けられたお釈迦さまには、再び人類世界のご指導をお願いしたいのです。

お釈迦さまは目をつむり、大介の言葉をじっと聞いておられた。

三、日本人と日本仏教界への期待

西に傾きかけた太陽は辺りを赤く染め、日没が近いことを告げていた。

阿南　そろそろ終わりにしなければなりません。最後に、日本と日本人についてアドバイスをしていただけませんか？

少し考える様子で三人の顔をゆっくり見られた。そして、口を開かれた。

釈迦　私は『ブッダ』になって様々な活動をしたが、一生を振り返って見ると反省の方が大きい。人生を賭けて、『戦争のない平和な世界』と『みんなが平等で安らかに暮らせる世界』の恒久的実現を目指したのだが、それはわずかに私の代とアショーカ王の一時期に留まり、未だ人間世界で実現できていない。

この根本原因は、先ほどから繰り返して話したが、世界に『人類共通の思想』と、世代を超えてリーダー層を導くための優れた『精神的指導者』を生む仕組み、そして『人類の統一言語』の三つが未だにないことに尽きる。

私はこれを大変残念に思ってきたが、今日こうしてそなたたちに会って、私の想いを全て伝えることが出来た。これからの人類がその実現に向けて、着実に活動してくれることを強く願っている。

阿南　大変大きな課題をいただいて戸惑いを覚えていますが、今日、お釈迦さまの思いをしっかり受け止めさせていただきました。これから日本へ持ち帰って、その実現に努力をして参ります。

日本への期待

釈迦　さて、日本へ期待するところを話しておこう。

実は、私は今後の日本の行動に大きな期待を持っているのだよ。『世界の永遠平和』と『人類の幸福』の実現に向けて、真に世界をリード出来る国は、日本しかないと思っている。

安井　どうして日本なのですか？

釈迦　まず、世界の国々を見る時、大きな影響を与えてきたキリスト教とイスラム教の二大宗教には根本的な問題がある。どちらの宗教も、『唯一の神』が世界を創造してすべてを決めたとしていて、その神の言葉が書かれた『聖書』と『聖典』を絶対視する『啓典の民』なので、こうした宗教と文化的風土を基盤に持つ国々の活動に限界があるからだ。

これを分解して見ると二つの問題がある。

一つは、ユダヤ教の『聖典』がキリスト教の『旧約聖書』として、またイスラム教でも聖典として大事にされているが、その『創世記』の章で、「神は自然とすべての生物を、人間が支配して利用するために創り出した」と教えており、人間を自然界や生物界の外に置いてそれらと対立させ、人間に従属する関係で捉えているのだ。従って、一般に、文明発展のためには、自然環境破壊や他の生物種を絶滅に追い込む行動を問題にしない傾向がある。

もう一つの問題は、絶対的な存在である『唯一の神』を持つために他の宗教に対して寛容さと柔軟性に欠けることだ。

最近は『宗教多元主義』の考えも出て、他の宗教も尊重しようという機運が見えるが、まだキリスト教とイスラム教の教会や聖職者、熱心な信徒たちは、自分たちの宗教に固執して極めて保守的であり、こうした宗教を主流とする国のリーダーたちが、他との融和や共存に向けて積極的なリード役を担うのは構造的に難しいのだ。

他方で、アジアに起源を持つ宗教は共通して多神教で、人々が自分を自然と一体の関係で捉え、また、自分たちの経典類に固執しない上に、他の宗教に対して寛容でもある。

特に日本人の心には、自然や他の生物の中にも『神』を感じ、それらを敬い崇拝する自然な精神性を持つ上に、『大乗仏教』思想が根付いていて、日本人は無意識に自然な宗教心を持つ柔軟で利他的な民族なのだ。そして、当然ながら日本仏教界もこの姿を潜在的に持っているわけだ。

また、春夏秋冬の四季が生む自然環境の変化や、地震や台風などの天災による環境激変を受け入れ、これらへ順応することで育まれた忍耐強さと柔軟な心、そして穏やかさを持つので、私は世界で最も優れた民族だと思っている。

加えて、日本国民は恒久平和を希求した『平和憲法』を持ち、他国を侵略しないことはもちろん、紛争解決に武力を行使しないとの国の根幹がはっきりしていて、過去七十年以上にわたって一度も戦火を交えたことがない平和国家の実績があるではないか。

こうした面から見て、私は日本と日本人は世界で極めて貴重な存在と考えている。

これから、地球人口の大半を占める信徒を持つキリスト教やイスラム教、ヒンズー教世界の人々に対して、変革を呼び掛けなければならないが、その前途には大きな困難が立ちはだかるだろう。しかし、いずれの宗教も政治も人間が作り出したものだから、変革の方向が明確で、変革への強い意志があれば、必ず人間の手で変えられると信じている。

だが、これには優れたリーダーの存在と、大きなエネルギー及び時間が必要になる。しかも、今の世界の超大国内部から改革の芽は生まれず、外部の第三者的中立の立場からの強い刺激とリードが不可欠なのだ。

私は、このリード役を日本に期待するもので、日本人はその自覚と自信を持って欲しい。また、具体的に活動を進めるには強いパワーの組織力が要るので、日本仏教界にそれを期待したい。まず、日本国内で改革を先導する中心的組織役としての活動を頼み、その後には、世界をリードする中核組織の一つになって欲しいと思っている。日本仏教界には是非とも変わってもらわねばならないのだ。

日本仏教界への期待

正岡　日本仏教界にどんな問題があるとお考えでしょうか?

釈迦　そうだな、簡潔に言うと、『日本の仏教界や僧侶の視野が狭い』ことだ。日本の僧侶にとっては、所属する宗派が自分たちの世界だと見える。

一般に、『中に居ては問題が見えない。外から見て初めて気付く』の言葉があるが、正岡さんは日本の僧侶籍の身で、今はインドで仏教を学んでおり、外から日本仏教界を見る立場に居るわけだから、抱えている問題も見えるだろう。

ここで、日本の仏教界に対する私の意見を出しておこうかね。

正岡は緊張した面持ちで頷いた。

釈迦　一つは、仏教界と僧侶たちが宗派や教団の垣根を越えることだ。

日本仏教界は日本人宗祖の教えを基にした幾つかの宗派から成るが、自分たちの宗祖の教えを絶対的なものと見なして、狭い宗派の中でしか活動が出来ていない。これからは宗派の垣根を越えて、同じ『ブッダの本質思想』の上に生まれた日本の仏教集団の一員として団結し、社会や人々に力強く影響を及ぼす姿に変わって欲しいのだ。

そのためには、各宗派の根本思想を、日本人宗祖よりもずっとおおもとである私の『ブッダの教え』に置いて、まず仏教の原点に立ち返り、その上でそれぞれの宗祖の思想を加えて展開すれば良いのではないかな？

こうすることで、どの宗派も根本思想が同じ『釈迦ブッダの教え』を持つ仏教の一つの派として明確になるので、宗派間の垣根が取り払われ易く、相互理解と一体感が生まれて、日本仏教界全体の力が結集出来るだろう。そして、社会の人々に『正しい人生を歩む道』を統一的に説き、幅広く力強い実践活動に生まれ変わるだろう。


二つ目は、出家した僧侶たち自身の自覚の問題だ。

日本仏教界の僧侶は、改めて『出家修行者』本来の使命を学び直して、高潔で優れた人格を持つ『精神的指導者』の役割を自覚して欲しい。

日本仏教は長い歴史を持つが、二千五百年前に私が『ブッダ』を目指した時の『真の目的とその思想』が、ほとんど引き継がれていないことを感じる。そもそも私は、自分の力で正しく生きるための『自力の生き方』を教えたわけだ。そして、『自己の確立』に向けて努力を続ける人が少しでも増える社会を目指して『真理の法』を説いたのだ。

従って、日本仏教界の僧侶たちには、世のリーダー層をはじめ、様々な人々へ向けて積極的に『人生の正しい道』を説き、具体的な指導の役目を果たして欲しい。そして、社会の底辺に居る『不幸な人々を救済する』と共に、その『不幸の原因を根絶する』ために行動する、優れた『精神的指導者』へと変わって欲しいのだよ。

こうした基本として、まず、私が出家修行者に科した『戒律』の意味と目的をしっかり学ぶことだ。私の時代は、男性出家僧で二百二十七、女性の尼僧で三百十一の戒があった。現代ではここまで多くなくて良いと思うが、日本仏教界が新しく戒を定め、僧侶たちは自らを厳しく律して絶えず修行に徹し、『自己の確立』に努めて『高潔な人格』を完成させることに心血を注いで欲しいのだ。

その上で、日本仏教界と僧侶たちには、これからの『人間思想』をリードする使命を担ってもらいたい。

正岡　私も日本の仏教界は閉鎖的で、自分たちの宗派を越えた活動が出来ておらず、また、社会との関わりにも消極的だと感じています。ですが、長い歴史の中で各宗派内の制度や仕組みががっちり固まっていて、日本仏教界の体質を変えることはとても難しく、どうしたら良いのか見当がつきません。

釈迦　正岡さん、そなたが口火を切って行動することだ。そして、少しずつでも同調する仲間の僧侶を増やし、それを組織化していくことだよ。この中で必要なら、私『釈迦ブッダ』を活用してもらっても良い。

竜三は『そう言われても……』の表情で、お釈迦さまを見つめた。

釈迦　ところで、日本仏教界と僧侶には、まだ改善するべき大事なことがある。

それは経典の言葉の問題だ。仏教の教えを人々に説く時に、経典を漢語のままで読むのでなく、その教えの意味が現代の日本人に分かるように、相応しい日本語で説いてはどうかな？

日本には『お経をあげる』という言葉があって、葬式や法事などの時に僧侶は漢語で書かれた経典文字を、抑揚のついたリズムで音読して人々に聞かせているが、一般の人がその言葉を聞いて意味が分かるのだろうか？

ただ、僧侶自身の修行方法としては何語であっても、経典を唱えること自体に瞑想と同様の効果があるのでそれも良いだろう。けれども、折角、一般の人に向けて教えを説くのだから、その意味が分かるように言葉を日本語に変えたらどうだろう。

また、経典の内容は、紀元前五百年頃から紀元後百年頃のインド社会の習慣や生活の話を例に挙げて、人々が正しく生きて仏の道に励む『教え』としたもので、当時のインド人向けの話になっている。そこで、今の日本人に向けては、現代社会での生活や環境などに沿った内容に置き換えても良いのではないかな？

どうだろう、正岡さん。

正岡が頷いた。

釈迦　さらに言うと、漢語経典にはもっと根深い翻訳の問題があるのだよ。

古代インドのサンスクリット語で書かれた仏教経典が、中国にもたらされて漢語に翻訳するに当たり、漢字の『表意文字』と『表音文字』の両スタイルを混在させて経典を作ったのだよ。だから漢字の『音』と『意味』を知っている人が読むと、教え本来の意味が全く分からずに混乱をするし、また、漢語経典を現代の日本式発音で読んだ時には、それを聞いても本来の意味が分からないだろう。

例えば、日本人に馴染の漢語経典『般若心経』があるが、この『般若』と翻訳された表音漢語を見て、一般の日本人がそれは『智慧』の意味だと正しく理解出来るだろうか？　インドのサンスクリット語経典で『パンニャ（智慧）』と発音される言葉に対して、漢語で発音が近い『般若』（ハンニャ）が当てられたからだが、過去に中国で、このような翻訳方式が取られたことが大変気になっていたのだ。

日本の仏教僧たちは、このことをどう考えているのだろうか？

お釈迦さまの厳しい指摘が終わった。

正岡　ご指摘された点は、確かにそうです。漢語経典の言葉ですが、日本で僧侶修行を積み仏教経典の勉強をした時に、内容を正しく理解するにはサンスクリット語経典に当たらなければならないことを痛感しました。それで、今はインドの大学に留学をして、サンスクリット語から勉強をし直しているところです。しかし、『大乗仏教』の経典を読む時はサンスクリット語で良いのですが、お釈迦さまの直接の教えが書かれた『上座仏教』の経典を読むにはパーリ語が必要で、さらにパーリー語も勉強しなければならないと思っています。

釈迦　その通りだね。正岡さんはしっかり問題点を掴んでいるようだから、ぜひ、日本仏教界がこれらの課題を解決するように一緒に努力をして欲しいね。

さて、ここまで日本仏教界の問題を幾つか話したが、出家僧侶たちは自らの変革に積極的に取り組んで欲しいね。そして、『人間の本質』に立脚した『真に正しい生き方』の行動がなされるようにすべての日本人を導いて欲しいのだ。そして、この方向に向けて団結した日本仏教界の中から、国家リーダーや企業、組織のリーダーたちを身近で導く、優れた『精神的指導者』、即ち、『人生の師』が次々と生まれることを期待している。

さらには、日本仏教界が私の『ブッダ思想』だけでなく、『イエスの思想』や『ムハンマドの思想』も併せてしっかり理解して、三つの思想を原点とする新しい『人類共通の思想』を創り出し、それを世界に発信して人類を啓蒙する幅広い活動の中核を担って欲しい。

日本仏教界は、これからの世界の『精神的指導者』たちのリーダーの地位に転じて欲しいのだよ。

お釈迦さまは日本仏教界へ向けて、大きな期待を投げ掛けられた。

日本人への期待

釈迦　次に日本人についても意見を述べておこう。

先ほど、日本人は他者や他の宗教に対して寛容な特質を持つ民族で、グローバル時代の人類の『精神的リーダー』に就くべき立場にあると話したが、逆の見方をすると、日本人の『価値判断基準』があいまいで、「確固たる『価値観』を持っていない」との欠点でもある。

このあいまいさは、古来より外来文化を受け入れることに慣れて、日本人が『精神的バックボーン』、即ち、自分たちの『確固たる思想』を身につけていないことによる。

これから、日本人が世界に先駆けて『人類共通の思想』を生み出し、それをみんなが『精神的バックボーン』として身につけて実行するならば、日本は寛容でありながらも常に正しい『価値観』を持って行動する、人類の真のモデル民族・モデル国家となれる。そして、日本人と日本仏教界は、自国や自民族本位の発想から生まれる戦争や対立抗争を超えて、人類共存の道を切り開く活動に大きく貢献出来るのだ。

三人はお釈迦さまを見つめて、大きく頷いた。

釈迦　さて、最後に別の角度から話をしておこう。

世界を動かしている現実の力は『経済』だが、承知の通り、自由資本主義経済が発展するためには経済成長が前提としてある。だが、人類の活動が地球規模に広がった現在、新しい実体ある需要創造に限界が見えている。

先進諸国は少子高齢化社会となり、新しい需要を生み出し続ける力が弱い中で、市場と雇用が縮小して、若者は就くべき仕事がなく、将来への希望を持てないでおり、他方で、発展途上の多くの国々は、地球規模の自由資本主義競争の場で闘えるだけの力がなく、敗者として貧困のままに取り残されて、日々を生きることに苦しんでおり、新しい実需要を創り出して自国民を経済成長の恩恵に預からせるだけの力を生めない。

過去五百年間に亘って世界の発展を引っ張ってきた資本主義経済活動は、その陰に多くの負の遺産を積み残しながら混迷のままに走り続けているが、従来の延長線上に人類の未来、即ち、『共存と発展』がないことは明らかで、まさに、人類は『新しい思想』を持った生き方に転換しなければならない時代に居るのだよ。

そこで、私が期待する二十一世紀の日本の姿は、卓越した科学・技術で人類の進歩に貢献すると共に、日本人が持つ本来の深い精神性、中でも『利他の心』に基づく『分かち合い』と『助け合い』の精神を骨格の中心に置いて、新しい『人類共通の思想』を世界に向けて発信する姿だ。日本は優れた科学・技術と精神の両輪を持って、『恒久的な世界平和と人類の幸福』の実現に向け、世界を積極的にリードするべき使命を授けられているのだ。

日本が世界から尊重される『人類のモデル国』となることを私は望んでおり、その前進の助けになるのであれば、私が日本へ行き、日本の皆さんに直接語る場を持つ必要があるかもしれない。

以上が、日本人のそなたたちに伝えておきたかった私の気持ちだよ。

お釈迦さまは、『世界の平和と人類の幸福』の実現へ向けた強い思いと、その活動の中心的役割を果たすべき『日本への熱い期待』を述べられた。そして、すべての話を終えられた。

日は既に地平線に近く、辺りが薄暗くなり始めた中で、お釈迦さまは大介が差し出した水をゆっくり飲まれた。それはアーナンダと一緒の時間を心から楽しんでおられる様子だった。

お釈迦さまのその姿を三人は静かに見守っていたが、「ついに時間が来た」と考えた大介が最後の挨拶をした。

阿南　今日は本当にありがとうございました。昨年、クシナガラの涅槃堂でお願いをさせていただきましたが、それを聞き届けていただいて、今日こうしてお目に掛かれ、長時間に亘ってお話を聞くことが出来ました。心から感謝しております。そして、私たちに投げ掛けられた大事な役目に対し、それを実現できるようにこれから努力をして参ります。本当にありがとうございました。

幸子と竜三も声を合わせてお礼を言った。

お釈迦さまが一人一人に向かって言われた。

釈迦　アーナンダよ、今日は久しぶりにそなたに会えてうれしかったよ。いずれは私が住んでいる天上界へ戻ってくるだろうが、それまではこの現実世界でさらに修行を積みなさい。そして、人類全体への大きな『利他行』を完成させて戻ってきておくれ。頼みますよ。

安井幸子さん、いつもクシナガラのお堂に来てくれてありがとう。これからも会えることを楽しみにしていますよ。

正岡竜三さん、あなたは僧侶の身なので、今日の私の話を良く分かってくれたと思う。インドでしばらく勉強を続けるようだが、まだ年が若いことだし、これからの日本仏教界と世界の宗教界を変革する原動力になってくださいよ。

三人それぞれに短い言葉を掛け終えると、お釈迦さまはすっと立ち上がられた。

そして、敷いていた上着を整えて肩に掛け、菩提樹の下を離れられた。
立ち上がって見送る三人を振り返ることなく、真直ぐに草むらの中を進んでいかれた。
やがてお姿は小さくなり、カピラ城址の夕暮れの景色の中に溶け込んだ。

エピローグ

長時間の対話を終えて、お釈迦さまの姿が消えた方角を向いたままに三人は立ち尽くしていた。

やがて、大介が無言で歩き出すと二人が後を追った。先頭を行く大介の頭からは、草むらの中のコブラや毒蛇の恐怖は消えて、ただ前を見てつき進んでいた。

やがて三人はカピラ城址を離れ、無言のままに夕暮れの道をホテルへと急いだ。


シャワーを浴びた後にレストランでの夕食に入ったが、長かった一日を引きずっている様子で三人共に口数が少ない。アルコールの杯を重ねる中に精気が戻ってきたところで大介が口火を切った。お釈迦さまから頂いた大きな課題の取り組み方について意見を聞き、幸子と竜三から話が出た。だが、短時間でまとまるようなことではない。区切りの良い所で食事を終えてそれぞれの部屋に戻った。

大介はベッドの中で、お釈迦さまが言われた言葉を次々と思い出したが、やがて深い眠りに落ちていった。


翌朝、ゆっくり朝食を取った三人はカピラバーストのホテルを発ち、二日前の逆コースを車で走った。車中でこれからの行動を相談したところ、竜三は出来るだけ早く大学の授業に戻りたいと言い、幸子も病院勤務に早く戻った方が良いとのことなので、大介は明朝に竜三の車でヴァナラシへ向かい、ニューデリー経由で日本へ帰ることにした。

竜三が運転する車は順調に走り、日没までに十分な時間を残してクシナガラの町へ入った。そして、真っ直ぐに涅槃堂公園へと向かった。

お堂に足を踏み入れると、中央台座の上に横臥されたお釈迦さまのお姿があった。既に戻っておられた。お像に掛けられた黄色の布が西日を受けて明るさを増し、お堂の主の存在を引き立てていた。

大介はお顔の前にひざまずいて、お礼を言った。

「お釈迦さま、昨日はカピラバーストで有難うございました。長時間に亘ってお話をさせていただき心から感謝申し上げます。その中で頂いた『人類への提言』の課題は、私にとって大変重いものですが、日本に持ち帰っていろいろな方に協力を仰ぎ、実現に向けて努力をしてまいります。これからもアドバイスを頂きたい時はクシナガラへ参りますので、どうぞよろしくお導きください」

涅槃に戻られたお釈迦さまは、目を閉じたままに大介の言葉を静かに聞いておられた。

幸子と竜三もそれぞれに挨拶をした。

お堂を出た三人は、裏手にあるアーナンダのストウパーへと周り、そこでもお礼の挨拶をした。大介にとって、自分の前身とされる尊師アーナンダへの挨拶はひとしお感慨深かった。

涅槃堂公園を後にして三人はホテルへと向かい、幸子が少し手前の自宅近くで下車をした。あとでホテルで一緒に夕食を取ることになっている。

シャワーを浴びて着替えをした三人は、そろってレストランに入った。

旅の最後の夕食であり、ビールで乾杯の後はワインに切り替えた。今回の旅に満足感が一杯で、大介のお酒が進んだ。

幸子も飲むピッチが早い。十日前の涅槃会にクシナガラで起こったお釈迦さま不在騒動に始まり、昨日のカピラ城址でのお釈迦さまと直接の対話に至るまで、幸子はすべてに関わってきた。そこからの解放感と達成感からだろうか、気持ち良さそうにワインの杯を重ねた。

竜三は僧籍の身を改めて意識したのだろうか、アルコールを少し取っただけで食事に集中していた。そして、途中で「明日の運転もありますから、今日は早めに寝ます。お先に失礼します」と言って席を立った。

テーブルには幸子と大介の二人となり、話は幸子のクシナガラ生活や病院の仕事に深まった。そして、お酒も進んだ。

幸子に少し疲れが見え始めたところで話を終え、大介は幸子を促した。

「少しロビーで休みましょうか？」

幸子は頷いて立ち上がった。そして大介と並んでロビーへ移動し、ソファーに腰を沈めた。

二人を包むようにクシナガラの夜はゆっくり更けていった。

翌朝、大介が目を覚ました時、既に幸子の姿はなく、車でホテルを発つ時にも見送る彼女の姿はなかった。

竜三の運転する車は一路、ヴァナラシへ向けて走った。

車中で二人の間に会話は少なく、大介はお釈迦さまから頂いた大きな課題、特にその基本となる『人類共通の思想』について頭が一杯だった。また、竜三は運転に集中しながらも、『日本仏教界の変革』について考えを巡らせていた。

二人はそれぞれの立場でお釈迦さまの思いをしっかり受け止めており、その実現へ向けた気力に満ちていたのだった。


（完）

アーナンダよ
お前たちは、私、ブッダの遺骨供養に関わるではない
それよりも、正しい目的のために努力をし
正しい目的を実行せよ

もろもろの事象は過ぎ去るもの
私は逝く
さあ、お前たちは怠ることなく
修行完成を目指して歩むのだ
〈大パリニッパーナ経〈大涅槃経〉〉

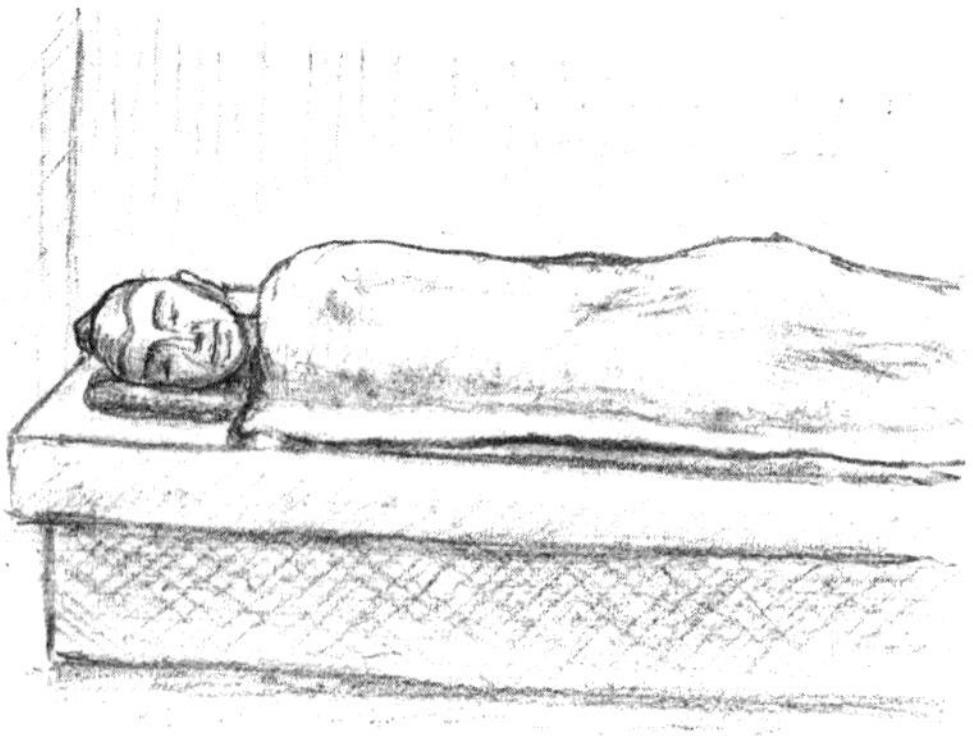

釈迦ブッダ　クシナガラの涅槃像

参考図書

『ブッダのことば　スッタニパータ』　中村元訳　岩波書店
『ブッダの真理のことば　ダンマパダ』　中村元訳　岩波文庫
『ブッダ最後の旅　大パリニッパーナ経』　中村元訳　岩波書店
『ブッダ　神々との対話　サンユッタニカーヤ』　中村元訳　岩波文庫
『仏弟子の告白　テーラガーター』　中村元訳　岩波文庫
『法句経講義』　友松圓諦著　講談社学術文庫
『ゴータマ・ブッダ』　早島鏡正著　講談社学術文庫
『新釈尊伝』　渡辺照宏著　大法輪閣
『原始仏典の世界』　奈良康明著　ＮＨＫライブラリー
『世界の名著　バラモン教典・原始仏典』　長尾雅人訳責任　中央公論社
『中村元選集第５巻　インド史Ⅰ・Ⅱ』　中村元著　春秋社
『中村元選集第19巻　インドと西洋の思想交流』　中村元著　春秋社
『バウッダ　仏教』　中村元、三枝充直共著　講談社学術文庫
『ブッダの人と思想』　中村元、田辺祥二共著　ＮＨＫブックス
『慈悲』　中村元著　講談社学術文庫
『仏典のことば―現代に呼びかける知慧』　中村元著　岩波現代文庫

『仏陀の観たもの』　鎌田茂雄著　講談社学術文庫
『仏陀のいいたかったこと』　田上太秀著　講談社学術文庫
『ブッダが説いたこと』　ワールボラ・ラーフラ著　今枝由郎訳　岩波文庫
『大乗仏典　6　浄土三部経』　長尾雅人、丹治昭義共訳　中央公論社
『大乗仏典　7　維摩経』　長尾雅人、丹治昭義共訳　中央公論社
『維摩経を読む』　長尾雅人著　岩波現代文庫
『菩薩の願い―大乗仏教のめざすもの』　丘山新著　NHKライブラリー
『般若心経・金剛般若経』　中村元、紀野一義共著　岩波文庫
『法華経　上　中　下』　坂本幸男、岩本裕共著　岩波文庫
『法華経はなにを説くのか』　久保継成著　春秋社
『密教』　松長有慶著　中公文庫
『龍樹』　中村元著　講談社学術文庫
『世親』　三枝充直著　講談社学術文庫
『アショーカ王とインド思想』　木村日紀著　教育出版センター
『阿育王』　上田圭子著　第三文明社
『日蓮　立正安国論』　佐藤弘夫著　講談社学術文庫
『臨済録』　朝比奈宗源著　たちばな出版
『道元の考えたこと』　田上太秀著　講談社学術文庫
『清沢満之語録』　今村仁司編訳　岩波現代文庫

『仏教の大意』　鈴木大拙著　法蔵館
『反・仏教学―仏教ｖｓ倫理』　末木文美士著　ちくま学芸文庫
『仏教の倫理思想』　宮本啓一著　講談社学術文庫
『仏教の身体感覚』　久保田展弘著　ちくま新書
『大乗仏教の挑戦―人類的課題へ向けて』　東洋哲学研究所編　東洋哲学研究所
『ヒンドゥー教』　クシテイ・Ｍ・セーン著　講談社現代新書
『インド哲学へのいざない』　前田専学著　ＮＨＫライブラリー
『ウパニシャッド』　辻直四郎著　講談社学術文庫
『マヌ法典』　渡瀬信之著　中公文庫
『古代インドの王権と宗教』　山崎元一著　刀水書房

『旧約聖書（一九五五年改訳）』　日本聖書協会　日本聖書協会
『新約聖書』　フランシスコ会　聖書研究所訳　中央出版社
『イエスの生涯』　Ｅ・ルナン著　忽那錦吾、上村くにこ訳　人文書院
『イエス伝』　矢内原忠雄著　角川選書
『イエスの生涯』　遠藤周作著　新潮出版
『人間イエス』　滝沢武人著　講談社現代新書
『イエスの隠された生涯』　マーク・タリー著　二宮馨訳　集英社
『物語　イスラエルの歴史』　高橋正男著　中公新書

『ユダヤ五〇〇〇年の知恵』 ラビ・マービン・トケイヤー著 加瀬英男訳 実業之日本社
『ユダヤ人』 J・サルトル著 安堂信也訳 岩波新書
『観想的生活』（ユダヤ古典叢書） フィロン（アレクサンドリア）著 土岐健治訳 教文館
『解釈 死海文書』 世界古文書研究会編 青谷社
『死海文書 聖書誕生の謎』 和田幹男著 ベスト新書
『死海文書 封印された真実』 並木伸一郎著 竹書房文庫
『旧約聖書入門』 三浦綾子著 光文社
『捏造された聖書』 バート・アーマン著 松田和也訳 柏書房
『ユダの福音書の謎を解く』 E・ペイゲルス、C・キング著 山形孝夫訳 河出書房新社
『トマスによる福音書』 荒井献著 講談社学術文庫
『モーセ』 浅野順一著 岩波新書
『古代オリエントの宗教』 青木健著 講談社現代新書
『一神教の誕生』 加藤隆著 講談社現代新書
『多神教と一神教』 木村凌二著 岩波新書
『聖書の起源』 山形孝夫著 ちくま学芸文庫
『治癒神 イエスの誕生』 山形孝夫著 ちくま学芸文庫
『ペトロ』 川島貞雄著 清水書院
『パウロ』 八木誠一著 清水書院
『新約聖書の誕生』 加藤隆著 講談社選書メチエ

『私たちの世界がキリスト教になった時―コンスタンティヌスという男』　ポール・ヴェーヌ著　西永良成訳　岩波書店
『哲学者キリスト』　フレデリック・ルノワール著　田島葉子訳　トランスビュー
『イエスはブッダの教えを知っていた』　道明寺龍雲著　下田出版
『イエスは仏教徒だった？』　E・グルーバー、V・ケルステン著　岩坂彰訳　角川書店
『キリスト教と仏教の同質性』　長谷川洋三著　早稲田大学出版部
『イエスはユダヤ教より仏教に近い』　長谷川洋三著　考古堂書店
『ソクラテス・イエス・ブッダ』　フレデリック・ルノワール著　神田順子他訳　柏書房
『釈迦とイエス』　ひろ　さちや著　新潮選書
『ダライ・ラマ　イエスを語る』　ダライ・ラマ著　中沢新一訳　角川書店
『釈迦とイエス　真理は一つ』　三田誠広著　集英社新書
『ルネサンスと宗教改革』　西村貞二著　講談社学術文庫
『キリスト者への自由・聖書への序言』　マルティン・ルター著　岩波文庫
『ザビエル』　尾原悟著　清水書院
『宣教師ザビエルと被差別民』　沖浦和光著　筑摩書房
『マザー・テレサ』（伝記　世界を変えた人々３）　シャーロット・グレイ著　橘高弓枝訳　偕成社
『マザー・テレサの真実』　五十嵐薫著　ＰＨＰ文庫
『マザー・テレサのことば』　Ｍ・マケッリッジ著　沢田和夫訳　女子パウロ会

『コーラン　上・中・下』　井筒俊彦著　岩波文庫
『コーランを読む』　井筒俊彦著　岩波書店
『聖典クルアーンの思想』　大川玲子著　講談社現代新書
『マホメット―ユダヤ人との抗争』　藤本勝次著　中公新書
『イスラーム』　蒲生礼一著　岩波新書
『イスラームの原点　コーランとハディーズ』　牧野信也著　中央公論社
『イスラームの根源をさぐる』　牧野信也著　中央公論新社
『イスラムの思想』　加賀谷寛著　大阪書籍
『イスラムの世界』　吉田光邦他著　大阪書籍
『コーランは神様からのステキな詩』　岡本英敏著　元就出版社
『コーランの中のキリスト教』　J・グルニカ著　矢内義顕訳　教文館

『宇宙は何でできているのか』　村山斉著　幻冬舎新書
『温度から見た宇宙・物質・生命』　ジノ・セグレ著　桜井邦朋訳　講談社
『宇宙生物学で読み解く人体の不思議』　吉田たかよし著　講談社現代新書
『生命は宇宙のどこでうまれたのか』　福江翼著　祥伝社新書
『生命誕生』　中沢弘基著　講談社現代新書
『生命誕生と生物の生存戦略』　井上正康・内海耕慥監修　日本アクセル・シュプリンガー出版
『生命40億年全史』　リチャード・フォーティ著　渡辺政隆訳　草思社

『ヒトの誕生』　葉山杉夫著　ＰＨＰ新書
『人類進化の７００万年』　三井誠著　講談社現代新書
『人間生命の誕生』　三木成夫著　築地書館
『胎児の世界―人類の生命記憶』　三木成夫著　中公新書
『生命をつなぐ進化のふしぎ』　内田亮子著　ちくま新書
『生物と無生物のあいだ』　福岡伸一著　講談社現代新書
『生命とは何か―複雑系生命論序説』　金子邦彦著　東京大学出版会
『生命の暗号―あなたの遺伝子が目覚めるとき』　村上和雄著　サンマーク出版
『ＤＮＡとの対話』　ロバート・ホラック著　中村桂子訳　早川書房
『生命をめぐる対話』　村上和雄著　サンマーク文庫
『神と見えない世界』　矢作直樹、村上和雄共著　祥伝社新書
『利己的な遺伝子』　リチャード・ドーキンス著　日高敏隆他訳　紀伊国屋書店
『遺伝子の川』　リチャード・ドーキンス著　垂水雄二訳　草思社
『利他的な遺伝子』　柳沢嘉一郎著　筑摩選書
『利他主義と仏教』　稲葉圭信著　光文堂
『利他―人は人のために生きる』　稲盛和夫、瀬戸内寂聴共著　小学館
『脳は利他的にふるまいたがる』　村井俊哉著　ＰＨＰ研究所
『利他のすすめ』　大山泰弘著　ＷＡＶＥ出版
『心の脳科学』　坂井克之著　中公新書

『人間は遺伝か環境か？　遺伝的プログラム論』　日高敏隆著　文芸春秋新書
『遺伝子は私たちをどこまで支配しているか』　W・クラーク、M・グルンスタイン共著
　鈴木光太郎訳　新曜社
『こころは遺伝子でどこまで決まるのか』　宮田剛著　NHK出版新書

『悟りと発見―釈迦の説法から直感の構造を科学する』　中山正和著　PHPプライテスト
『生物学者と仏教学者　七つの対論』　斉藤成也、佐々木閑共著　ウエッジ
『仏教と脳科学』　アルボムッレ・スマナサーラ、有田秀穂共著　サンガ
『お釈迦さまの脳科学』　苫米地英人著　小学館一〇一新書
『遺伝子・脳・言語』　堀田凱樹、酒井邦嘉共著　中公新書
『言語の脳科学―脳はどのようにことばを生み出すか』　酒井邦嘉著　中公新書
『言語を生み出す本能　上・下』　スティーブン・ピンカー著　椋田直子訳　NHK出版
『文化の誕生　ヒトが人になる前』　杉山幸丸著　京都大学学術出版会
『砂の文明・石の文明・泥の文明』　松本健一著　PHP新書
『荒野の宗教　緑の宗教』　久保田展弘著　PHP新書
『人間は進歩して来たのか　西欧近代再考』　佐伯啓思著　PHP新書
『ペット化する現代人　自己家畜論から』　小原秀雄、羽仁進共著　NHKブックス
『宇宙からの帰還』　立花隆著　中央公論社

『神はなぜいるのか?』　パスカル・ボイヤー著　鈴木光太郎他訳　NTT出版
『物理学と神』　池内了著　集英社新書
『宗教を生み出す本能』　ニコラス・ウェイド著　依田卓己訳　NTT出版
『神は多くの名前を持つ―新しい宗教的多元論』　J・ヒック著　間瀬啓允訳　岩波書店
『宗教多元主義を学ぶ人のために』　間瀬啓充編　世界思想社
『人類は宗教に勝てるか―一神教文明の終焉』　町田宗鳳著　NHKブックス
『現代アメリカ宗教地図』　藤原聖子著　平凡社新書
『道徳と宗教の二源泉』　ベルグソン著　平山高次訳　岩波文庫
『宗教と権力の政治』　佐々木毅著　講談社学術文庫
『二十世紀を生きて　ある個人の政治の哲学』　ジョージ・ケナン著　席元訳
同文書院インターナショナル
『哲学としての仏教』　竹村牧男著　講談社現代新書
『仏教、本当の教え―インド、中国、日本の理解と誤解』　楠本雅俊著　中公新書
『真理の探究―仏教と宇宙物理学の対話』　佐々木閑、大栗博司共著　幻冬舎新書
『日々是修業―現代人のための仏教一〇〇話』　佐々木閑著　ちくま新書
『出家的人生のすすめ』　佐々木閑著　集英社新書
『ゴータマは、いかにしてブッダとなったのか』　佐々木閑著　NHK出版新書
『ブータン仏教から見た日本仏教』　今枝由郎著　NHKブックス

『がんばれ仏教！』 上田紀行著 ＮＨＫブックス
『目覚めよ仏教！ ダライ・ラマとの対話』 上田紀行著 ＮＨＫブックス
『ダライ・ラマ 科学への旅』 ダライ・ラマ著 伊藤真訳 サンガ
『ダライ・ラマ、イエスを語る』 ダライ・ラマ著 中沢新一訳 角川書店
『不可触民と現代インド』 山崎素男著 光文社新書
『インド社会と新仏教』 山崎元一著 刀水書房
『アンベードカルの生涯』 ダナンジャイ・キール著 山際素男訳 光文社新書
『ブッダとそのダンマ』 B・Rアンベードカル著 山際素男訳 光文社新書
『破天―一億の魂を掴んだ男』 山際素男著 南風社
『ガンディーの生涯 上・下』 K・クリパラーニ著 森本達雄訳 第三文明社
『ガンディー 知足の精神』 森本達雄編訳 人間と歴史社
『もっとほんとうのこと―タゴール寓話と短編』 ラビンドラナート・タゴール著
内山真理子編訳 段々社
『ひとはなぜ戦争をするのか』 A・アインシュタイン、S・フロイト共著 浅見昇吾訳
講談社学術文庫
『永遠平和のために／啓蒙とは何か』 イマヌエル・カント著 中山元訳 光文社古典新訳文庫
『国連憲章』 小学館編 小学館
『世界人権宣言と国際人権規約』 外務省大臣官房国内広報課

『世界の領土・境界紛争と国際裁判』　金子利喜男著　明石書店
『国連を世界連邦体制へ』　長掛芳介著　近代文芸社
『日本国憲法』　小学館編　小学館
『幸福立国ブータン』　大橋照枝著　白水社
『ＧＮＨ（国民総幸福度）研究　1・2・3』　日本ＧＮＨ学会編集　芙蓉書房
『ＧＮＨ　国民総幸福』　廣枝淳子、草郷孝好、平山修一著　海象社
『ＧＮＨ―ＧＮＰからＧＮＨへ』　辻信一編著　大月書店
『ＧＮＨへ―ポスト資本主義の生き方とニッポン』　天外伺郎著　ビジネス社

あとがき

アーナンダの再生とされる阿南大介の人生大半を占めた二十世紀は『戦争の世紀』と呼ばれます。

東西両世界で帝国列強によって引き起こされた二度の大戦は、兵士だけでなく市民を巻き込んで大量の死傷者を生み、難民と大規模な都市破壊を残す悲惨な結果で終わりました。

人類はこの反省の上に、国際連合を始めさまざまな国際機関や国際条約を作り、国家の壁を越えて共存する世界を目指して歩みを始めましたが、各地での植民地独立の戦いと、その後の政治主導権を争う内戦に加えて、東西両世界が厳しく対立した冷戦が半世紀近く続いたのです。しかし、人類はこの困難を乗り越えて、二十世紀末に、相互理解と協調の世界到来に希望を見ました。

しかしながら、急速に進んだグローバル化と、行き過ぎた自由資本主義経済活動は、二十一世紀の人類に新たな問題を突きつけました。資本主義の発展には成長市場が必要ですが、もはや地球上に実体ある経済成長が限られつつある中で、本来はモノやサービスとの交換媒体であるはずの通貨が商品として売買される他、実体を持たない様々な金融商品が生み出され、ＩＴを使ってそれらに大量の資金を投入し、短期間で巨額の利益を手にすることが最先端経済活動と称される有様です。

巨大なマネーが新たな投機先を求めて地球上をさまよい、『お金でお金を生む』安易な考えが常態化した異常な精神状態の人間社会の中で、一握りの超富裕層と大多数の貧困層の二極分化が加速して、世界は混迷と不安定さを増しています。

未だ、人間は『我欲』の追求と『自国益』にこだわる短期的思考から脱却しておらず、二十一世紀は再び不公平と不平等な社会へと転じ、国家エゴイズムを前面に押し出した対立と衝突の時代に向かっています。そして、この状況に不満を抱く若者過激集団が先鋭化して、短絡的に武力で解決しようと世界各地でテロ活動を頻発させているのです。

人間の活動が地球規模で展開される現代と未来において、今まで通りの自国益中心の政治と自由を過度に重んじた資本主義経済活動では、人類の滅亡すら予測されます。これは民主主義や資本主義そのものが悪いのではなく、それを使う人間の精神の問題です。あくなき自己利益と自国益の追求の余りに、他者を思っての『富の分配』や『慈悲』の心、そして『利他』の行動が全く忘れられているのです。

混迷の原因は明らかです。ただ問題は、人類の中にそれを解決に導く『叡智』や『新しい思想』がまったく見えないことと、こうした思想を持って力強く行動するリーダーの不在に尽きます。逆に、確固たる『価値観』が崩壊した世界で、問題の表面的解決を声高に主張する人気取り政治家の台頭が見えて、世界の混乱に拍車をかけています。

『価値観』は、人が生きる中で常に判断して何らかの行動を起こす『価値判断基準』となるもので、人間として最も大切な基盤ですが、世界のリーダー層には人類の新しい『価値観』を創り出す糸口すら見えません。

こうした中で、二千五百年振りに蘇ったお釈迦さまが自らの『深い智慧』に基づいて、世界が直面する問題解決のために『人類への提言』七項目を示されました。

一、新しく『人類共通の思想』を創ること。それを世界中の人々が自分の『価値判断基準』となるまで理解し身につけて、地球規模で共有すること。

二、この思想の根幹に『人間ブッダの思想』を置くと共に、『人間イエス』と『人間ムハンマド』の思想を取り入れること。

三、これらの思想を最新の『科学的知見』で裏付けた言葉で以って、現代人の前に蘇らせること。

四、『人類共通の思想』のテキストを各国・各民族の言葉で作り、世界中に広めること。

五、この思想を指導する優れた『精神的指導者』を沢山育てること。それは学校教育での教師、及び、世のリーダー層の身近で、『師』として啓蒙し指導する『精神的指導者』の輩出である。

六、平和と公平で平等な世界を永続させるために、優れた『精神的指導者』を世代を超えて継続的に輩出する国際的育成機関を作ること。

七、人類の長期的事業として『統一言語』を創り、それを世界中に普及させること。何世代、何世紀掛かろうとも、これは地球上の様々な人々が相互理解を深め、協調して共存するために不可避な基盤づくりである。

そして、お釈迦さまは、「この『人類共通の思想』を使い、人が共同生活を営む中で獲得したものの、脳内で眠ったままにある『利他的遺伝子』を発現させ、潜在する『慈悲』の心と『利他性』を引き出して、生物の一種である人の本性、即ち『利己的遺伝子』が生む『利己性』を抑え込むように」と指示をされました。また、「この人類的活動の中心的役割を担える国と民族は、世界の中で日本と日本人しか居ない」と明言をされ、大きな期待を寄せられたのです。

人類は永らく、幾つかの世界宗教に精神的影響を受けてきました。東洋では『釈迦ブッダ』の教えと『上座部仏教』から『大乗仏教』の流れがあり、西洋と中近東には『ユダヤ教』から『キリスト教』、そして『イスラム教』の流れがあります。この中の『大乗仏教』と『キリスト教』の成立から約二千年が過ぎ、アラビアの『イスラム教』成立からも約千四百年が経ちました。この長い期間、それぞれの思想をつないできた重要な基盤に『宗教テキスト（経典・聖書）』の存在があります。

仏教では、『釈迦ブッダ』の説いた言葉が『原始仏典』として書き遺されたのを始め、以降も多くの思想家や在家信者が様々な思想や物語を著わして、それらを大事にする特定集団が読み継ぐ中で『経典』と位置づけられたのです。

また、キリスト教の『聖書』は、古代中東地域にあった様々な神話やユダヤ民族の物語がまとめられ、ユダヤ教『聖典』として読み継がれる中で、後に、それがキリスト教の『旧約聖書』として採用されました。また、ユダヤ教社会の改革を目指して活動をスタートさせたイエスの言行が、弟子や伝道した地域の人々の手で数多く書き留められていましたが、後に、ローマ・キリスト教会がその中から選択し編集した物語集が、キリスト教『新約聖書』に位置づけられたのです。

『経典』や『聖書』には、現代にも通じる普遍性を持つ優れた言葉が数多くあります。しかし、その成立過程は自然発生的あるいは絶対性があるものではなく、それぞれの時代背景や環境事情に合わせて、特定集団の必要性と意図によって作られ、権威付けがなされた物語集と言えます。そして、これらが永らく世界の人々の精神に影響を及ぼしてきたのです。

ここ数百年を振り返って見る時、産業革命と科学技術の急速な進展を基に、人類文明史の中でも劇的に変化した近代以降を生きる人間には、その精神を支えるべき新しい思想の『経典』や『聖典』が本来は必要だったのではないでしょうか。

二十一世紀を生きる我々は、長い歴史を持つ既存の世界宗教思想の上に、最新の科学的知見の裏づけを持った、これからの世界に相応しい『人類共通の思想』を作り上げる必要性を強く感じます。

この物語から、一小国の王子出身のお釈迦さまが到達した『深い智慧』を読み取り、『釈迦仏教の本質』を再発見していただければ幸いです。さらには、その中心的思想である『中道』の精神から出発して『自己の確立』を達成し、『慈悲』と『利他』の心を持った行動の実践を願うものです。

その目指すところは、『人類が相互理解と協調の下に共存する永遠平和の世界』と、『全ての人々に差別と格差の無い公平で平等な社会』の実現であり、お釈迦さまが提言された『人類の共通思想』からの大きな展開が求められています。

日本各界のリーダー層と、日本仏教界をはじめとする様々な分野の方々が、『人類共通の思想』

を確立する活動に参画をされ、それを自分の思想として身につけて、政治・経済・社会活動を新しい方向へと転換させるべく、先頭に立って行動されることを強く願うものです。

宗教は多面的で理解も複雑ですが、「人々の心に働きかけて安らかな人生に導く」役割に加えて、「宗教の持つ精神思想が、現実の政治・経済活動の中で具体的に活かされることで、宗教は人類のために輝きを増す積極的な存在になる」と確信をしています。


本書は私の『喜寿』出版となりましたが、構想開始から発刊までに十年を要し、この間に大切な二人の師が他界しました。「まえがき」冒頭に挙げた言葉、「周りは『ダルマ（真理）』で満ちている」は、七年前に比較宗教学の師から授けられたもので、この言葉を全身で受け止めた瞬間に、私が過去五十年にわたって学んできた全てが繋がり、世界の成り立ちが一気に明らかになった体験をしました。それは私が『宇宙エネルギー』を体感し、『悟り』の入り口に立てた機会と考えており、まず、本書を故久保田展弘先生に捧げたいと思います。

そして、私の最も身近な『人生の師』で、二年前に一〇三歳で亡くなった母の美江に、心からの感謝を込めて捧げるものです。

最後に、今回の出版にあたり、懇切にご指導をいただいた株式会社郁朋社の編集長の佐藤聡氏に深く感謝を申し上げますと共に、今までお世話になり、ご指導をいただいたすべての方々に対して、この紙上を借りて厚くお礼を申し上げます。

二〇一七年十月　　　塚原　淳一

【著者紹介】

塚原　淳一（つかはら　じゅんいち）

1940年広島県呉市に生まれ、岡山県津山市で少年時代を送る。

東京教育大学理学部物理学科を卒業後に、東京芝浦電気株式会社（現 東芝）で研究開発に従事。技術、製造、研究各部門の管理職を務めた後、ドイツ民主共和国（東独）向けプラント輸出で東・西両ドイツに駐在。また、タイ東芝照明（株）社長としてタイ国に駐在。

帰国後は、ハリソン電機（株）と東芝ライテック（株）の社長を務める中で、米国、英国、中国に子会社を設立して経営に当たる。

劇場演出空間技術協会、日本照明器具工業会、日本電球工業会の会長を歴任の他、照明学会国際活動委員長として「日中韓照明学会大会」を発足させ、組織委員長として運営。

照明学会（名誉会員）、総合人間学会、ＧＮＨ学会、日本ブータン友好協会、ＧＮＨ研究所に所属して活動する傍ら、「リーダーの卵養成塾」の塾長を務める。

この間に、西欧、東欧、イスラエル・エジプト・トルコの中東、インド・ネパール・ブータンの南アジア、東南アジア諸国、東北アジア諸国を旅して、各地域の風土と宗教文化を体感。

リーダーのための新釈迦論《しんしやかろん》　深《ふか》い智慧《ちえ》
――現代《げんだい》に蘇《よみがえ》ったお釈迦《しやか》さまからの「人類《じんるい》への提言《ていげん》」――

2018年2月9日　第1刷発行

著　者 ― 塚原《つかはら》 淳一《じゆんいち》

発行者 ― 佐藤 聡

発行所 ― 株式会社 郁朋社《いくほうしや》

〒101-0061　東京都千代田区神田三崎町2-20-4
電　話　03（3234）8923（代表）
ＦＡＸ　03（3234）3948
振　替　00160-5-100328

印刷・製本 ― 壮光舎印刷株式会社

郁朋社ホームページアドレス　http://www.ikuhousha.com
この本に関するご意見・ご感想をメールでお寄せいただく際は、
comment@ikuhousha.com までお願い致します。

ISBN978-4-87302-662-6 C0093